2020 中国随笔精选

主　编　——　王　蒙

分卷主编　——　潘凯雄　王必胜

辽宁人民出版社

© 潘凯雄　王必胜　2021

图书在版编目（CIP）数据

2020中国随笔精选 / 潘凯雄，王必胜分卷主编. —沈阳：辽宁人民出版社，2021.1

（太阳鸟文学年选 / 王蒙主编）

ISBN 978-7-205-10027-8

Ⅰ. ①2… Ⅱ. ①潘… ②王… Ⅲ. ①随笔—作品集—中国—当代 Ⅳ. ①I267.1

中国版本图书馆CIP数据核字（2020）第235757号

出版发行：辽宁人民出版社
　　　　　地址：沈阳市和平区十一纬路25号　邮编：110003
　　　　　电话：024-23284321（邮　购）024-23284324（发行部）
　　　　　传真：024-23284191（发行部）024-23284304（办公室）
　　　　　http://www.lnpph.com.cn

印　　刷：辽宁新华印务有限公司
幅面尺寸：170mm×240mm
印　　张：14
字　　数：212千字
出版时间：2021年1月第1版
印刷时间：2021年1月第1次印刷
责任编辑：赵维宁　高　丹
装帧设计：丁末末
责任校对：吴艳杰
书　　号：ISBN 978-7-205-10027-8
定　　价：58.00元

太阳鸟文学年选
编辑委员会

主　　编　王　蒙
执行主编　林建法
编　　委　林　非　叶延滨　王得后
　　　　　张东平　孙　郁

分卷主编

散　文　卷　王必胜　潘凯雄
随　笔　卷　潘凯雄　王必胜
杂　文　卷　王　侃
诗　歌　卷　宗仁发
中篇小说卷　金　理
短篇小说卷　黄　平

阅读就是实实在在地阅读

潘凯雄

今年这本"精选"随笔收入作品25篇，所涉内容自是十分丰富，而作家们所选择的观察视角及表达方式也是各不相同，各见其巧。但如果大而化之地将其归归堆儿，大抵可划出如下几片。

庚子年新春的脚步临近之际，一场新中国成立以来遭遇的传播速度最快、感染范围最广、防控难度最大的重大突发公共卫生事件突降武汉大地并颇有向全国蔓延之势，这就是百年来全球发生的最严重传染病——"新冠肺炎"大流行。在中央的坚强领导和各方面大力支持下，经过历时三个多月艰苦卓绝的战斗，湖北保卫战、武汉保卫战取得决定性成果，全国疫情防控阻击战取得重大战略成果。本"年选"中就有四则随笔从不同角度表现这一重大突发的公共卫生事件。而且这四位作家中就有两位身居武汉、一位湖北籍，因而这些个作品一个最大特征便是他们的感同身受。其中池莉《隔离时期的爱与情》是作者在《新民晚报》上的一个小专栏系列，写作时间基本与武汉疫情同步，内容虽不是正面表现武汉人民的抗疫场景，但传递的却是一种心灵慰藉和防疫常识，充满了温馨与暖意。切莫小看"常识"二字，人类屡次犯下的重大错误其实都是由违背常识而起；刘汉俊的《人类，从血泊中站起》则从一个宏阔的视角再现了人类终将战胜瘟疫的历程，给人以信心。与时代同步、与人民同心是文学工作者的重要职责之一，即便是随笔这种文体，同样也能够承担起这样的神圣职责。

今年的这本"精选"，本人还刻意收录了十余则与"读"相关的随笔，这些作家以随笔的文体或是读书、或是观剧、或是说史、或是言志……坦率地说，去年我在编辑随笔"年选"时已是如此刻意了一回，当时其目的就是为了对去年的热词"知识服务"说三道四一番；而今年重复的刻意则是为了"阅读"这个热词。

重视阅读、倡导全民阅读当然都是善举好事。但说起阅读，除去一般的倡导、泛泛的号召乃至专业地传授"某某阅读法""某某分级"之类的"阅读圣经"外，我更看重的，或者说更主张的还是实实在在的阅读实践。与其喋喋不休地重复"书中自有黄金屋、书中自有颜如玉"之类的诱导，不如老老实实地与大家分享你究竟读了哪些书，读后又有了什么心得来得实在。真正的读书人绝对不会轻信一般的蛊惑，而没有养成阅读习惯者面对一般的倡导或一则实实在在的阅读笔记，我想他们宁肯接受后者也不愿去呼应那些空泛的号召，因为他们本来就没有阅读的习惯，又怎么会为一般的蛊惑所轻易改变；相反，倒是一则实在的读书笔记更有可能激发起他们阅读的兴趣，哪怕是出于好奇或为了其他什么目的呢！本"年选"所选择的十余则阅读随笔就都是作家们实在阅读后的所思所想所得，读得扎实、想得深入、写得实在，的确颇有些吸引力。比如王尧的《那是初恋吗》一文读下来，或许还就真有点去读一读《钢铁是怎样炼成的》的冲动。这就是这类阅读性随笔的奇特作用，远比那些一般的倡导与说教有意义得多。

至于本"年选"所收入的其他篇什之门类则基本是一般随笔写作所经常光顾的场所。或是过往生活的回放，或是对故人的追思、对友人的摹写，或是为自然景观所触发，或是人生世态之思考。由于随笔这种文体的自由度较大，随意性较强，因而无论涉及什么内容，写起来需遵循的羁绊较少，读起来也相对轻松愉悦，因而，这些个内容成为随笔之常客也不足为奇。

最后，每年在完成这篇文字时都不得不重复如下三层意思：首先，入选作家对本书的成稿予以鼎力支持，对此本人深表谢意；第二，恕本人孤陋寡闻，极少数入选作品的作者一时还未能联系上，惟因不忍割爱，故未先征得其同意就冒昧将其大作入选，在深表歉意并请求他们谅解之时，也请其在见到本书后及时与出版社联系；第三，限于本人学识及阅读量所限，特别是面对各种新媒体的海量，遗珠之憾是一定有的，敬请广大读者见谅。

是为序。

2020年10月于北京

001	**序** 阅读就是实实在在地阅读	潘凯雄
001	隔离时期的爱与情	池　莉
013	人类，从血泊中站起	刘汉俊
024	"阿，这赠品是多么丰饶呵！"（节选）	阎晶明
047	文学：稳定与变化	阿　来
051	我们时代的塑胶跑道	迟子建
058	山高水远五夫里	南　帆
065	汪曾祺拯救了我们的汉语	孙　郁
070	枕边的书	汤世杰
075	女性之美的巅峰摹写	潘向黎
082	那是初恋吗	王　尧
087	悦　读	周晓枫
096	耆英的外交绝唱	卜　键
109	擀面杖的故事	铁　凝
113	往事的酒杯	苏　童
116	饿乡记食	丁　帆
129	盈盈尺素	梁鸿鹰
145	泰山成砥砺	范　稳
160	我要用余下的全部生命，来寻找你	范小青
168	贺州见闻·蛙事	贾平凹
172	公园记	彭　程

185	带回兰花草	刘　琼
194	中流划来放筏人	任芙康
203	人生难得一诤友	陈歆耕
206	人类何以永续	郭文斌
210	南澳漫笔	杨海蒂

隔离时期的爱与情
—— 随笔六则

◎池 莉

第一则 写于2020年1月17日
新年预感：先照顾好自己，亲

亲是谁？谁是亲？最初网络上出现这种称呼，我第一感觉不能接受，随便叫亲，太狎昵了。可网络不管什么狎昵不狎昵，热词兴起，瞬间扫荡三百六十行，不管你是否接受，微信发来，纷纷叫你亲：书店、银行、面包店、理发店、药店、化妆品店乃至陌生广告，你只有无奈了。好在虱子多了不痒，慢慢也就习惯。不料再慢慢，却对亲有了新感觉：首先，亲简便，就一个字，再也不用揣度对方是叫爷爷奶奶叔叔阿姨呢，还是叫大哥大姐师傅同志，一言以蔽之；亲，倒也省事。再者，从前我们不用敬语，见面只问吃了没？现在"亲"应运而生，冒出来尽管突兀，毕竟"亲"字慈眉善目，权当一个敬语尊称，必要时也可戏谑调侃，轻轻松松，指代了所有人。

那么听着，亲，现在我有心里话，正是要说给所有人，从血缘至亲的家人到非血缘的朋友，在2020年的新春伊始，我要郑重给大家说：先照顾好自己，亲！

过去一年，我在病中度过。其中有一次是意外滑倒，严重摔伤。多年来，原本以为，自己固然体弱，但不算多病。哪里料到，不祥预感就这样，暗影一般，慢慢偷袭过来，突然有一天，就病来如山倒了。倒了就是倒了，容不得半点侥幸心理，也与你意志是否坚强无关。肉体就是肉体，是纯粹的物质，物质一旦开始瓦解，你顿时无助如婴儿。有几个月，我日常起居能力受阻，全靠医护人员和亲朋好友日夜照料。照料我的亲们，点点滴滴事无巨细辛苦劳累这且不说，仅说睡眠，就几个月没能睡上整夜的觉，让我看着就心疼，看着就提心吊胆，生怕累病了亲们。尽管亲们都说没关系没关系，但是，怎么可能没有关系呢？亲们越是这样奉献自我，作为病人的我，就越是万分不安。病人固然需要照顾，但是如果这份照顾让健康人投入太多体力和精力，以至于累病健康人，一个人生病导致更多人生病，这实在是不合理的逻辑和不应该的事情。这是我有生以来第一次反复思考关于病人的照料问题。

在思考中，哈内克的电影《爱》，再一次清晰展现在我眼前。《爱》是一对老夫妇，相亲相爱到了白头，想不到老妻突发老年痴呆，患了阿尔茨海默病。老汉对老妻，一直不离不弃，每天精心照顾。然而，旷日持久的照料，长年累月吃不好睡不好，长期紧张烦恼焦虑，最终导致了老汉精神崩溃。老汉再也无法眼睁睁看着老妻每天受罪，再也无法忍受自己受罪的生活，最后用枕头闷死了老妻，自己奔出家门，不知所终。一场美满婚姻的最终结局令人唏嘘，皆因疾病。细节！哈内克的大量细节之残忍，许多地方让我不忍直视，可是我知道，这就是真相。较之几年前，我初看这部电影的巨大震撼，现在病中的我，更有了切身体会。切身体会则给了我更多理性，是时候，我们应该正视，对病人的照顾如何才能够不累及亲们的身体健康。

《爱》是典型的"配偶综合征"，是现在欧美医疗界颇为关注的医疗课题。有专家认为：对于失去生活自主能力的病人，应该进行连锁式医疗，即连病人带照料病人的家属，一并纳入医治范围，或许这才能够挽救健康人不被病人累垮。这当然是最理想的方式，可惜到现在为止，也只是一个理想而已。在我国，尤其那些需要长期照料与时刻看护的病人，就算请了护工，家人的承担有多么繁重，焦虑是多么深重，而被照料的病人，感情又是怎样的矛盾、纠结与自责，但凡亲身经历者，其中百般艰辛五味陈杂，岂是语言能够描述?！

所以我要说：先照顾好自己，亲！

首先是心理上的开通与豁达。疾病是一桩横祸，它是不讲道理的——亲们一定得看透这一点，看不透也强迫自己看透：因为这就是人生！

人生世事难料，生命无常，疾病或许会慢慢地来，或许会突然暴发，谁都有可能是病人，谁也都有可能是照顾病人的人。因此亲们不要由着感情不顾一切日夜陪护，更不要担心别人怎么看你，更不要怕被人指责没良心、不孝顺和不尽义务，更不要在乎其他任何道德绑架，该照顾的时候照顾，同时该吃的时候去吃,该睡的时候去睡,千万不要过度透支自己体力。亲们务必牢记:只有你是健康的,你才有可能持续照料生病的亲人。疾病当头,无论病人还是照顾病人的健康人,我们都要尽力争取能吃能睡达观硬朗,说到底,这才是真正爱。真正爱就是这么普通平常与苦涩,也就是这么超高难度、需要刻意修炼才能抵达。

第二则 写于2020年2月2日
隔离时期的爱与情

2020年1月22日夜,武汉三镇,这夜注定无人入睡,或者,很难入睡。

这是一个非常的夜晚,在将近23点的时候,单位突然来电话,紧急通知:从明天起,武汉市民实施隔离。也就是说,武汉市民们都将以自己家庭为空间单位,隔离在此,度过隔离期14天,也就是新冠病毒的最长潜伏期,以确定自己是否染病,也可以由此暴露和甄别出其他染病者。

终于!终于!终于实施隔离了!

疫情暴发以来,我一直紧紧揪着的心,终于放松了许多。流行病防治的基本以及根本要义,就是"四早"——曾经是流行病防治医生的我,上大学的时候,就把"四早"背得滚瓜烂熟。其中"早隔离",对于阻断烈性传染病,至关重要。尽管当代科技发达,早隔离也还是迄今为止最有效的传统方式。道理很简单,也很通俗:这次暴发的新冠病毒,就是要吃人,人就得躲起来,不给它吃!它利用人传人,人们就单独隔离,不让它利用!唯有最大可能地进行严格阻断,病毒才有可能失去传播链条,直至失活。

封城开始了并且过去了一天三天六天十一天,随着隔离时间的推移,我的心再一次揪紧。或许是我的专业帮助了我,让我能够很快理解什么叫作隔离,并且严格做好自己的隔离,立即将家中食品蔬菜分为十四天的等份,每天少吃一点,吃得尽量简单一点,争取不要因为买菜而必须外出。道理也很简单和通俗,如果一个人心存侥幸,觉得自己偶然出去一趟,买个菜总没有关系,那么每个人都会这么想。这个巨大的城市,巨大的人群,在隔离期间,都偶然出去买菜,那么更加广泛再次传播,又可能开始,封城将会前功尽弃。更可怕的是，人们一边自我破坏着隔离，还一边以爱的名义、情的借口，大肆地泛滥爱与情。一时间，无数人，通过微信、抖音、微博，发表无数条煽情文字：超市还在卖菜，是大爱无疆；小贩出摊卖菜，也是生活情义；为了全家自己外出买菜，正是无畏无私的大爱。更多无知无畏的糊涂勇者，除了跟帖，还出去买菜。有的人，正是出去买了一次菜，受到了感染，一个人又传染好多人。今天的数据明摆着，已经封城十一天了，疫情还在攀升！目睹这样许多向大众示爱的表情与表现，自以为聪明到连隔离都没搞懂的人，在网络上舞文弄墨热烈煽情，我只有满目凄凉哭无泪，月光如水照缁衣。

爱与情，都是好东西，然而绝对不可以滥用。尤其此时此刻，一种烈性传染病正在暴发，新冠病毒凶猛如虎，多少生命已经猝不及防地被吞噬，人啊人，醒醒吧！为了你自己和家人的生命安全，也是为了我们整个族群的生存安全，能够不能够闭上嘴管住腿呢？能不能少一点兴奋且乐于道听途说渲染兴奋而多做一点有利于防疫的具体事情呢？比如联系社区街道和物业公司，集体购买蔬菜，消毒车、人直接送货到小区，等人车撤离过后，再各家轮流单独去取，扫码支付就成。严密消毒防护、人不见人的无接触购买食品蔬菜，只要大家努力配合，还是可以做得到的。隔离就是战争！战争必须让愚蠢无知廉价的爱与情走开！唯有将严格隔离坚持到底，人类才有可能赢得胜利！

第三则 写于2020年2月11日
对不起，添麻烦了！

第一个隔离期14天到了，武汉疫情依然居高不下。现实冷酷残忍，理论也是灰色的：说好14天最长潜伏期呢?！看来这种新型传染病我们并没有搞懂它。看来我们仅凭以前的传染病防治经验是不够的。看来我们再也不可以存一丝一毫幻想。面对新冠病毒狂暴、猛烈且神出鬼没的传播，我们只能继续隔离！实施铁的隔离！人与人绝对无接触的隔离，应该是当务之急重中之重了。然而，家里食物没有了。

人要吃饭，这也是一个硬道理。必须去超市购物了，可是，必须不去超市！如果每户人家每三天出去一个人超市采购，那么，这个人口数以千万计的大城市，又该有多少人聚集超市？简直不敢想象超市人群冒出哪怕一个无症状病毒传播者！疫情将会发展到什么程度？身在重疫区，真正揪心的，就是这一点。连日来，我已经呼吁到声嘶力竭，借助全国各种新媒体以及纸媒、用手机微信和短信息发给相关领导以及直接电话、给防控指挥部以及市长热线打电话，然而，然而！人们都表示理解，但呼吁依然石沉大海，食物套餐式配给制的无接触配送，还是难以实现。从一个又一个视频里看见超市人头涌动摩肩接踵，且还不时发生争抢打架互相扯掉口罩的悲剧抑或喜剧？我唯有仰天长叹。

我家一样，14天的份额食物已经吃完。但是无论如何，我必须做好自己！我家坚决不去超市拥挤！不过说实话，如果家里彻底弹尽粮绝，我也怀疑自己是否还能坚守自我隔离。

我的勇气与底气，并不是自己有多么坚强，而是来自亲朋好友无私的帮助、整个人类社会无私的支持。当我家食品蔬菜即将告罄，国内外亲朋好友在第一时间，没日没夜，不休不眠，广泛搜罗，不断发来各种食品蔬菜的网购资讯链接信息。还有平时只见虚构微名、互相之间并不认识的小区业主群，也纷纷发出各种各样的采购网址。更有素无往来的邻居，主动发来拼单二维码，以便采购足量、获得商家的尽快配送。邻居中更有积极赞同我的严格隔离观点的，立刻付诸实际行动，动用个人资源，到处联络蔬菜公司，替我们配好蔬菜套餐，做到了无接触采购。当我们领取了蔬菜套餐，我们大家的微信笑了，随即我们互相鼓励和打气：再坚持个14天没问题！就是这样普通的一句话，就是那些枯燥的网址APP，在这个非常时刻，竟然闪闪发光，温暖感人，让我瞬间泪目。

武汉暴发的疫情，牵动了所有人的心，多年无音讯的新老朋友，来了都来了：有人紧急快递口罩药品，有人每个白天都问安，每个夜晚都送平安灯，有人时不时发来音乐和笑话，生怕我们宅家太闷。我当然知道，其实大家所在城市，也都面临疫病威胁，每一个人自身，也都有一定危险，但大家就是这样，时时刻刻陪伴和帮助我们；什么叫作相呴相濡？我有生以来第一次，体会到了。更有国内出版社，紧急约稿紧急开工，第一时间出版我的《霍乱之乱》；喜马拉雅在第一时间制作有声书。国外以及中国港台出版界，那些老外翻译家们，以前除了出版翻译业务，都是君子之交淡如水，现在也都来了，电邮不断,几天就要问个安好送个祝福;什么叫作袍泽之谊?也是我有生以来第一次,体会到了。

更有全国各省市医疗队与部队医疗队,一拨又一拨驰援武汉,说他们在湖北在武汉吃尽了千般苦,受尽了万般累,一点都不为过,这可不是儿戏,绝对是出生入死的啊!昨夜有视频,有些医疗队抵达机场后,甚至对接迟迟不到位,一个个现场视频顿时在我手机里翻飞,这个时刻,不仅仅是我,感到万分抱歉和羞惭,就连我们两百多人的业主群,大家也都急得要命,都纷纷道歉,连连自责,为我们自己和我们的城市深感内疚,恨我们自己骂我们自己没能接待好这些最了不起的人。现在,我要与我并不熟悉的业主群一起,对大家、对所有人、对天对地,说一句:对不起,添麻烦了——这是我们一个九十度的鞠躬,一个永久的恭敬,一个深深的谢罪:对不起,给大家添麻烦了!

大难当头,我们每一个人,都应该对自己下一个罪己诏。苍天明鉴:我们是知错的,我们是谦卑的,我们是恭敬的,我们是悔改的。

对不起,我的亲朋好友、街坊邻居,给大家添麻烦了!

对不起,配送公司和快递小哥以及坚守职守的物业人员,给大家添麻烦了!

对不起,全国乃至全世界惦记与帮助我的人们,给大家添麻烦了!

于是我应该有的最基本的感恩,就是**坚守在家,坚守隔离**。

于是我要把平日忽略的沉默与坚韧唤醒,在沉默与坚韧中,隔离自己帮助他人——我们愚蠢而盲目的喧嚣与傲慢,是太久太久了,对不起!

第四则 写于2020年2月19日
第28天隔离了,这个时刻!

这个时刻,天正暗下来,黄昏将近,我站在窗前,朝侧面的楼栋微笑。我之所以持续保持微笑,是怕出事。侧面楼栋一户人家的窗前,一位老人,打开玻璃窗,对着户外颤抖哀号:"么时候才是个头哇——么时候才是个头哇——"我听见了。我立刻冲到窗前,打开我家窗户,寻求老人目光,向他摆手摇手,"喂——爹爹"我使出最温和安详的嗓音,与他打招呼。由于角度关系,我无法判断他是否看见了我。我的微笑就努力持续着,持续着,直至他终于朝我这边转过脸。然后老人停止了，关上窗户进屋了。可我还是不放心，赶紧给物业公司打了紧急求助电话，请他们务必上楼敲门，去查看一下，看看是否是孤寡老人？问问是否发生了困难？如果老人有什么需要，只要我们家有。物业也非常尽职，答应马上就去。这一阵忙乎，夜色已黑。这个时刻，是隔离的第28天了。焦虑和急躁开始在人们心里蔓延，我们需要对付更多敌人包括在自己心里逐渐扩大的阴影。

这个时刻，新冠病毒还在肆虐，而武汉，也终于出台了疫情暴发以来最为严格的隔离严控措施，所有干部职工下沉社区，收治病床在每天扩大，医疗一线医务人员们正在冒死救治病人。人与新冠病毒的搏斗，已经到了白热化程度；吞噬与反吞噬，进入胶着化状态，这个时刻，不能有一丝一毫的松劲。然而，人们在家隔离已经第28天了，有人坐不住了，有人千方百计偷跑出去，有人吃不惯配送的简单蔬菜，想吃鲜鱼鲜肉和热腾腾的热干面了，还有人带着孩子出来遛弯，还说"怕么事吵，注意点就行了，关家里人都关苕了"。此情此景，说真的，太急人也太恨人了！事实非常清楚，如果不彻底阻断人传人，后果将不堪设想。我接受采访，与我熟悉的记者朋友开玩笑说：这个时刻，对于这样一些还不知死活的人，如果是我，我的办法就是直接一拳打晕他，拖他回家，再丢一周吃食，封死大门——这是玩笑。可这也不是玩笑——这个时刻，如果还有人不珍惜生命同时还危害他人生命，就只能强制他珍惜自己。说是这么说，说说而已，我当然没有打晕任何人，而是恰恰相反，我在对一位陌生老人持续微笑，朝他摇手，希望能够安慰到他。

这个时刻，日常生活不再是常言所谓的日常生活了，直接就是保卫生命。这个时刻，当我们看见小女孩的母亲被病毒夺去了生命，小女孩追在后面哭号，这也不再是世间一般的生离死别，而是需要我们第一时间冲上去，搂过小孩子，为她戴上口罩，尽快哄住她的号啕大哭，以免病毒趁机潜入她敞开的咽喉与肺脏；这个时刻，我们都是小女孩的母亲，而不仅仅只是拍视频的看客。

这个时刻，唯有保卫生命是最高准则。因此我们能做一件事，就做一件事；能帮一个人，就帮一个人；底线是我们首先做好自己。这个时刻，真正到了我为人人、人人为我的时刻，我们得靠每个人点点滴滴的力量汇聚成人类的强大意志，把我们生命夺回来！把人类荣耀夺回来！我们死去的生命不可以白死！

这个时刻，心神稳定是我们的拯救，理性冷静是我们的力量，勇敢顽强是我们的必须，咬牙挺住是我们的本分。又一个黎明来临，拉开窗帘，东方既白，太阳照常升起，这个时刻，我们必须忍住悲伤，克服畏惧，去希望窗外的希望。

第五则　写于2020年3月15日
五十分之一：典型的一天

这不是最坏的一天，在五十多天的隔离里。

这不是最好的一天，在五十多天的隔离里。

五十多天往六十天奔了，哪一天解封？还是一个变数。医院还有上万确诊病例。可喜的是新增病例逐步减少。"新增"成为武汉市千万人的置顶词，每天睁开眼睛就要看到它。为什么？为什么？为什么是武汉？为什么是我？为什么突然冒出了一个新冠病毒？为什么全世界都开始了可怕的感染与流行？何止十万个为什么！

传染病已经超出了我们对传染和病的理解。生活已经超出了我们的生活经验。世界也已经超出了我们的世界观。蜗居于四面围墙小小斗室，四肢受限，大脑活跃，一不小心就会引发追问。可是，追问有意义吗？追问无意义。追问常常四面碰壁，纷纷落地，还是囿于自家斗室之中。处于巨大旋涡中间的一根稻草，除了被暗中那股强大力量支配得团团转，对于旋涡的深浅大小一无所知。究竟发生了什么事呢？究竟这个病毒、这个小小的连活生物体都算不上、仅仅只是一个蛋白质分子的片段，竟然如此强悍？为什么？难道人类就只能这样退避三舍、作茧自缚、束手就擒？深想不得！

如果说隔离封闭的五十多天好难过，最难过的在心里。

正如武汉许多人都发明了自己的抗疫神器，我的神器应该是最笨拙的：类似鸵鸟政策。既然网络传播的引擎优先特性，特别容易利用人们的天性——天生喜欢注意显著的事物、强烈的情绪、夸张的词语、耸听的危言、语惊四座的轻率结论，以骗取点击量并收割流量，那么，我高度节制刷屏。既然我对漫天信息的真假不掌握，那么，我掌握自己的手指。我直接删除某些信息，选择点击某些信息。对所有信息我都先质疑再信任，三思而后行，以免自己负反馈过强，一天到晚胆战心惊；也坚决不转发血淋淋的视觉惨状，以免贻害万方——人类是血肉之躯，绝大多数人是承受不起视觉以及听觉惨状的，负反馈会助纣为虐，对身体有着直接伤害和暗示性征服：让人感觉自己周围充满了新冠病毒，没病都觉得要病了。如果说隔离封闭的五十多天好难过，最难过的也在这里：每时每刻看手机都战战兢兢，紧紧张张地控制自己手指，许多信息，第一时间想赶紧分享出去，转念又觉得不可随意转发。我总希望自己能够爱护一个人就爱护一个人，可谁知道我这是不是一叶障目或者掩耳盗铃呢？一天之中，情绪起伏不定，心乱如麻。

这不是最好的一天，也不是最坏的一天，这是最典型的一天：

早晨：噩梦醒来是早晨。要愣怔好一会儿。梦的残片里，往往还有新冠病毒残害人类的种种黑色画面。我得摆脱它，祛除它。动起我的胳膊腿，动起来！活动起来！从涌泉到丹田，再往上到哑门到印堂，按摩穴位——我用中医保健，用西医治病。

然后：打开手机。颇有节制但肯定要看。主要是全家老少亲朋好友都在这里。直接删除了不少信息以后的信息，还是足以令脑海万马奔腾，得再次愣怔好一会儿。喂喂，走起——我喊醒我自己，使劲拍手，就像从前我呼喊我的狗。

然后：团菜。团菜与网购，投入生活，忙起来！"团"字空前火，具有多功能：名词是蔬菜团、水果团、排骨团。动词是开团了，团到没？生活中有各种缺乏，就有各种的团。团了这个团，再团那个团。接龙、扫码、支付、发截图、核对。一遍又一遍。眼花缭乱。感谢饥饿！假如没有饿了要吃饭的超强动力，假如没有必须亲自动手才有得吃的被迫劳动，假如不是一日三餐占用了大量时间、有效转移注意力和消耗了一些体力，漫长的居家隔离将会怎样熬过？感谢饿了要吃饭！

然后：前天团的蔬菜到了。一到就是一大袋，十几斤，五六种。面临巨大考验：冰箱就一台，空间就这么大，如何分层叠放，才能够全部塞进去。不同蔬菜如何进行不同打理与包装，才能经久耐吃？土豆有发芽迹象，不行！防微杜渐，挖掉芽芽，用火烤烤，保鲜膜单个包装，搁冰箱7度处。这一次，如果说已经学到了什么？就是切切实实明白了粮食的无比可贵。武汉城市功能已经停摆，不少蔬菜是其他各省的援助和捐献，是无数人的心血和心意，每一粒粮食都不可以浪费。浪费就心疼，浪费就是犯罪。

然后：消毒。用注射器准确配好84消毒液。室内进出口各处，室外公共楼梯间电梯间，一一喷洒消毒，尽管物业每天也进行了消毒，但我还是会周密地再次来过，亲自动手，方才放心。重点是卫生间与马桶。据说有粪口传染，但是一直未见化粪池与管道的排查，我只得排查自家，堵塞那些疑似没有沉水弯的直排地漏，脑子里总不免要想起17年前香港陶家花园传播SARS病毒的教训，总是不免要反复提醒自己：不怕一万只怕万一啊。

午后时光：是报平安与问平安的时刻。每天与父母电话，与亲朋好友微信，叮嘱一线医生朋友做好个人防护，请已染病住院的朋友加油啊康复啊。还有远方的，还有国外的，还有那些平时都不大会紧密联系的，现在几乎每天问候，不见字不安心，虚拟空间，也不见不散。

然后：在夜色中静坐，远望空茫，心中冉冉升起祝福的默念——这些日子以来，不幸太多了，恶毒太多了，仇恨太多了，愚昧太多了，不信任太多了，争论太多了，乱七八糟不着四六太多了，因此也就发生了忍痛拉黑多年老友，各种各样形形色色信息的轰炸太多了，也就导致了不停爆粗口说傻×傻×——我要求自己静下来静下来静下来——我要用我今天的全部存在去感知人类善意，送给你们；我要用我这一天的全部行为作为对苍天的祈求，送给你们：平安！请你们务必平安——@所有人——我的所有人！

夜晚：22点之前关掉手机。别过手机，隔绝掉手机蓝光。再听听音乐，再写写笔记，再看看书，努力入睡。希望不再有噩梦。但愿一切智慧与黎明同醒。

第六则　写于4月12日
致地球　我想念你

往年清明节，我都要买一些纸钱。等到太阳落山，夜幕四合，我就会下得楼来，寻觅一块露土的，也就是俗话说的接地气的地面，按照去世亲人的数位，画几个圆圈，焚几堆纸钱。一边拨火焚烧，一边合掌恭敬，喃喃低语，就当逝者在我面前，与他们唠唠家常话：你在那边还好吗？缺不缺什么东西？钱够用不够用？最后，总归是要虔敬祈祷，请祖祖辈辈的亲人们，在冥冥之中，护佑我们的孩子健康成长，护佑我们大家平平安安。守着渐渐熄灭的余烬，看着夜风阵阵吹来，旋走纸钱的灰烬，心里颇感宽慰与安静，仿佛前世与今生，有着生生不息的默契与应答。这也就是当今居住城市的人，或因路途遥遥，或因墓址变迁，简化出的一套祭奠仪式，可谓极简了，却也算聊表心意。

今年清明节，因武汉封城尚未开禁，小区依然禁足严控，无处购买也无处焚烧纸钱了。尤为不同的是，从去冬开始到今年新春直至现在，新冠病毒每天都在吞噬生命。今年清明节，这仅仅一天的时间，简直无法盛下如此浩渺的悲伤和如此汹涌的泪水，今年是一个"清明季"了。在这个"清明季"里，我每天都在动笔，我要用文字来做一个清明祭，为我世世代代的祖先，为我在瘟疫中去世的友人，为那些成千上万、中毒而亡的男女老少——武汉的、全国的乃至全世界的曾经鲜活的生命们，写上祭奠词：请一路走好！请主怀安息！

请死者安息，还要请生者保重。这里我写的"保重"，不是我们日常口语中的那句客套话，是真真正正的，实实在在的，世上所有生者们的，到了顽强坚守保重措施的紧要关头。疫情其实还在蔓延，灾难其实还在继续，生命其实还在丧失，当4月8日武汉的离汉通道解封之后，武汉居民社区其实还在继续严控。现在高频率使用一些简称：无症，复阳，密接，输入，反弹等等，已经足以说明我们不可以轻易言胜，不能够盲目乐观，不要头脑一热，就轻举妄动，就跑出去找热干面吃，就跑出去游山玩水看朋友。更必须保重的，是我们的精神世界，是精神世界里头的精神境界。在这个意义上，白岩松说得真好。我冒昧地摘录一句岩松发给我的短信息，岩松当数最顽固不化的微信拒绝者，他现在依然坚持用手机写短信："……此时真的是离胜利最近，但却是最艰难的时候，保重，也许我们有时没让什么事情变好，但我们起码努力没让它变坏，所以……保重！"岩松讲得好，是因为岩松境界高。岩松的来信，总是让我受益匪浅。我之所以把这句私信公开，是真心希望更多的人，能够像我一样，受教于岩松。在我们自己以及全球人类受难的时刻，保持健康的精神境界，切记人类生命是同根连气的，是一损俱损的，切记不要因为我们的一个不慎，让坏事情变得更坏。这也就不枉我们还站立在地球上，不枉地球对我们的养育，不枉祖先前辈对我们子孙后代的好好做人的殷殷期望。

这场瘟疫到底会怎么样？我已不能多想。在这个"清明季"，我时常垂下头来，泪水滴落尘埃。我想念你，地球，人类祖祖辈辈化作黄土的地球啊，你这片神奇的土地，你鞭挞了我那么多就请接受我的悔过吧，那么就请承受并抚慰我的哀恸吧，那么就请接纳我的死亡并支持我的重生吧。我想念你，地球，请继续赐予我们沃土与粮食，鲜花与美酒，赐予我们愉快的劳动、工作以及欢笑。我愿意经由这一次巨大的灾难，时刻铭记锥心刺骨之痛。我愿意再一次新生为孩子，懂得害怕，认真学习，保持童心的良善，踏踏实实成长为一个好人，请再一次相信人类吧，地球。

（原载《新民晚报》副刊夜光杯）

人类，从血泊中站起

◎刘汉俊

　　一向英雄的武汉，忽然成了一座叫人心疼的城市；一向聪明机灵勤奋敢拼的九头鸟，真的受伤了。

　　"你此刻的心，像一个泪包，一碰就是汪洋一片"，这是我的长诗《给武汉的一封信》里的一句。这种感觉，是这些天来我在同家乡众多亲友的密切联系中得出来的。写下"泪包"二字，我已然是泪包了。

　　武汉封城，春节无法回家，我只能通过手机客户端的"强国直播"看武汉。八个摄像头直播武汉的街景实况，其中一个正对长江边上的江汉关钟楼。画面里的长江依然浩瀚，但南北穿梭的轮渡停摆了，孤零零的趸船泊在岸边；对岸的建筑春笋般矗立，偶有一两艘货船队从东往西逆水而上；往日里人车挤挤密密熙熙攘攘的沿江大道，此刻鲜见人身车影；旁边是著名的江汉路步行街，此刻空荡寂寥。画面的主角，是江边那座已近百年历史的江汉关钟楼，嶙峋骨立昂然倔强，楼顶一杆鲜红的国旗依然迎风飘扬。

　　欧洲风格的江汉关是英国殖民者设立的海关，是中国沦为半殖民地的见证，也是汉口开埠、武汉走向近代的标志。早已收归国有的江汉关曾是武汉海关的办公地，现在是武汉海关江汉关博物馆，收着中国海关的风云沧桑。不知道茕茕孑立的江汉关目睹百年未有的空旷，是否觉得孤独而怆然？大钟的指针是否依然坚定地前行，在寒风冷雨中还能否发出深沉浑厚而悠扬飘远的钟声？

　　每每看到这个画面，我都为之心动。那天清晨，一位身着橘红色工作服的保洁工进入了画面，在空落落静悄悄的江汉关街面，这个踽踽独行的身影认真地打扫地上的落叶枯草。几乎在每天的早晚时分，这个生动的画面都会出现，让我鼻子发酸。全城封闭，万人归巷，他们依然顶着寒风，冒着风险，维护着这个城市的容颜和尊严，坚定而执着。他们的存在是一种坚守，他们的身影是一种力量，有了他们你可以长舒一口气，这座城市还在正常运转。

　　江汉关上空阴云笼罩，像武汉城此刻的心情。新型冠状病毒有如魔鬼，暴虐地攫取一条条鲜活的生命。威胁无处不在，死神随处藏身，城里几乎每一个人都能听到这恐怖的足音，都有认识的或拐几个弯认识的人被感染、被确诊，甚至罹难，提前没有预约，中枪没有前兆，对象不加选择。几十例、几百例、上千例，数据不断攀升，像是开发互联网产品进行的灰度测试；比灰度测试更可怕的是，下一个是谁、什么时间、程度怎样、结果如何、扩大到多大范围，谁也不知道。只知道，他们是院士、教授、博导、医院院长、医生护士、工程师、董事长、警察、画家、诗人、导演、飞行员、志愿者、社区工作者、长江救人者、出租车司机、健美冠军、农民工兄弟，是爷爷奶奶爸爸妈妈，是孝顺的儿女乖巧的孩子，是我的老师、学长、熟人、同乡、同学的朋友、朋友的同学。看着那一个个在猝不及防中倒下的身影，我一阵阵地心疼。心有时候是会疼得落泪，甚至会滴血的。

我对武汉，没法不牵肠挂肚。我的祖籍是湖北赤壁，距武汉一小时车程。武汉是湖北人的中心，是湖北人工作生活的坐标指向。父亲当年从赤壁山沟里考入北师大物理系，毕业分配到位于汉阳的军工厂工作。我在汉阳的龙灯堤旁边上的幼儿园，3岁起跟着擅泳的父亲在汉水里学游泳，所以才有了我后来多次参加"7·16"横渡长江活动。读小学时我回到赤壁老家的山村莲花塘刘家，每年的寒暑假回到武汉，两次读大学都在武汉。第一次参加工作在武汉，在长江边上度过了我人生最浪漫最具印记的五年。我曾经工作的办公大楼距江汉关钟楼百步之遥，到我曾经住了三年的汉口洞庭街只需三分钟。虽然我现在在北京工作，但一年总要回几次武汉看望年迈的父母。疫情发生以来，他们一直困在家中不敢出门，我每天几个电话和视频查父母的岗，检查平时就在家中憋不住的老父亲是不是擅自出门了，是不是听话了。在武汉，还有那么多亲人，数不清的来自武汉的信息，向我诉说着难过、痛苦、愤懑、悲伤、祈盼。

不光是武汉，孝感、黄冈、荆州、咸宁等，还有我的故乡赤壁，湖北的每一条信息、每一个数据都牵扯着我。

湖北是一个充满生机的地方，武汉是一座英雄的城市，但现在它是一只受伤的九头鸟，一个曾经聪明勤奋、能闯敢拼、顽皮活泼、重情重义，此刻却是满心伤楚楚、满眼泪汪汪的孩子。如何教人不心疼！

令人心疼的，不仅仅是今天的湖北、武汉，还有我们这个在多难中兴起的民族，这个从苦难走向辉煌的国度。

关注古代文学的人会发现，在东汉末年三国时期建安七子们的生卒表中，陈琳、王粲、徐干、应玚、刘桢五人的生命定格在公元217年（建安二十二年）。是的，他们代表了那个时代的文学高峰，却齐刷刷地倒毙于同一场瘟疫。史料记载："冬，是岁大疫。"他们的文友曹植是这样描述的："家家有僵尸之痛，室室有号泣之哀。或阖门而殪，或覆族而丧。"文心之殇，如泣如咽。

瘟疫一直伴随并威胁着我们脚下这片古老的土地。大头瘟、虾蟆瘟、疫痢、白喉、烂喉丹痧、天花、霍乱、血吸虫病、麻风病，有如蝗虫般疯狂撕噬着一条条生命，仅麻风病在中国就流存了2000多年。有人考证，中国古代发生过多次重大疫情，秦汉出现13次，魏晋17次，隋唐17次，两宋32次，元代20次，明代64次，清代74次。另一说，公元前243年—公元1911年，这2154年间发生重大疫情352次，其中秦汉34次，三国8次，两晋24次，南北朝16次，隋唐22次，宋金70次，元朝24次，明朝39次，清朝115次，平均每6.1年发生一次，而到了清朝发生频率加快，平均每2.4年就发生一次。1644年明朝末年始发于中国北方的一次鼠疫，使全国三分之一人口丧生。这些数据很难说是否精确，但能大致勾勒出我们这个多灾多难的民族成长中的心电图。

面对瘟疫高密度的袭击，我们的先祖不断在溯源探究，寻觅救世良方，发现其特征是"五疫之至，皆相染易，无问大小，病状相似"；论证其后果是"人感乖戾之气而生病，则病气转相染易，乃至灭门"；提出的防治办法是"养内避外""正气存内，邪不可干""五宜六不宜"等等。古代中国的智慧之光映古烁今。扁鹊、华佗、张仲景、孙思邈、宋慈、李时珍、葛洪等一大批名医先驱，医者仁心悬壶济世；《黄帝内经》《神农本草经》《伤寒杂病论》《金匮要略》《肘后备急方》《本草纲目》《温疫论》等一大批医书经典拯救苍生流传至今。据传孙思邈还把自己同麻风病人关在山洞里8年，得出的结论是只有提高人自身的免疫力，以正祛邪，方可不被感染，还写下医学百科全书《千金方》。前人积累的秘籍宝典，仍然是今天的灵丹妙药。

除了瘟疫，地震、水灾等也一直伴随着我们。《山海经·海内篇》记载："洪水滔天""水逆行，泛滥于中国""往古之际，四极废，九州裂，天不兼覆，地不周载，火炎炎而不灭，水浃浃而不息。"灾难千千万，困厄万万千，古老的中国一次次在磕磕绊绊中艰难前行向死而生。

我亲历过"非典"疫情和"5·12"汶川特大地震，疫灾与震灾同样给人以心灵的创伤。地震一旦发生，你的心一下子就沉到海底、沉到黑夜，在灾区现场的日日夜夜，我目睹过抢救生命的艰难，87000多个鲜活生命的消逝，让我深切地感受到人类的痛楚与悲哀。每抢救出一个生命的消息都让这个世界感到欣慰和希望；而疫灾病亡数据每增加一个，就越感到死神在逼进一步。拐点不到，压迫感就难以释放。

灾难当头，唯有抗争。盘古开天辟地、女娲补天、精卫填海、夸父追日、大禹治水、后羿射日、愚公移山、神农尝百草救百姓，都是中国古代神话中与灾难斗争的形象。

中华民族屡经灾难却愈挫愈勇，从血泊中站起，在困苦中前进，在磨难中成长。面对惨烈，不惮凶险，磨炼出强健的心理、坚韧的毅力、顽强的意志，这叫中国精神。

人类，总是在艰难中前行。

几百万年的成长历程既波澜壮阔又惊心动魄，无数的危险、威胁和灾难，如荆棘密布。譬如，鼠疫、霍乱、天花、流感、疟疾、伤寒、狂犬病、艾滋病、炭疽、肺结核、麻风病、黄热病、登革热、"非典"，譬如，地震、飓风、火灾、冰灾、雪灾、虫灾、海啸、洪水、泥石流，譬如战争，等等。无论是自然因素还是人为因素，自恃站在生物链最顶端的人类，其实是灾难中的最弱者、受害者，永远处在最危险的边缘。

战争导致灾难，生命贱若草芥。战国时期的秦将白起是一员猛将，领兵30多年战无不胜，攻城70多座杀人如麻，为秦国统一六国立下赫赫战功，声震天下。他是中国历史上最杰出的军事家，也是生命灾难的制造者。公元前293年白起率秦军伊阙之战斩首韩魏联军24万人；公元前279年—前278年鄢郢之战淹杀楚国鄢城军民数十万人；公元前273年华阳之战斩首魏赵联军15万人；公元前264年陉城之战斩首韩军5万人；公元前262年—前260年长平之战，斩杀坑杀赵国军队45万人。如此数来，死于白起手下的生命超过百万之众，占整个战国时期死亡人口的一半。后因失宠于秦昭襄王被赐死，拔剑自刎前他幡然自责道："我本就该死，长平一战，我坑杀赵军降卒几十万，足够死罪了啊！"人之将亡，其悟也彻。

第一次世界大战从1914年7月打到1918年11月，从欧洲打到亚洲，1000多万人丧生，2000多万人受伤。第二次世界大战是迄今人类历史上规模最大的战争，从1939年9月打到1945年9月，60多个国家和地区、20亿以上的人口被卷入战争，伤亡9000余万人。无论是冷兵器、热兵器还是核武器时代，战争是生命的绞肉机，是人类的灾难。备战是为了不战，人性的阴暗需要理性的光辉照亮。

瘟疫像毒蛇追逐人类，几十万种病毒一直在影响甚至戕害着人类，是威胁人类时间最长、波及面最广的杀手。始于公元前431年、持续时间长达27年之久的伯罗奔尼撒战争，是一场发生在雅典人和伯罗奔尼撒人之间的漫长战斗，最后以斯巴达人率领伯罗奔尼撒人取得胜利而告终。这场战争是古希腊城邦历史的转折点，它结束了雅典的霸权，使古希腊奴隶制城邦制度退出了历史舞台，古希腊也因此由盛转衰。战争第二年，一场鼠疫由海港城市比雷埃夫斯传入雅典，首先死亡的是医生，"前仆后继"的是战士，雅典一半人死亡，城里满地的尸体，最后连雅典首领伯里克利也死了。一位从死尸堆里爬出来的雅典人，在回忆录中写道："身强体健的人们突然被剧烈的高烧所袭击，眼睛发红仿佛喷射出火焰，喉咙或舌头开始充血并散发出不自然的恶臭，伴随呕吐和腹泻而来的是可怕的干渴，这时患病者的身体疼痛发炎并转成溃疡，无法入睡或忍受床榻的触碰，有些病人赤裸着身体在街上游荡，寻找水喝直到倒地而死。甚至狗也死于此病，吃了躺得到处都是的人尸的乌鸦和大雕也死了，存活下来的人不是没了指头、脚趾、眼睛，就是丧失了记忆。"这个雅典人就是"十将军"之一的修昔底德，后来成为了著名的历史学家。"雅典大瘟疫"成为关于瘟疫最早的记录。

瘟疫改写历史，改变着人类的轨迹。公元164年，强大的罗马帝国发起了对安息帝国的战争，凶猛的罗马大军攻下了坚固的安息重镇，但安息的瘟疫却缠上了罗马军队。得胜回朝的罗马士兵带回了瘟疫，导致500万人丧命，连出席欢宴的罗马皇帝马可·奥勒略（留）·安东尼也不幸染病离世，因此这次瘟疫也被称作"安东尼瘟疫"，是人类历史上的第二次大规模瘟疫。

公元533年，企望再现罗马帝国昔日辉煌的拜占庭帝国皇帝查士丁尼挥师向西，征服地中海，横扫北非，攻克意大利。大功告成之际，一场突如其来的瘟疫使他的梦想幻灭。公元541年，瘟疫从帝国下的埃及暴发，很快传播到都城君士坦丁堡，大批的人突然倒毙街头或地头，一天有数千甚至上万人死去，尸横遍野，都城近一半的居民、帝国近四分之一的人口死亡。最终，这场"查士丁尼瘟疫"使帝国走向了崩溃，留下人类历史上第三次大规模瘟疫的记录。

800年之后，瘟疫刷新了它重创人类的纪录。1347年9月，源起中亚的黑死病随十字军登陆意大利南部的西西里岛，经水路到达北部的热那亚和法国的马赛，1348年1月攻入威尼斯和比萨，随后占领意大利重镇佛罗伦萨。从这里，黑死病通过水陆两路四面出击，直抵维也纳，抢滩诺曼底，横扫巴黎，攻克伦敦，越过莱茵河，辐射巴塞尔、法兰克福、科隆、汉堡、不来梅，以吞噬7500万人的"战绩"疯狂肆虐，之后一路狂飙烧向东欧，俄罗斯大草原不幸接着了这个死神的接力棒，立即被死亡阴云笼罩，交战中的鞑靼人竟将病死者的尸体抛入城中，导致瘟疫流行，逃往地中海的人们又导致黑死病更大范围的传播。欧洲中世纪的这次大瘟疫，成为人类历史上的第四次大规模灾难，也是最惨烈的一次。

此后300年，巨大的瘟疫阴影，一直笼罩在欧亚和美洲上空。

公元1492年10月，意大利航海家哥伦布发现了新大陆，也给这片大陆带来了灾难。腮腺炎、麻疹、天花、霍乱、淋病和黄热病等"欧洲病"，对毫无免疫力的印第安人进行了不费一刀一枪的摧毁，数百万原住民死去，史学家称之为"人类史上最大的种族屠杀"。公元1521年，西班牙派两路殖民军进攻南美洲，一路600人马进攻墨西哥土著帝国阿兹特克，久攻不下后的某天，阿兹特克人忽然停止了顽抗，西班牙人冲进城堡一看，发现似乎有一种神奇的力量帮他们横扫了对手，满城腐尸，恶臭难闻，一场莫名其妙的瘟疫以大大超过火枪弹的速度袭击了这个一度辉煌的南美帝国；而另一路180人马进攻印加帝国，在他们到达到智利之前，一场瘟疫已经帮他们瓦解了这个当时文明程度最高的南美帝国，皇帝瓦伊纳·卡帕克和他的继承人尼南·库尤奇先后殒命，内讧暴发，社会动荡，因此西班牙人以极少的兵力拿下了这个拥有8万兵力的帝国。大航海带来的大瘟疫，使世界上第一个日不落帝国西班牙创造了两大战例奇迹。

有人推测，一度辉煌的玛雅文明突然消失，是不是也与西班牙军队有关，因为几乎在攻打上述两大帝国的同时，他们也踏进了玛雅这片南美丛林。为解开玛雅文明消失之谜，学者们列出了人口爆炸、粮食匮乏、能源紧缺、震灾风灾、外敌入侵、疾病传播、逃往外星等多种可能，是不是西班牙人同样也把瘟疫带进了玛雅王国？很多人支持这一观点。同样，位于东南亚的柬埔寨吴哥文明，在兴盛600年之后，于15世纪初突然消沉了，是不是与瘟疫有关？有学者这样猜测。

瘟疫从来就没有停下过肆虐的脚步，时常在没想到的地方制造想不到的灾难。公元1665年4月的某天，两个法国海员晕倒在伦敦西区的街口，他们身上携带的病毒"引爆"了伦敦。人们把染病者封在门里，用红漆涂上十字，无数人在孤独凄惨中死亡。店铺关门，市声若噤，街上空无一人，路旁杂草丛生，城里唯一行驶的是运尸车。伦敦大瘟疫导致7.5万到10万人丧生，直到一场神秘的大火才结束了它血腥的征程。

人类历史上记录的第五次大规模瘟疫灾难，起始于19世纪末，持续了半个世纪，波及中国的南方和南亚、北美洲、欧洲、非洲60多个国家，上千万人死亡。这次大瘟疫离现在最近，所以记忆更深、影响更大。除此之外，1918年源自美国军营、发作于西班牙的大流感，其症状虽然不像瘟疫那么恐怖，但传播速度之快、传播面之广不亚于瘟疫，全球10亿人感染，4000万人死亡，仅西班牙就有800万人丧生，所以这次流感被称为"西班牙大流感"，也是导致第一次世界大战提前结束的原因之一。

美国学者卡尔·齐默在《病毒星球》一书中说："我们生活的历史，其实就是一部病毒史。"病毒改变生活，也改写历史。

意大利文艺复兴先驱薄伽丘在他的名著《十日谈》中，记录了瘟疫袭击佛罗伦萨的惨景，有的人在大街上突然倒地死去，有的人在冷冷清清的家中死去无人知晓，到处是荒芜的田园、洞开的酒窖、无主的奶牛，送葬的钟声几乎没有停止过哀鸣。瘟疫还穿越法国，搭乘帆船渡过英吉利海峡，使得英国的村落、庄园、城镇到处是尸体、垃圾、污水。情急下的人们想出了各种荒诞的治疗办法、各种滑稽的祈祷方式，人性善恶毕露，世相百态尽显。

文化为历史留下记忆，现实为文学提供素材。英国作家丹尼尔·笛福的《瘟疫年纪事》、英国诗人琼斯·威尔逊的诗剧《鼠疫城》、俄国作家普希金的戏剧《瘟疫流行时的宴会》、英国作家毛姆的小说《面纱》、德国作家托马斯·曼的小说《死于威尼斯》、法国作家让·吉奥诺的小说《屋顶上的轻骑兵》、委内瑞拉小说家米盖尔·奥特罗·西尔瓦的《死屋》、秘鲁作家西罗·阿莱格里亚的小说《饥饿的狗》、法国作家阿尔贝·加缪的《鼠疫》、葡萄牙作家若泽·萨拉马戈的小说《失明症漫记》、哥伦比亚作家加西亚·马尔克斯的小说《霍乱时期的爱情》，电影《卡桑德拉大桥》《极度恐慌》《惊变28天》《死亡录像》《感染列岛》《流感》《传染病》《大明劫》等等，都是瘟疫大灾的切片，是疫情与人性痛苦绞杀的精彩呈现。

文学，为人类的抗灾史留下斑斓的碎片。

即使进入科学技术高度发达的21世纪，人类仍然摆脱不了如影随形的疫灾。2003年初发生的"非典"，波及32个国家和地区，全球累计病例8422个，病亡919人。2009年的H1N1流感持续16个月，波及214个国家，163万人受到感染，28万人病死。2014年脊髓灰质炎疫情、西非埃博拉疫情，2015年寨卡病毒疫情、韩国中东呼吸综合征，2018年刚果埃博拉疫情，给这个世界留下累累创痕。美国流感自2019年9月29日以来，全美至少有2200万人感染，死亡人数超过12000人，至今还没有探底。灾难的渊薮，是人类的黑洞。

人类无可选择地承受着大自然的各种打击，也通过各种神谕预言，试图解释或者预测灾害的发生，试图找寻某种规律或者祈求某种灵验。这是人类的努力，不管有用还是无用。

譬如，关于"大洪水"。整个北半球民族的上古传说中，都有关于"大洪水"的传说。历史学家和考古学家一直试图假设和推想：大约在一万年前，一场持续了100多天的滔天洪水，席卷了北半球，所有低于1000米的山峰都被淹没，只有生活在高原和山区的人们才幸存了下来。《圣经》甚至这样描述："在2月17日，天窗打开了，巨大的渊薮全部被冲溃。大雨伴着风暴持续了40个白天和40个黑夜。"无论有否考证，据此可以推测，一场空前绝后的大洪水，是人类的朦胧记忆。

譬如，"世界末日"。玛雅文明曾预言，公元2012年12月21日，将是第五个"太阳纪"结束的时候，是"世界末日"。那一天全世界有许多人在等待预言结果，一些人甚至有引颈自刎的悲壮。当时我在上海的一家宾馆，凝视着窗外的黄浦江想象着这一刻的到来。马后炮也是炮，有学者事后解释，所谓"末日"是玛雅历法中重新计时的"零天"，表示一个轮回结束，一个新的时代的开始。在玛雅历法中，1872000天算是一个轮回，即5125.37年，据此，到2012年冬至时分，当前时代的时间结束，一切归零。

神谕也好，先知也罢，与自然相伴，与灾难为伍，亦敌亦友，人类似乎无可选择、无法逃避，"三灾九难十劫"是人类的坎，只能昂首面对，悲壮相迎。

灾害的形态千奇百怪，人类一直在无奈地承受各种重创。1912年4月10日英国"泰坦尼克号"冰海沉船，1513人命丧大西洋；1940年6月17日英国"兰开斯特里亚号"游轮在法国卢瓦尔河口海域被德军击沉，3500人葬身海底；1945年1月30日德国"古斯特洛夫号"游轮被潜艇攻击，在波兰格但斯克港附近海域沉没，9343人遇难；1987年12月20日菲律宾附近海域"多纳·帕斯"号渡轮与一艘油轮相撞后沉没，4300多人殒命；2002年9月26日一艘塞内加尔客轮在冈比亚附近海域沉没，1863人被淹死；2003年12月26日的一场地震，使伊朗巴姆古城连同5万条生命消失；2005年8月23日美国卡特里娜飓风，导致1800多人死亡；2006年7月印尼海啸，伤亡2500多人；2011年3月11日日本发生海啸，近1.8万条生命被吞没，造成福岛核电站泄漏，方圆30公里成为无人区。飞机问世100多年，火车发明200多年，还有数不清的事故夺走了数不清的生命。在中国，1920年12月16日发生宁夏海原大地震，28万人死亡，30万人重伤；1976年7月28日发生唐山大地震，造成24万人遇难，16万人重伤，这两次大地震造成的生命损失创下历史最高纪录。

今天，灾难还在以新的面目出现。细菌武器、生化武器、基因武器、核武器、金融战争、互联网战争、环境污染、太空威胁等渐露峥嵘，可以预想和难以预测的后果将一遍遍刷新人类的已知，一次次挑战人类生存的底线，也一次次激起人类抗灾的斗志。

全世界的科学家都在关注地球自身的安全，无数个天文望远镜在密切追踪地外星体，天体重叠会不会毁灭地球，800多颗具有潜在威胁的行星会在什么时候什么位置撞击地球，太阳风暴袭击地球会造成怎样的伤害，等等。"中国天眼"的问世给人类擦亮了观察宇宙的眼睛，500米口径球面射电望远镜投入使用不久便已发现多颗脉冲星，代表了世界最高水平，这是中国对人类的贡献。

冬天固然阴晦，春天依然明媚。2020年初的新冠肺炎疫情，是对中国的考验，是对科学的挑战。病毒肉眼看不见、源头难查证，特征奇异诡秘，路径错综复杂，来势汹汹滔滔，其生物特性、致病机理、传播机制、易感人群有待科学探究。这不是一个城市的尴尬，是整个世界都没有做好准备；这不是医学的无能，是全部科学面对未知世界的共同难题。

在血泊中诞生，在磨难中成长，在抗争中壮大，灾难成为人类进步的砥砺石、垫脚石、试金石。大灾就是大考，是对底线思维的冲撞，是对极限思维的挑战，是对动员能力的极限式测试和防御系统的破坏性试验。灾前的任何模拟演练，阵前的所有应急预案，都显得苍白无力和漏洞百出，必须接受实战的考验和修补。不单要记住肝肠寸断的悲痛，还要有背水一战的勇气，更要有决战决胜的信心。

人类历史上因灾害导致政息国亡的前鉴不少，能否渡过难关，是对政治动员能力、经济应对能力、社会治理能力、科研攻关能力、国际合作能力、全民抗灾能力的大检阅。阻击战枪声一响，全国模式启动，应急系统响应，防控手段日见其效，防治效果日益明显。一手抓防控防治，一手抓复工复产，高超的政治智慧和超强的执政本领正在书写满意的答卷。

突如其来的病毒，如冰峰雪崩，每一片雪花落在哪里都是一个寒冬。一枚病毒就能打倒一个人，毁灭一个家庭，葬送一个美好的梦想。疫情是测试剂、试金石、温度计、体检表，测试人心、人性、人格，检测国家的力量、社会的温度、人心的距离，也观测出一个国家对另一个国家是真是假、是冷是热、是实是虚。国家的距离不在地理而在心理，人心的温度不光看平时更看患难时刻。中国对世界负责，共同命运需要共同打造。中国文化向来是投桃报李滴恩涌报，对幸灾乐祸投井下石者心中有数。转危为安、化险为夷，唯有自力更生，发奋图强。

大疫需要大医，大灾呼唤大爱。这个难熬的季节里，诗文是抚慰心灵的药剂。一些人用文字记录下这些个难过的城市难过的日日夜夜，那些难过的人难过的事难过的心，就像病人向医生描述自己的症状，甚至述说自己的隐私，说出来比憋着好；不少人无论身处疫区内外，无论是否有亲友受困，都在用文字用声音用图片用视频，表达自己的忧心同情焦虑赞美敬佩祝福；许多人在读诵这些诗文或泪流满面或热血沸腾，用或悲怆或凄美或激愤或豪迈的表达，安抚那一个个汩汩淌血的创口，激励那一颗颗疲倦消沉失望的心灵，每一个字每一个音都是那么情深深、意浓浓、热乎乎。诗文也是一把尺子，能测试灵魂的高度和心底的温度。我把草拟的小诗第一时间发给了身处湖北的几位朋友，一位官员读后说，建议把"在惊恐中煎熬，在焦虑中翻炒""此刻你的心就像是一个泪包，一碰就是汪洋一片"删掉，武汉的情况没有那么严重，市民的心情也没有那么糟糕；而一位艺术家朋友则建议把那句"摆一桌酒，煨一锅汤，炉上的日子慢慢熬"删掉，说此刻全武汉城没有人能有这样轻松的心情。我后来知道，他的亲弟弟终于挤进了医院，但已经被下了病危通知单。同一首诗，测出温差，冷暖自知。

这是一个悲情满满的日子，也是一个温情浩荡的季节，更是一个激情涌动的时刻，人类史册将记载这武汉一页、中国篇章。大地已经回暖，枝头正在泛青，只要不被自己打倒，英雄的武汉一定会从血泊中站起，江汉关钟楼顶上的国旗，依然昂首挺立，迎风飘扬，猎猎有声。

（原载《美文》2020年第3期）

"阿，这赠品是多么丰饶呵！"（节选）
——《野草》的发表与出版传播

◎阎晶明

《野草》是鲁迅作品里的异数，也是中国现代文学史上的一个小小奇迹。由于读者似乎并未做好准备，它的出现甚至并没有立刻引起"热烈反响"。对于《野草》的反应慢热，很多人归咎于《野草》的不好懂，甚至读不懂，但或许是因为它的出现太突然，很多人还反应不过来。

一本书有一本书的命运，《野草》的命运有不少特异之处：

《野草》是鲁迅唯一一部散文诗集，这显而易见；

《野草》全部在北京宫门口居所的"老虎尾巴"完成，《题辞》除外；

《野草》的所有文章，均发表在《语丝》周刊上，包括《题辞》；

《野草》24篇作品发表时作者署名全部为"鲁迅"；

《野草》最早被翻译成英文，然而并没有出版，鲁迅为此写下的"序"却成了后人理解《野草》的重要基点；

《野草》的集中出版，经历了作者署名的更改，以及《题辞》的"失而复得"；

《野草》是出版时鲁迅为所有文章加注上写作日期的作品集；

……

《野草》的写作、发表、出版经历，一句话，《野草》的传播史同样是一个值得展开记述、观览的世界。

为什么叫《野草》

在讨论《野草》的写作、发表、出版、翻译等流变之前，似乎首先应该探讨一下，为什么叫《野草》？鲁迅的每一个作品集，无论极普通，抑或很特殊，都会讲清楚这书名的由来和道理。《坟》《热风》《呐喊》《彷徨》《华盖集》《而已集》……但似乎对《野草》没有做过类似的说明。还有一点也很特别，其他的作品集,杂文、小说、散文,都是在作品结集出版时才去"制造"一个书名。这书名既可以与作品的整体格调有关,如《呐喊》《彷徨》;也有可能与鲁迅编辑成书时的心情有关,如《华盖集》;也可以与鲁迅写作这些作品时的处境有关,如《且介亭杂文》;也或者就是对作品"基本面"的一个概括,如《朝花夕拾》《故事新编》。但《野草》,是在发表第一篇作品《秋夜》时就立下的"总标题",是预先设计好风格(当然同时又有多样性)、体例(尽管并不强求统一)的"系列"作品。由于在《语丝》一家周刊上推出,又有"专栏"味道。但它的发表并不定期,并非每期都有,又有时同一期上刊登两到三篇,说明并非是协商好的专栏。由于《野草》总名目开篇就已推出,作为作品集出版,定名《野草》实在自然不过。但这个系列在开始发表时,"栏目"状态并不稳定,第一篇《秋夜》发表时,《语丝》头版的目录里并非《秋夜》,而是《野草》。作品呈现的第四版方可见出《野草》其实是总名,下面是"(一)《秋夜》"。第二次发表时,目录成了"《野草》(二至四)",版位上总标题还是《野草》,下面的作品又变成了"二 影的告别""三 求乞者""四 我的失恋"。从《复仇》开始,作品名成了主标题,副标题成了"野草之五",这才把发表的格式确定下来。

当然这还没有触及为什么叫《野草》。只是可以肯定,《野草》是鲁迅写作这一"系列"之前就设计好的总体名称。关于为什么叫《野草》,其实早已有人探讨过。因为别的结集名称都由鲁迅自己说明过,理解的分歧就不会太大。唯有《野草》,说法不一,这是鲁迅为后人留下的又一个谜面。

我见过的解释里,有两种说法比较受人关注。

一是"野有蔓草"说。这一说来源于《诗经》,暗示了鲁迅对许广平的爱情。

"野有蔓草"语出《诗经·郑风·野有蔓草》:

> 野有蔓草,零露漙兮。
> 有美一人,清扬婉兮。
> 邂逅相遇,适我愿兮。
> 野有蔓草,零露瀼瀼。

> 有美一人，婉如清扬。
> 邂逅相遇，与子偕臧。

在郊野之地，青草更青处，邂逅一位眉清目秀的女子，愿与她同行欢乐。无论从字词的直接选用"野草"，语义上也有"吸取露"的含义，还是后来的果真有许广平出现的故事走向，这样的八卦好像并不算过分，聊备一说似乎也是有道理的。以草木与人作比较，比附"无情"与"有情"之难耐，似也是文学比兴中的基本手法。钱锺书《管锥编》里的《硕人》一节就提到了"野有蔓草"。《隰有苌楚》一节里又细述了自古就有以羡草木无情故可以无忧，"而人则有身为患，有待为烦，形役劳神，唯忧用老，不能长保朱颜青鬓，故睹草木而生羡也"。指出"浪漫诗人初向往儿童，继企羡动物，终尊仰植物"，且中外皆然，连席勒都有诗曰："草木为汝师。"

以钱锺书的开放式解释，鲁迅以"羡草木"而生悲情是有可能的。但我以为，这样的感伤都写在了《腊叶》里。腊叶也是植物，它虽无情无识，但也有青葱渐褪的悲苦，即使努力保存，也只能"暂时相对"。这里，腊叶虽为草木，倒不是人的对立面了，反而成了人的自况。这自况也因此具有双重效果，终将衰老、干枯，是所有生命不可避免的终结，但唯其都会衰老、干枯，人也正不必为自己衰老而过度悲哀，这又是不幸中可以欣慰的地方吧。但无论如何，草木面前思考人生却是一致的。

也是据此，我以为就《野草》而言，把"野草"理解为"野有蔓草"的"压缩"，是一种硬贴、硬套式的注解。创作《野草》系列，起点是在1924年9月，那时，鲁迅与许广平并无单独来往的文字记录。他们真正的公认的交往，起始于1925年3月，通信的起始时间也是那时，待到7月，二人关系确立以后，"北京通信"就此结束，一直到1926年9月开启"厦门—广州"通信。

北京通信中，他们之间在文字上探讨的，仍然是以学校的风潮、现实的世相、人生的意义这些话题为主，内里时有个人化的表述，但委婉的说法是时时可以看出的。直到1925年6月29日，鲁迅在信中就喝酒的权利问题表达了自己的看法，而且把对"'某籍'小姐"（应指许羡苏）的微辞也引入其中，通信的私密性有所加强。到北京时期的最后一封信，即7月29日，过问道："天只管下雨，绣花衫不知如何？放晴的时候，赶紧晒一晒罢，千切千切！"那就可知私密的完全化了。以鲁迅的态度和方式，以其谨慎和"慢热"，说是1924年9月就以"野草"为名开始了单向度的情意表达，那是把鲁迅看成狂飙社成员高长虹了。我以为，一直到二人通信开始，《野草》的作品都以"我梦见……"开头——北京通信结束后又不再继续"梦"系列——应该是写作时顾虑到了许广平这个特殊读者。这当然仍然是猜测。不过，"梦七篇"和《两地书》的北京部分在时间上的完全重叠，应该不完全是巧合。《两地书》北京通信时间是1925年3月11日至7月29日，"梦七篇"的时间跨度是4月23日至7月12日。下一篇《这样的战士》就到年底了。

理解《野草》，最好有对本事的了解，但离开本事，这些作品仍然具有鉴赏的价值，因为它们都是远远超越本事的，拘泥于现实里的人和事而定位《野草》，并不是理解《野草》的正途。

《野草》之名由来的第二说，是《浅草》说。早在上世纪40年代，杜子劲就在《鲁迅先生的〈野草〉》一文中，探讨了《野草》书名的根据。他也认为，鲁迅唯在《野草》里没有提供一篇序文，让读者失去了"了解书的来源最确当的说明"。但《一觉》可以看作是《野草》的一篇跋，"是一篇后序"。这篇文章里，鲁迅叙述了受赠《浅草》的经历，"由那《浅草》联想到生长在沙漠中间的'草'，这就成为《野草》的命名的来源了吧！"仔细琢磨，杜子劲此说并非妄言。的确，在充满阴冷氛围、悲凉意境、虚空色彩的《野草》里，那寄托于青年身上的理想主义火花，从来没有消失过，它们有如岩石缝里的小草，顽强而不为人所注意。也或者，如浪花，如烈焰，想看清，但又总不能确定。而且，按照"野草""根本不深，花叶不美"的描写，说它是"浅草"也是有道理的。但这出现在"后序"里的意象，恐怕还不是鲁迅在差不多两年前的写作之初会去定义的。鲁迅大概也不会因一本刊物去为自己的一次系列写作作名称上的靠拢。《野草》的《题辞》摆在书的前面，《题辞》也是全书中唯一提到"野草"概念的作品。但它是所有作品发表之后才完成的。这个"前序"其实是比《一觉》还要晚的"后序"。

按照以上思路，我以为理解《野草》书名还可以找到一个旁证。这就是1931年2月18日鲁迅在致李秉中信中的一句话。鲁迅致信的原因，是回复李秉中关于自己是否愿意到国内或国外某个地方去养病，休息一段时间。说到这个话题，又是一篇大文章了，这里不能展开，有兴趣的读者可以参阅锡金先生的一篇旧文《鲁迅为什么不去日本疗养》，颇有看点。这里只看鲁迅决定不去任何地方疗养的自述吧。全信如下：

秉中兄：

　　九日惠函已收到。生丁此时此地，真如处荆棘中，国人竟有贩人命以自肥者，尤可愤叹。时亦有意，去此危邦，而眷念旧乡，仍不能绝裾径去，野人怀土，小草恋山，亦可哀也。日本为旧游之地，水木明瑟，诚足怡心，然知之已稔，遂不甚向往，去年颇欲赴德国，亦仅藏于心。今则金价大增，且将三倍，我又有眷属在沪，并一婴儿，相依为命，离则两伤，故且深自韬晦，冀延余年，倘举朝文武，仍不相容，会当相偕以泛海，或相率而授命耳。盛意甚感，但今尚无恙，请释远念，并善自珍摄为幸。此布，即颂

　　曼福不尽。

　　　　　　　　　　　　　　　　　　　　迅　启　上二月十八日

令夫人均此致候。

　　其中的"野人怀土，小草恋山"，足以让人想到《野草》书名。这当然比《题辞》还晚了四年，更不能当作书名的由来了。但假设我们认为鲁迅也是经历了"初向往儿童，继企羡动物，终尊仰植物"的"浪漫诗人"的情感过程，且这一过程在《野草》写作之初就"完成"了，那么，把野草理解成小草和土地的关系，那种怀恋中又可哀的复杂感伤，是不是也有几分道理呢？毕竟，《野草》里也有一句："我自爱我的野草，但我憎恶这以野草作装饰的地面。"

　　总结起来，有一个话题呼之欲出，即如何理解《题辞》。为了理解《野草》之名的真义，且不要管时序的先后。"野有蔓草"说与"吸取露"之间，"《浅草》"说与"根本不深，花叶不美"之间，"野人怀土"说与"憎恶"论之间，字面上的勾连也是各有其表。的确，理解《野草》，不能离开文质皆美的《题辞》。

《题辞》作于1927年4月26日，其时鲁迅正在广州。广州国民党当局的"清党"行动，共搜捕共产党人和革命人士两千余人，其中的二百多人遭杀害。鲁迅任职于中山大学，因营救被捕学生无效，愤而辞职。刚刚过了十天，从北京逃离到厦门，从厦门又逃离至广州的鲁迅，深感身处于同样甚至更加险恶的环境当中。《题辞》于是成了这样一篇"奇特"的文章：既在精神气质上贯通于《野草》正文的23篇作品，在文体上也颇具《野草》风，同时又映照着作者写作此文时的心境。《题辞》在文学语言上凝聚了《野草》语言风格的主要特征。这里到处是"对立"概念的组合，从"充实"与"空虚"开始，一个接一个，一组接一组。这里也有急促的递进，"过去的生命"—"死亡的生命"的递进，引出了生命"曾经存活""已经朽腐""还非空虚"的递进。这里还有《野草》里常见的重叠，如"但我坦然，欣然。我将大笑，我将歌唱"。这里甚至还有《野草》里独有的语言上的"回转"。如"天地有如此静穆，我不能大笑而且歌唱。天地即不如此静穆，我或者也将不能"。它和《野草》诸篇正文在艺术上完全是同构的，时过境迁，物是人非，艺术上的定力却依然可以保持。

《题辞》的开首是心境的折射，但它却是在广州回忆厦门时的心境，是两地心境的糅合，且已升华和虚化，或称"野草"化了。鲁迅自己后来解释说："我靠了石栏远眺，听得自己的心音，四远还仿佛有无量悲哀，苦恼，零落，死灭，都杂入这寂静中，使它变成药酒，加色，加味，加香。这时，我曾经想要写，但是不能写，无从写。这也就是我所谓'当我沉默着的时候，我觉得充实，我将开口，同时感到空虚'。"接下来是对野草的书写。野草虽小，但与之相关的世界却十分辽远、阔大，这也是野草全书的品格。野草是独属于"我"的，是"我"的"生命的泥委弃在地面上"所生长出来的，是生命的转化。野草，"用野草作装饰"的地面、地面下的地火，构成了共生关系。一旦地火产生的熔岩喷出，"我"的生命转化而成的《野草》，"我"身外的也许自以为更高大一些的"乔木"，统统都将被烧成灰烬。"但我坦然，欣然。我将大笑，我将歌唱。"这份洒脱，可以理解为是浪漫主义，也应当理解为是一种战士情怀，还可以理解为是一种哲学上的通达。终究还是因为有开始时对生命的理解。活着的生命以沉默证明充实，死亡的生命以曾经存活证明充实。已经朽腐的死亡的生命也因其朽腐本身，证明着"它还非空虚"，总之还是一种充实；野草也一样

"直至于死亡而朽腐"地经历着这一切。生命的轮回、不灭，就是生命价值的体现。

说到生命的价值，"我"却也并不妄自高估，它就是一丛野草的价值。接下来我们读到的，是《野草》正文中的核心状态：临界。"在明与暗，生与死，过去与未来之际"，说明它们不单单是"对立"组合，而是统一为一种临界的状态。而接受、面对这一丛野草的，是"友与仇，人与兽，爱者与不爱者"。这就让人想起鲁迅对《野草》各篇的自述，有为"爱我者"而写，也有因为"憎恶社会上旁观者之多""惊异于青年之消沉""有感于文人学士们帮助军阀"而作。这也是鲁迅的写作观，写作中的"理想读者"，既有让"爱我者"愉悦的向往，也有令"正人君子""深恶痛疾"的诉求。即使这丛野草即将面对死亡进而朽腐，那也是它作为生命的见证。在这个意义上，超越、超脱就是发自骨子里的境界，忘我式的洒脱也是一种彻底的自信与达观。所以就有这样一个意外的、漂亮的结尾："去罢，野草，连着我的题辞！"

至此，无论我能否表达清楚，但我自己认为似乎可以理解为什么称之为《野草》了。它是生命的见证，它也不畏惧死亡，即使朽腐也是曾经存活的证明。它也许比不上乔木高大，但一旦遇到熔岩的喷出，乔木、野草必然一同烧成灰烬。"我"并不畏惧，还因为"我自爱我的野草，但我憎恶这以野草作装饰的地面"。宁愿烧成灰烬，也决不去做地面的装饰，而愿意以自身的毁灭暴露、揭示现实的丑陋。更何况虽是死亡直到朽腐，却也是生命的轮回。这是野草的决绝，也是野草的品格，还是野草坦然、欣然的大笑与歌唱。这里还包含着一重含义，即鲁迅深知《野草》里最直接、最大量涌现的是悲哀、悲凉、虚无、黑暗的情感，那些深藏其中的理想、光明和毅志，并不能时时浮现在读者眼前。他在《题辞》里说希望这野草的朽腐火速到来，真正的希望，是那"用野草作装饰的地面"被推翻、被改变。这也是鲁迅一向的作文观，看到自己的作品还在读者中热烈传送，他在欣慰的同时也有另一种思考，在证明着他所描写的、批判的、讽刺的事实仍然存在。如果能换来事实的改变，他情愿自己的文章被人遗忘。他的目标不是自己当个什么大文学家，而是为民族国家做精神的、思想的促动。所以当《希望》里说到裴多菲为祖国战死，总结道："悲哉死也，然而更可悲的是他的诗至今没有死。"为什么诗的生命力依然反而是一种可悲？因为那诗里表达着对希望的渺茫、微茫的痛切。

"野有蔓草"，太卿卿我我了，"浅草"的启发太窄了，"野草"应该裹挟、包含、囊括有这些要素，但"野草"的内涵远远大于、高于、深远于这些要素的含义。《题辞》是《野草》里的一篇，作为后写的"序言"，它又是对《野草》所作的散文诗的评论、概括、总结。而这总结，早在开笔创作《野草》时已经酝酿，野草的根与叶，已经在作者的心中扎根、生长。

"老虎尾巴"与《野草》

宫门口西三条二十一号住宅的"老虎尾巴"，对鲁迅的意义实在太重大了。从许钦文等人记述可知，鲁迅为有这么一个属于自己的空间十分兴奋。"老虎尾巴"与《野草》的关联度又最为特殊。《野草》里的第一篇《秋夜》，也是鲁迅迁居后，在"老虎尾巴"里完成的创作类的第一篇作品。而且应该可以肯定地说，《野草》正文里的23篇作品，不但都是"北京时期"的创作结果，更具体地说，这23篇作品应该都是在"老虎尾巴"里完成的，这在鲁迅所有的作品集里恐怕还是个异数吧。至少在北京时期，在创作类是这样。

鲁迅日记里对《野草》创作的记录只有一处，而这一处的意义也实在是重要而奇特。我开头时说了，一本书有一本书的命运。现在还得说，一本书有一本书的奇妙。鲁迅著作里，《野草》尤甚。《好的故事》文末标注的写作日期是1925年2月24日。但此文发表却是"1925年2月9日《语丝》周刊第十三期"。这一"魔幻"效果只能是原文标注有误。也就奇了，正好在1月28日的日记里有一句："作《野草》一篇。"这一篇又恰恰既不是前一篇《风筝》，也离后一篇《过客》尚远（3月份）。那就归了《好的故事》了。而且这一天是旧历新年的初五，与作品描写的"鞭爆的繁响在四近"也能对接上。这唯一的一处记录，还真是恰到好处。《野草》各篇的写作日期就全部确证了。

在写作地点方面，能否下论断说《题辞》外的全部正文均创作于"老虎尾巴"？直到鲁迅离开北京南下厦门，创作《野草》时的鲁迅寓所是确定的。但这里也有过讨论。这就是创作《淡淡的血痕中》的4月8日，以及创作《一觉》的4月10日，鲁迅究竟是仍在避难中，还是已经到家中？其实日记交代得比较清晰。

"三一八"惨案发生后，鲁迅等近50位文化界人士受到段祺瑞执政府的通缉。3月25日上午，鲁迅还"赴刘和珍、杨德群两君追悼会"。26日《京报》就披露通缉密令消息。从29日开始，鲁迅曾入山本医院、法国医院、德国医院等处避难，家人也曾有到东安饭店躲避的经历。这种动荡一直持续到5月6日，可见形势严峻与各种传闻四起。就避难而言，还不说鲁迅的名字在通缉之列，即使与事件关系不大的文化人，也多寻找避难之所。徐志摩1926年4月26日致胡适信中就提到，连他的夫人陆小曼，也是在"北京最恐慌的几日，她去北京饭店躲着"。而且还透露并抱怨道："北京这一时简直是不堪，也不用提了。最近的消息，是邵飘萍大主笔归天，方才有人说梦麟也躲了。我知道大学几位大领袖早就合伙了在（东）交民巷里住家——暂时不进行他们'打倒帝国主义'的工作。何苦来，这发寒热似的做人。"这一天正是《京报》主编邵飘萍被奉系军阀枪杀的日子，恐怖的氛围可想而知。

4月8日是鲁迅回家居住的日子，按理说，得出《淡淡的血痕中》是在家创作并不难。但偏有学者格外且很必要地严谨。比如孙玉石先生在一篇谈林辰先生治学精神的文章里，就曾举关于《野草》研究的例子谈到，鲁迅在《〈野草〉英文译本序》里说《淡淡的血痕中》一文时，曾解释道："段祺瑞政府枪击徒手民众后，作《淡淡的血痕中》，其时我已避居别处。"那么，写作地点该信日记，还是该信自述？这的确并非不值得讨论。林辰又对两天后的《一觉》里关于窗外景物的描写，如白杨、榆叶梅等向许寿裳先生求证。许寿裳在信中指出："《一觉》中所谓'四方的小书斋''白杨'及'榆叶梅'，都是'老虎尾巴'窗内外的景色，并非说临时避难的处所。"但他仍然不能肯定，直到从《华盖集》的《北京通信》里发现其中也有榆叶梅的描写。至于鲁迅"已避居别处"的说法，据林辰的考据，应该是时间相隔太久后的"记忆讹误"。（以上记述，参阅、转述自孙玉石《一部"颇尽了相当的心力"的鲁迅传记——读林辰先生的〈鲁迅传〉》。）

这样，我们才可以确信，《野草》最后的两篇，是创作于家中而非避难处了。当然，也有读者会提出这样的疑问：既然是8日回家，那说不定是在离开医院时所写呢。这可就不大符合鲁迅的写作习惯了。诚如鲁迅的青年友人荆有麟说的，鲁迅"写作的时间，又完全是在静夜之后，所以《野草》里边，充满了严森之气，不为无因的"(《鲁迅回忆断片》)。这也就可以得出开始时就端出来的结论：《野草》的全部23篇正文，都是在"老虎尾巴"一处完成的。

文学创作有时就是这样，写作环境与作品样貌之间，似乎也有微妙关联，一旦环境改变，作品品质也难维持。就比如这"老虎尾巴"，因为能幻化出《秋夜》那样震人心魄的景观，可见它对鲁迅的重要。但待到他离开北京，先赴厦门，后到广州，又欲离开，正不知该去何处时，想到令他曾经兴奋的、创作了全部《野草》的北京的"老虎尾巴"，也不过只是一间"突出在后园的灰棚"("灰棚"是鲁迅为此间所起的"别号")了，诗意难觅。

当《野草》在《语丝》频频遇上"周作人"

关于《语丝》和《野草》，可以展开的画幅还有很多，容我再举例来说明一番吧。但仍然是"举例"式的，不完备、不彻底的"扫描"。由于《野草》的全部作品都发表在《语丝》上，由于《语丝》本身就是鲁迅一手"拉扯"大的，所以讲清楚《野草》的发表与传播，必须得了解《语丝》的背景。然而前已说过，这实在又是一篇大文章。仅就鲁迅的《我和〈语丝〉的始终》一文提供的信息，就够分析出一本专著的。这里就只能取一端简述，且与《野草》相关才是。

这一端却又为什么是周作人呢？这还要联系到《语丝》的源起，更要联系到周作人是北京时期《语丝》的实际主编。

话说1924年，鲁迅和小乡友孙伏园往来甚多。作为晨报记者，孙伏园还随鲁迅在这年夏天访问了西安。鲁迅自然也是晨报的作者。可是有一天，因为鲁迅的原因，孙伏园在晨报干不下去了。鲁迅的记述并不是流水账式的顺序，但我只能这样剪切来尽可能还原。

"我辞职了。可恶！"

这是有一夜，伏园来访，见面后的第一句话。那原是意料中事，不足异的。第二步，我当然要问问辞职的原因，而不料竟和我有了关系。他说，那位留学生乘他外出时，到排字房去将我的稿子抽掉，因此争执起来，弄到非辞职不可了。但我并不气愤，因为那稿子不过是三段打油诗，题作《我的失恋》，是看见当时"阿呀阿唷，我要死了"之类的失恋诗盛行，故意做一首用"由她去罢"收场的东西，开开玩笑的。这诗后来又添了一段，登在《语丝》上，再后来就收在《野草》中。

"那位留学生"，正是"现代评论派"徐志摩、陈西滢阵营里的刘勉己。他擅自抽掉《我的失恋》的原因，据孙伏园《京副一周年》讲：

> 去年十月的某天，就是发出鲁迅先生《我的失恋》一诗的那天，我照例于八点到馆看大样去了。大样上没有别的特别处理，只少了一篇鲁迅先生的诗，和多了一篇什么人的评论。……因为校对报告我，这篇诗稿是被代理总编辑刘勉己先生抽去了。"抽去"！这是何等重大的事！但我究竟已经不是青年了，听完话只是按捺着气，依然伏在案头上看大样。我正想看他补进的是一篇什么东西，这时候刘勉己先生来了，慌慌忙忙的，连说鲁迅的那首诗实在要不得，所以由他代为抽去了。但他只是吞吞吐吐的，也说不出何以"要不得"的缘故来。这时我的少年火气，实在有些按捺不住了，一举手就要打他的嘴巴（这是我生平未有的耻辱。如果还有一点人气，对于这种耻辱当然非昭雪不可的）。但是那时他不知怎样一躲闪，便抽身走了。我在后面紧追着，一直追到编辑部。别的同事硬把我拦住，使我不得动手，我遂只得大骂他一顿。同事把我拉出编辑部，劝进我的住室，第二天我便辞去《晨报副刊》的编辑了。

简要地说，因为孙伏园的辞职，才有了《语丝》的创刊。多位当事人的记述证明了这一点。鲁迅的记述是：

> 但我很抱歉伏园为了我的稿子而辞职，心上似乎压了一块沉重的石头。几天之后，他提议要自办刊物了，我自然答应愿意竭力"呐喊"。至于投稿者，倒全是他独力邀来的，记得是十六人，不过后来也并非都有投

稿。于是印了广告,到各处张贴,分散,大约又一星期,一张小小的周刊便在北京——尤其是大学附近——出现了。这便是《语丝》。

这十六人就是《语丝》的主力军阵容。据陈离著作《在"我"和"世界"之间——语丝社研究》描述,"十六人名单"也是有多种"版本",很难厘清。而且"撰稿人"和"聚餐会"也是一笔模糊账。就《语丝》上的作者名单而言,鲁迅、周作人、孙伏园、钱玄同、顾颉刚、川岛、章衣萍,都是其中的活跃作者。鲁迅无疑是《语丝》的热心支持者,更是其主力作者,"仅仅在《语丝》创刊后的一年中,鲁迅先生所写成的诗、小说、散文,登载在《语丝》上的就有四十三篇"(川岛《忆鲁迅先生和〈语丝〉》)。这当中,《野草》诸篇就应在一半左右。

现在要回到鲁迅、周作人及《语丝》话题了。首先是孙伏园辞职晨报的原因。鲁迅所记是因为《我的失恋》,但比鲁迅《我和〈语丝〉的始终》更早的1925年11月23日《语丝》第五十四期上,周作人就有《答伏园论〈语丝〉的文体》,其中有说:"当初你在编辑《晨报副刊》,登载我的《徐文长故事》,不知怎地触犯了《晨报》主人的忌讳,命令禁止续载,其后不久你的瓷饭碗也敲破了事。"

孙伏园的《京报一周年》晚于周作人文章半个月发表,而且回应也确实提及了两件事。他说:

> 《语丝》第五十四期里,周岂明先生已经提起这件旧事。所谓"这件旧事"者,关于上面所讲鲁迅先生《我的失恋》一诗还只能算作大半件,那小半件是关于岂明先生的《徐文长的故事》,岂明先生所说一点儿也不错的。不过讨厌《我的失恋》的是刘勉己先生,讨厌《徐文长的故事》的是刘崧生先生罢了。

正如陈子善先生所认为的,孙伏园辞职晨报,"主要原因也即导火线是鲁迅《我的失恋》'抽去'不能发表,次要原因是周作人等人的《徐文长的故事》被叫停",并且,"但是,到了二十世纪五十年代以后,次要原因却消失得无影无踪，鲁迅《我的失恋》不能发表成了孙伏园离开《晨报副刊》唯一的原因。这是不符合史实的，应该澄清"（陈子善《〈京报副刊〉序言》）。

此说当然有理。不过子善先生应该知道，其实鲁迅和周作人二人的记述，也都是只提自己的原因，而忽略了对方。我以为这个忽略在双方都是故意的、刻意的。不是他们不愿意，而是兄弟失和后造成的，也是共同恪守的"回避制"导致的。轻易不要提及对方，以免产生新的误会，甚至也不去主动、公开、直接纠正对方错、漏，似乎也是二人之"信守"，于是就造成了这样的各执一词。孙伏园与兄弟二人的关系都要呵护好，所以必须是都得讲，"一大半""一小半"之分已经很追求实事求是原则了。诚如陈子善先生所言，孙伏园辞职的主因和导火索是《我的失恋》，加之前有《徐文长的故事》，更下辞职决心了。这样理解应该与事实大体相符。这笔账真要说得很清楚可能也没那么容易。周作人在1962年出版的《木片集》里有一篇文章《〈语丝〉的回忆》，文中提到《语丝》的创办，就必须得提到孙伏园的从晨报辞职，称"孙伏园失了职业"，但原因呢？周作人却避而不谈。这是信守了二人原则，还是又是一种深曲所在，各人自己判断吧。

说起兄弟二人的互相回避，那也是当时很多共同朋友都心知肚明的事。这回避从行动上看主要是鲁迅，为了避免与周作人见面，他几乎回绝了"圈里人"（借当今说法）的聚会邀约。这方面有多人记述回忆。而且鲁迅自己也说，他对于《语丝》名字的由来，只知随意翻书找出两字其一，却不知是一次成功还是废了重来最终决定其二。因为是主力成员在茶楼里创意完成的，"但我那时是在避开宴会的，所以毫不知道内部的情形"。陈离著作还帮我解开了一个疑惑，为什么兄弟二人回避见面却总是鲁迅"避开宴会"？"语丝社"的班底如周作人、孙伏园等都是新潮社成员，刊头上的办刊"地址"都标明是"北京大学第一院新潮社"（第六十五期始改"北京大学第一院语丝社"），周作人十分活跃且是事实主编的局面下，鲁迅选择主动回避更可理解。这一情形大家都明白。郁达夫就说过："而每次语丝社人叙会吃饭的时候，鲁迅总不出席，因为不愿与周作人氏遇到的缘故。"（《回忆鲁迅》）

虽然亲兄弟可以不见面，《野草》与周作人文章频频在《语丝》上"碰面"，却简直有如影随行之感。《语丝》前80期内，鲁迅发表文章而与周作人

（或开明、岂明）名字并列是常数。80期内，鲁迅共发表小说、杂文、散文诗56篇，周作人则翻倍都不止。他们共为作者，自然也理应互为读者。这其中有没有关于《野草》的蛛丝马迹呢？按照"回避制"原则，似没有公开的反应，但周作人式的"深曲"表达却也有让人感受到的时候。比如，鲁迅在1925年2月9日《语丝》第十二期发表了《好的故事》，描写在梦中见到家乡的美景，无论背后的深意何在，直接的观感就是歌颂家乡的山水。再联系到此前的两期连续推出《雪》和《风筝》，也都是身处北京怀念故乡风土的文章。这三篇作品相加，鲁迅的情感选择十分清晰。"主编"周作人自然不会没有读到，其中的风景甚至人和事，不是没有感触，尽管他从未说起过。（关于"风筝"故事之乌有的说明，那是鲁迅的身后事了。）但在《语丝》的第二十七期上，有一则周作人与读者相互间的通信。信中的内容是竭力贬损"江南"的风景，而且是以同意读者"废然"来信的呼应口吻。此时是同年4月18日，时隔《好的故事》发表不过一个多月。读者"废然"在信中是就《语丝》二十四期里萧保璜的《鸟的故事》发出的感想，认为这篇看似"极优美的小品文字"，"看完以后，毫未感到优美，只有感到不快！"并列数江南之种种令人"感到不快"处。我们当然不敢妄猜"废然"的有无，甚至有无周作人的"设置"，但周作人的回信完全站在与读者同一立场的认同别有意味。他说道："萧君文章里的当然只是理想化的江南，凡怀乡怀国以及怀古，所怀者都无非空想中的情景。若讲事实一样没有什么可爱。""我们对于不在面前的事物不胜恋慕的时候，往往不免如此，似乎是不能深怪的。但这自然不能凭信为事实。"周作人还在信中把自己的体验带入，说他自己生活过的五个地方，浙东、浙西、南京、东京、北京，"以上五处之中，常常令我怀念的倒是日本的东京以及九州关西一带的地方"。说到自己的故乡绍兴："在我的心中只联想到毛笋杨梅以及老酒，觉得可以享用，此外只有人民之鄙陋浇薄，天气之潮湿，苦热等等，引起不快的追忆。我生长于海边的水乡，现在虽不能说对于水完全没有情愫，但也并不怎么恋慕，去对着什刹海的池塘发怔。"周作人进而总结道："我这种的感想或者也不大合理亦未可知，不过个人有独自经验，感情往往受其影响而生变化，实在是没法的事情。"曲笔之绕，用意之深，不能不让人产生联想。而萧保璜的那篇《鸟的故事》，本身就与《好的故事》只一字之差，而且是以写给"开明"即周作人来信的方式发表出来。

有趣的是,这封信里对于江南的赞美是基于这样的一个叙述法:作者寄居北京,感觉环境十分丑恶,内心十分苦闷,于是只能在梦中怀念自己的故乡"江南"了,江南的美妙春色、令人心醉的鸟声,都让他无限眷念。几乎就是一篇"文青"式的《好的故事》的仿写。

若说周作人给读者"废然"的回信,就是对鲁迅《野草》里的"故乡三篇"的评论,显然证据不足,但若说写这封信时脑子时有《野草》的影子闪动,那是非常合乎逻辑的推导,也较为符合周作人的为文风格。或者,鲁迅才应该是作者想象中的对应读者吧。

关于周作人对《野草》,直接的评论的确没有,但我在另外一篇文章里曾引用过何满子引用过的周作人的一段话,可以推断他其实是非常关注《野草》的认真的读者。这里不妨再引用一次。周作人的文章里是这样说的:

> 有些本来能够写写小说戏曲的,当初不要名利所以可以自由说话,后来把握了一种主义,文艺的理论与政策弄得头头是道了,创作便永远再也写不出来,这是常见的事实,也是一个可怕的教训……把灵魂卖给魔鬼的,据说成了没有影子的人,把灵魂献给上帝的,反正也相差无几。不相信灵魂的人站得住了……(《蛙的教训》)

我在那篇文章中谈体会道:"何满子认为这是周作人对鲁迅的指桑骂槐。顺着这一观点,我以为内中'据说成了没有影子的人'似是暗指《影的告别》,'把灵魂卖给上帝的'又似联想到了《复仇(其二)》。何满子认为,到最后,'不相信灵魂的人'才是周作人为自己几年后投敌写下的夫子自道,我也以为有道理。"写到此处,我依旧认为这样的分析是有道理的,甚至可以看作就是周作人对《野草》的"深曲"式评论。

我在那篇文章中本来还举了一个例证,说明周作人对《野草》的格外敏感:一是他即使到了晚年遍写鲁迅作品里的人物,但绝少提到《野草》;第二是他总结鲁迅创作成就时,故意不提《野草》。后来发现我的记述有误,周作人是总结到了《野草》的,所以就把这后一材料式例证删去了。今又考察,发现并非是我全错,实在是周作人做文章太有机巧,迷惑了我们。原来,事情是这样的,《关于鲁迅》一文最初写于1936年10月24日,离鲁迅逝世刚刚过去不到一周时间。文章发表于《宇宙风》,并收入《鲁迅先生纪念集》当中。在这篇总结鲁迅生平的冷静的文字里,总结鲁迅一生的"学问艺术的工作"可分为两部:"甲为搜集辑录校勘研究,乙为创作。"而在创作里,又明明白白写着:"一,小说:《呐喊》《彷徨》。二,散文:《朝华夕拾》,等。"(是"华"不是"花")一个"等"字,是否含有对《野草》的记忆和刻意抹去的意思呢?只有读者自己去作判断了。我之所以以为自己阅读有误,故在文章里删去,是因为同一篇文章,后又收入周作人的另一集子《鲁迅的青年时代》,这一集子里,却明明白白地把《野草》列在《朝花夕拾》后面了。而写作《鲁迅的青年时代》系列时的五六十年代,周作人已经是以"戴罪之身""吃鲁迅饭"的人了,鲁迅的文坛地位与周作人的声誉,早已成天上地下之别,再不提《野草》,肯定是说不过去的。这个修订也真是意味深长。

所以,我执意认为,周作人一定从一开始就是《野草》的认真的读者,不过他所读出的内容,恐怕与所有的"爱者与不爱者"都大为不同,别有一番滋味在心头。

但尽管如此,我还想重申一下,《野草》里没有一篇是专门写"兄弟失和"的,《风筝》里的"小兄弟"是周建人,这一点是周作人也强调过的。《野草》是诗,是哲学,是现实的种种在鲁迅内心世界的"杂合"。但如果阅读《野草》是通过《语丝》来进行,周作人就是一个挥之不去的影子。

《野草》的初版与早期流变

关于《野草》,展开的话题就可以一直延展下去,不是十足的叙述功力,很难简约说清楚。我这里又因学术准备本身就不充足,就更是面对越来越繁复的线索而挠头了。《野草》的最末一篇于1926年4月19日在《语丝》上发表后,或者,作为"序文"的《题辞》最晚在1927年7月2日的《语丝》上刊发后,《野草》的发表就算事实上终结了。但《野草》的传播其实才刚刚开始,甚至尚未开始。因为《野草》题材、主题、体裁、艺术手法等诸种原因,很多阅读鲁迅的人还未能对《野草》做出及时的评论。即使如常在鲁迅身边且参与《语丝》

编办事宜的川岛也承认:《野草》的稿子拿来和发表以后,我们都喜欢读,也都称赞说写得很好,然而许多篇的含义究竟是什么,我们却弄不明白,又不好篇篇都去问鲁迅先生,就只好这样的不懂装懂了。

我们说《野草》从创作伊始就有整体的、系列的设想,"野草"是从《秋夜》开始就成为"冠名",但《野草》里的《一觉》是否就是鲁迅计划中的终结篇,甚至就是"跋"呢?这却是不一定的。从鲁迅后来的言谈中可以感觉到,他其实还有继续做下去的想法,既是为《语丝》,也是为《野草》。1926年6月,鲁迅离开北京南下厦门,但心中常惦着《语丝》。11月7日写成的《厦门通信(二)》里,他对《语丝》的李小峰说:"我虽然在这里,也常想投稿给《语丝》,但是一句也写不出,连'野草'也没有一茎半叶。"直到1927年1月16日已经踏上离厦入穗的航船,他仍然在信中对李小峰谈道:"至于《野草》,此后做不做很难说,大约是不见得再做了,省得人来谬托知己,舐皮论骨,什么是'入于心'的。"(《海上通信》)"入于心"是对刚刚与之决裂的高长虹的愤恨发泄,但鲁迅不做《野草》恐怕未必是因为这个原因。时过境迁,物是人非,这种时候再继续系列写作,以鲁迅对创作的要求,应该是不会了。

于是,《野草》的结集出版就推上了"议事日程"。

就在暗夜的船上写的这封"通信"里,已经透露出出版正在推进的信息。已经是"北新书局""老板"的李小峰,自然是《野草》的出版者。鲁迅说:"但要付印,也还须细看一遍,改正错字,颇费一点工夫。因此一时也不能寄上。"可见李小峰已经在催稿了。到了4月,鲁迅显然已经编定了《野草》,且写了《题辞》,可以"付梓"了。4月28日的日记记有:"寄小峰信并《野草》稿子一本。"这就应该是《野草》的书稿了吧。5月1日写成的《朝花夕拾小引》即"宣布":"前天,已将《野草》编定了。"

果然,初版《野草》不久就由北京的北新书局正式出版了,它被纳入由鲁迅主编的"乌合丛书"。我手上的影印本初版《野草》,扉页上明确标注着:"一九二七年七月印行。"孙玉石《〈野草〉研究掠影》也说:"《野草》于一九二七年七月出版。同年八月又再版印刷。"

然而,鲁迅的挚友许寿裳先生在鲁迅逝世后所做的《鲁迅先生年谱》里,却写着鲁迅1927年"十月抵上海。八日,移寓景云里二十三号,与番禺许广平女士同居。同月《野草》印成"。书上标7月"印行","年谱"又说10月"印成",这是怎么回事?许寿裳难道连"七月"二字都没看到吗?情形也许是这样的——即如今天也会这样——版权页上的时间是出版时间,真正"印成"书,极有可能略晚一段时间,如两三个月,当然也有早一点就让作者拿到手的情形。也就是说,二者虽不一致,却可能都符合实情。而且,查鲁迅日记,最早有赠出《野草》的记录,还就是在10月。见14日记有"寄立峨《野草》一本,《语丝》三本"。鲁迅携许广平这个月的3日刚刚抵达上海,"午后"刚到,即"下午同广平往北新书局访李小峰",且"夜过北新店取书及期刊等数种"。速访是否是为了《野草》?取的书是否包括刚刚见到的样书《野草》?

其实图书、期刊标注的出版日期和实际"印成"的日期有差异,从前和现在都并非新鲜事。就比如《语丝》吧,刊头的出版日期注明是"每星期一出版",事实上呢,据川岛回忆,开初时每期"在出版前两天——每星期六已经印好",川岛、孙伏园、李小峰三个人,每周日一大早西装革履地跑到东安门大街的真光电影院以及东安市场去叫卖、兜售。因为每次只能卖出大约两百份,又都是坐人力车去,入不敷出,收支失衡,且认为零售太多反而影响订阅,所以他们也就不再去了。对我们来说,除了继续感慨五四青年的敬业精神外,也可以了解一点他们的出版策略了。当然了,10月才"印成"的《野草》,怎么又在8月就再版了呢?这个答案我也得继续去寻找。

《鲁迅全集》的《野草》扉页上明确写着:"本书收作者1924年至1926年所作散文诗二十三篇。1927年7月由北京北新书局初版,列为作者所编的《乌合丛书》之一。作者生前共印行十二次。"龚明德认为:"《野草》具有版本学、文本学意义的文本只有三个,即《语丝》的初刊本、北新初版本和鲁迅的'自选'本。""自选"本,是指1933年上海天马书店印行的《鲁迅自选集》,其中收入《野草》里的七篇作品:《影的告别》《好的故事》《过客》《失掉的好地狱》《这样的战士》《聪明人和傻子和奴才》《淡淡的血痕中》。龚明德强调,在版本学意义上,初发、初版、"自选"之间的比较可能更有价值。事实上,初版本和现行《鲁迅全集》之间已基本一致,主要的变化在初版对《语丝》版本的改动。

说到北新书局出版《野草》,其实同《语丝》有着直接联系。因为北新书局就是在《语丝》基础上创办的,创办者李小峰同样也是《语丝》的主要成员。

李小峰，这位北大哲学系毕业的青年，却有志于从事经营出版事业。在鲁迅眼里，他和孙伏园、川岛一样，"都是乳毛还未褪尽的青年"，鲁迅从他们"自跑印刷局，自去校对，自叠报纸，还自己拿到大众聚集之处去兜售"的行为中，看到了"青年对于老人，学生对于先生的教训"。李小峰在《语丝》发展的基础上创办北新书局的想法，自然得到了鲁迅的支持。鲁迅所译的厨川白村的《苦闷的象征》，就成了北新书局的第一本出版物。由于鲁迅周作人兄弟失和，鲁迅的小说集《呐喊》自第三版开始，也不再由周作人主持的新潮社出版，而交由北新书局印行。《呐喊》是当时众多读者渴欲读到的新文学作品，北新书局的前景当然一片大好。可以说，北新书局就是在鲁迅的大力支持和实际贡献的前提下发展壮大的。尽管在1929年鲁迅与李小峰因为版税拖欠原因几乎诉诸法律，但鲁迅因为多年感情、朋友调停，以及对李小峰身上的难得的"傻气"的良好印象，在协商解决的前提下，始终保持着与北新书局的合作。

回到《野草》。离开北京的一年内，鲁迅先后奔波厦门、广州、上海，目睹了更多难耐，经历了更多愤怒，产生了许多新的愤懑之情，再加上不停地安顿生活，以及与许广平的相携，《野草》的写作已不大可能继续。前述的在厦门和赴广州船上与李小峰的通信中，鲁迅均已表达了有心无力的无奈。1926年11月21日致韦素园信中抱怨道："我在此也静不下，琐事太多，心绪很乱，即写回信，每星期需费去两天。周围像死海一样，实在住不下去，也不能用功，至迟到阴历年底，我决计要走了。"这封信还特别谈到《野草》。主要意见，是《野草》已决定将由北新书局出版，不能另做计划。"《野草》向登《语丝》，北新又印《乌合丛书》，不能忽然另出。《野草丛刊》亦不妥。"至少此时已决定了《野草》的出版意向。

北新书局的主要出版物由《未名丛刊》和《乌合丛书》构成。"未名"主要出译著，如《苦闷的象征》，此系列后移交未名社出版。"乌合"则以创作为主。内收鲁迅的《呐喊》《彷徨》《野草》，许钦文的《故乡》，高长虹的《心的探险》，向培良的《飘渺的梦及其他》，淦女士的《卷葹》等。鲁迅亲自为两种丛书撰写广告，此广告最早刊发在1926年7月未名社出版的台静农所编《关于鲁迅及其著作》版权页后。整整一年后的初版《野草》，在版权页后也附上了这则广告，标题为《未名丛刊与乌合丛书》，下有："鲁迅编。"正文如下：

所谓《未名丛刊》者,并非无名丛书之意,乃是还未想定名目,然而这就作为名字,不再去苦想他了。

这也并非学者们精选的宝书,凡国民都非看不可。只要有稿子,有印费,便即付印,想使萧索的读者,作者,译者,大家稍微感到一点热闹。内容自然是很庞杂的,因为希图在这庞杂中略见一致,所以又一括而为相近的形式,而名之曰《未名丛刊》。

大志向是丝毫也没有。所愿的:无非(1)在自己,是希望那印成的从速卖完,可以收回钱来再印第二种;(2)对于读者,是希望看了之后,不至于以为太受欺骗了。以上是一九二四年十二月间的话。现在将这分为两部分了。《未名丛刊》专收译本;另外又分立了一种单印不阔气的作者的创作的,叫作《乌合丛书》。

在此后面还附录了两种丛书目录并带广告语。"乌合丛书"依次计有:《呐喊》《故乡》《心的探险》《飘渺的梦及其他》《彷徨》《野草》六种。《野草》的广告语:"《野草》可以说是鲁迅的一本散文诗集,用优美的文字写出深奥的哲理,在鲁迅的许多作品中,是一部风格最特异的作品。"在六种书中,鲁迅的《呐喊》《彷徨》并无推荐语,只有作品的基本信息。而许钦文、高长虹、向培良作品,包括《野草》,都有内容、风格上的介绍。至少其他几位的广告语均出自鲁迅,许钦文《故乡》的封面,是鲁迅亲自选择的陶元庆绍兴"目连戏"题材画作,以印合作品内容。高长虹《心的探险》更是由"鲁迅选并画封面",可谓用心良苦。然而,高长虹不久与鲁迅反目闹腾后,这广告语"长虹的散文及诗集,将他的以虚无为实有,而又反抗这实有的精神苦痛的战叫,尽量地吐露着"也成了话题。

说实话,《野草》的广告语倒不像出自鲁迅的手笔,除了"可以说"三字外,其他就更不像了。《呐喊》《彷徨》没有广告语,一是因为并非初版,且早为众多读者所知,不需要再评价;二是鲁迅自谦,不做自我推销。但是,《野草》是例外,它是初版,又是一般读者所陌生的散文诗,且连川岛等人都"读不懂",广告推荐是必需的,毕竟北新是创办者,甚至是鲁迅这样的作者筹资、垫资创办的，有"经营压力"（借今语）。那这则广告就很有可能是李小峰这样的书店"老板"所写，当然应该也是鲁迅所认可的。

鲁迅于1927年10月3日由广州抵达上海，日记上并无此前见到《野草》样书的记载。当月又有赠人一本的记录，那可以推断他是到上海以后从李小峰处得到样书了。一直到1928年3月，日记方有寄赠《野草》的记录。这里的原因恐与初版《野草》的封面有关。初版《野草》封面由孙福熙设计，这不是关键，关键是封面上的作者署名为："鲁迅先生著。"这自然不符合通常的出版格式。鲁迅对此也很不满。1927年12月9日致川岛信中说："《华续》，《野草》他日寄上《野草》初版，面题'鲁迅先生著'，我已令其改正，所以须改正本出，才以赠人。"（下画线者，原为更小号字，此引时再加以下画线标识）这就可以知道，鲁迅对初版是颇不满意的。毕竟人在"暖国"，无法过问。日记里只有寄廖立峨一本，因为廖是追随鲁迅从厦门大学转学中山大学，直到鲁迅离穗还去帮忙并送别的青年学生，鲁迅对其关照有加，情形似是特殊。廖后又跑到上海来找鲁迅，并带着数名家人长住不走，终致鲁迅与其断绝往来，这是后话，也是另话。

北京的北新书局于1927年10月20日突遭奉军查封，《语丝》也被查禁。北新书局的"总部"就此也从北京移到了上海。鲁迅正好定居在沪上，于是应约担任了《语丝》主编。同时，《野草》的重印也可就近操作了。1928年1月重印的《野草》，已是"上海北新书局"版本。最突出的变化在封面，将"鲁迅先生著"改成了"鲁迅著"。鲁迅此后所赠人者，当是此一版本。

《野草》在鲁迅在世时印行过十二版次，这次数的累加最主要说明了鲁迅固有的名声，以及《野草》逐渐产生的影响力。照学者的话讲，版本学的意义并不大。这当然主要是对研究者而言，对众多读者来讲，认真读《鲁迅全集》就完全可以了。要理解《野草》，要让这些理解入心入脑，关键的是深读细读作品本身。当然，梳理清楚版本流变，对《野草》如何成为现代文学史上的一株"乔木"，也是十分有用的。有些逸事也值得记录，如"鲁迅先生著"的署名问题。

《野草》各版本当中还有一些变化也需要深读的朋友了解。比如说，通常我们会说《野草》由24篇作品组成，这是把《题辞》也算作其中一篇。也有时我们会说《野草》是23篇文章的合集，这时候就又把《题辞》当作"序文"来对待了。由于《题辞》本身具有强烈的散文诗品质而非一般的出版说明，当然可以作《野草》正文中的一篇了。但它在创作时间、创作地点上又同其他正文有很大距离，所以作为"序文"也是合理安排。我们看《鲁迅全集》，以及以《全集》为"模板"的《野草》单行本，《题辞》和《秋夜》等在目录上是并列位置，即目录之后连排24篇作品。但在初版本上，《题辞》"独立"位列于目录之前，是当作"序文"来对待的。

这当然是个小小的排版技术因素，但在鲁迅在世时，却并不这么简单。因为这"序文"在后来的版本中"不翼而飞"了。鲁迅1935年11月23日致邱遇信中说："《野草》的题词，系书店删去，是无意的漏落，他们常是这么模模胡胡的——还是因为触了当局的讳忌，有意删掉的，我可不知道。"这显然是应答读者的疑问。确切的原因，鲁迅或真不知道，或是故意隐晦地说，鲁迅这时对北新书局以及李小峰的印象，已非北京时期。真实原因，概因"政治"。据《鲁迅全集》注释，《题辞》"在本书最初几次印刷时都曾印入；1931年5月上海北新书局印第七版时被国民党书报检查机关抽去，1941年上海鲁迅全集出版社出版《鲁迅三十年集》时才重新收入"。按照鲁迅生前《野草》印行十二版而第七版抽掉《题辞》可知，《题辞》在这十二版里正好"存活"了一半，然后就"将遭践踏，将遭删刈"了。《题辞》是一篇与《野草》23篇正文从思想到艺术完全融入的作品。正文23篇所处的是军阀混战的不堪，写作《题辞》时，正值广州发生"四一五"大屠杀后不久，险恶环境下的悲愤心情成了《题辞》的主旨。"我是在二七年被血吓得目瞪口呆，离开广东的。"（《三闲集序言》）所以当《野草》印行时，即使后面的文章尚可通行，《题辞》也得拿下。鲁迅在广州时，因廖立峨介绍，结识了青年学生何春才，鲁迅住在白云楼时，何春才曾多次去拜访。"他听鲁迅说，写《野草·题辞》时，白云楼下有荷枪实弹的警察在放哨，天地在黑暗笼罩之下。他问'地火在地下运行，奔突……'这几句话是什么意思，鲁迅没有正面回答，只是说：'你注意到这点，就懂得一半了。'"（《梅州日报》2019年10月16日，陈蔚良《兴宁何春才与鲁迅先生的交往》）

当然，以更加精细的专业方法去梳理《野草》的出版流变，复杂性可能还有不少。比如，雪苇早在1942年写成的《〈野草〉的〈题辞〉》一文中，就对《野草》版次和《题辞》的"抽掉"提出过有别于上述分析的看法。一是在版次方面，他认为"按《野草》初版当在一九二七年六月，初印一千册，再版于同年八月，加印三千，封面均为'鲁迅先生著'字样"，又进而说"三版完全改观，改'鲁迅先生著'为'鲁迅著'"。而关于《题辞》的"抽掉"，他记述自己"再归上海，更买五版的《野草》，展开一看，赫然没了《题辞》，使我非常的惊奇"。《鲁迅全集》明确解释是从第七版"抽掉"，而雪苇却非常肯定地表示："但从此记住：《题辞》之被抽，不始自四版，定始自五版。"这是不是因为雪苇是按照"上海北新书局"的版次计算，而算入他所说"北京北新书局"的"二版"呢？

比这一"技术性"因素更特殊的观点，是雪苇认为，《题辞》的"抽掉"是鲁迅自己所为，原因是《题辞》的内容。雪苇认为，"地火在地下运行，奔突；熔岩一旦喷出，将烧尽一切野草，以及乔木，于是并且无可朽腐"，这是鲁迅在写作时对革命形势的乐观判断，但其后的形势发展却证明，"'地火'并未喷出，而是给出卖了"！鉴于革命形势并未立刻发生从低潮到高潮的变化，反而更加黑暗，鲁迅一定是认为"留着《题辞》，将不是自己的坦白，而是自己的束缚和诽谤"。"《野草》仍须生存"，而《题辞》却变成了"书生式的坦白"，"故抽掉它，是完全必要和刻不容缓的"。雪苇这种善意的靠自己的猜想和判断"想通了问题"，却与鲁迅反复强调的不知为何被"抽掉"、再三要求也没用的自我表述，以及学界后来的公认明显不符，故以聊备一说记之。

到今天，《野草》的出版已经超过了90年。我唯一参加的一次《野草》主题学术会议，就是2017年在上海复旦大学召开的《野草》出版90周年国际学术研讨会。本书的缘起也是那次会议。时光荏苒，《野草》的全貌呈现在一代代读者面前，且可以发挥最大的想象去表达各自对《野草》的理解。时代是进步的。这是《野草》之幸，是读者之幸。

（原载《作家》2020年第8期）

文学：稳定与变化

◎阿 来

在今天这个世界上，中国是延续历史最久、文化传承从未中断的最古老国家。

至少从春秋战国时代开始，逐渐成为中国人价值观主体的儒道法三家学说，在道统传承上，都在变动不居的社会中，探求什么是不变的恒常：曰礼、曰道、曰法。礼是关于国家和人，人和人关系的基本伦理。道更具哲学性，因为其中还包含了对自然运行规律的宏观想象。法家，是行动派，把有利于国家稳定的理念制度化，强制推行。

关于这三者的关系，《老子》有一段很精彩的论述，叫做："失道而后德，失德而后仁，失仁而后义，失义而后礼。"老子自己言说的"道"当然是很高级的，但人难以体悟。只好退而求其次，去讲德行仁义，但人只靠自觉又守不住这些伦理。只来树立"礼"，即制度性强制。即孔子的"克己复礼"的"礼"。这个时候，也就只好请法家出来，以法管人，依法治国。

中国文学，从上古时代开始，不论是史传作品中的带有文学性的书写，还是诗歌抒情性的吟唱，不论情感抒发还是现实记录，意义的空间无非是在这三个思想体系间徘徊，不过是在不同人笔下各有侧重罢了。《诗经》中来自十五国的民间歌唱，关于爱情，关于风习，关于战乱，其中包含的意义，要从儒家那里获得理论支撑或解读。《楚辞》中有关现实的忧患离乱、瑰丽想象中的浪漫世界的展现，也无非是"吾将上下而求索"的挣扎。悲剧性的结果，在前面所引老子所说那几句话中就已经被规定了。道德的路径是明了的，国家治理的路径也是明了的，但实行起来，却总是艰难的。所有的原因，都是因为人，千差万别的人。

中国文学，总体来看，从古代开始，就着眼于人的伦常，社会的兴衰，国家的治乱。虽然形式在变，诗歌从四言至五言至七言，再至参差错落的词，散文和小说从史传性的文学中分离出来，成为独立的文体，但意旨还是集中在忧国忧民这个主流上。即便是声称现实社会使人失望，要归隐，要修道寻仙，也往往是这个主流的另一种面相。这就构成了中国文学的稳定与恒常。换一句话说，文学虽然形式多变，但支撑种种表达的人文精神或哲理性的思索，都难以跳脱儒道法三家的范畴。当然，魏晋南北朝以后对中国文人来说，又有了一个释家的空。

一个有趣的例子是曹操，这个收拾汉末乱局，意图重新统一中国的人，从治国之术上讲，是一个手腕强硬的法家。同时，他又是那一时代最伟大的诗人。他是发动统一战争的人，但他作为诗人同时会看到战乱造成的灾难性后果，"白骨露于野，千里无鸡鸣。生民百遗一，念之断人肠。"这时，他怀有的是儒家情怀。同时，他作为一人之下、万人之上的位极人臣者，还能发出"对酒当歌，人生几何？譬如朝露，去日苦多"的感慨，就又是一派道家风范了。

有些时候，这种书写传统也会发生偏离，比如汉的文学迷失于赋，隋和唐初的诗迷失于宫体。也就是离开了儒道法三家关于世界、关于国家、关于人的基本关切。所以，要等陈子昂和韩愈们出来，掀起复古运动。那是要文学回到正道上去，回到其恒常不变的根本关切与使命上去。这个复古，是精神价值上的，而非形式。形式依然在变化，在发展。直到唐朝后期，长短句的出现，直到苏东坡李清照们的出现。

之后，是中国文学的低潮期。我个人对于中国古典文学中的小说评价不高，远远低于我对中国诗歌和散文的热爱。这个问题就不展开了。除了个别的例外，明清文学是中国文学的低潮期。

然后，是新文化运动。中国漫长历史上具有革命性的伟大时刻。在这场革命中，使用了漫长时间的文言被摒弃，从思想内容上，打倒孔家店，传统文学依凭的传统价值被批判。这场革命，首先是文学的革命。其目的与结果都不是造成一片文化废墟，而是对中国文化进行重新建构。用拿来主义的方法，引进中国文化中缺乏的科学精神和民主意识。这个过程中，中文这种语言也进行了重铸。那是为了服从对更复杂思想与事物进行表达的需要，因此在翻译外文的过程中引进了西方式的语法，即造词构句的新方法，而非一般意义上认为的使文言变成白话那样简单。这也是"三千年未有之大变局"，这是革命性的巨变。

表面上看，这场革命是颠覆性的，从语言到思想。但其中也有一种稳定的不变的东西，从屈原以降就有的中国知识分子（其中大多数都具有文学家身份）忧国忧民的传统没有改变。也是古代思想中本就包含的"苟日新，日日新，又日新"的求新求变的精神的彰显。在这场革命中，文学担任了先锋。与古代相比，文学变得更具批判精神，在宣扬新观念表现新事物上显得更加积极和敏锐。"五四"以降的新文学，主流是孜孜于新精神新审美构建的文学。"五四"以降的文学一直伴随着中华民族自新自强的过程。这个过程，也是与世界文学的主流相呼应的。

之后，我们也经历了短时期的文化上的自我封闭。

改革开放后，文化之门重开。我们发现世界文化的格局已然变化。前些天，美国文学批评家布鲁姆去世了。我们对他的理论贡献不太重视，可能是因为他开始其理论构建时，我们刚刚结束自我封闭走向开放，一时来不及消化那么多丰富的文化信息。那个时代，基于我们经历过的不幸的文化经历，那些为艺术而艺术的观念，那些解构性的嘲弄与反讽，以及文化多元论，似乎更容易为我们所接受。文学家将其作为顺手的工具，读者在其中也得到某种宣泄的快感，使得反思性的解构性的文化倾向成为一时之风潮。为我们从意识形态和情感世界中，祛除假大空的虚伪高调起到了积极作用。但今天，当我们想再往前行，就会发现，这也使得我们来到了一个价值观的空茫地带。我们发现文学失去了说是的能力，即建构的能力，从文本审美到社会认知再到历史判断莫不如此。而自有文学史以来，中国的文学，从来都是在认知力和审美力的铸造上拥有这种能力的。

在过去的很长一段时间里，我们一直在说什么是不是，并因此得到了人们评价现代派和后现代派文学时所说的那种"偏激的深刻"。而在其他领域，无论是政治、经济、还是科技，人们在否定什么的同时，也在努力进行建构的工作。而同一时期的文学，似乎只完成了一方面的任务，而在建构方面却少有建树。当下，解构的风潮已近尾声，或者说，被消费主义引领的文学写作，服务于消费的文学写作，连解构反讽需要的那种反思性也无心保持，连为艺术而艺术的那种纯粹性也无力保持，而在大众娱乐狂欢中一路狂奔。

这一切，正是以布鲁姆所批判的多元文化作为堂皇的借口。如果有人倡导文学回到雅正的主流，人家就会以多元文化作为挡箭牌拒绝批评。其实，再多元的文化,也需要有一个健康的主流,这个主流至少是能够助力于健康人格与雅正审美养成的。这是文学最稳定最持续的一个功能。今天很多的文学,恐怕已经放弃了这个恒常。正是在这种新介质上,我们可以看到明清以降就繁盛过的,在新文化运动中被无情扬弃过的一些陈腐的文学类型又重新泛滥。不仅是互联网,这些东西也在纸媒和电视媒体上重新泛滥。表面上很新,内里却是旧的,散发着萎靡颓败的气息。

记得米兰·昆德拉大概说过,小说应该在三个层面上接受评判。第一,是语言。第二,是道德的层面。第三,是历史的评判。在我理解,无论形式与题材如何变化,这也是使文学保持稳定的最重要的三个方面。用布鲁姆的话说,成功的文学,都必须闪烁着审美的光芒和认知的力量。

我不是批评家,我是一个小说家,并不擅长理性的思考。但大会出的这个题目,让我不得不试着以一个批评家的方式来讨论这个问题:什么是变?什么是不变?在当下中国,文学不用担心过于稳定的不变,不必担心这个不变会带来文化危机,对此中国人早有刻骨铭心的认识。也许是对明清时期文化封闭、抱残守缺的报复,当下的现实是,我们确实不太敢坚持文学中恒常不变的价值,不能对那些貌似很新,其实是沉渣泛起的东西保持警惕,发表不同的意见。

(原载《中华读书报》)

我们时代的塑胶跑道

◎迟子建

哈尔滨对于我来说,是一座埋藏着父辈眼泪的城。

埋藏着父辈眼泪的城,在后辈的写作者眼里,可以是一只血脚印,也可以是一颗露珠。

我十七岁前的行迹,就在连绵的大兴安岭山脉。山脉像长长的看不见的线,日月之光是闪亮的针,把我结结实实缝在它的怀抱中。初春的风认识我,我总是小镇那个早早摘掉围脖和手套的女孩,所以我的手总是比别的孩子要皴。夏日的溪流认得我,我常去那洗衣裳刷鞋子,将它们晾晒在溪畔草丛,交由太阳这个大功率烘干机,奔向树林采摘野果。可恶的树枝总是刮破我的衣裳,所以我身上的补丁也比别的女孩多。秋天时凝结在水洼上的薄冰认得我,它们莹白的肌肤上有着妖娆的纹路,被晨曦映照得像一面镶嵌着花枝的铜镜,我爱穿着水靴,把它们一个个踩烂,听着冰的碎裂声,感觉自己在用脚放爆竹,十分畅快,完全不理会冰的疼痛。冬天生产队的牛马认得我,那时上学除了交学费,还得交粪肥,只要发现公家的牛马出来拉脚,我就提着粪筐尾随着。可有时你跟了半里地,它们一个粪球都不赏,我便赌气地团了雪球打牛马,这时总会遭到车老板的叱骂。所以开学之前,因为粪肥不够秤,我和邻居小伙伴曾去牲口棚偷过马粪。

我少年时代的生活世界就是这样,在大自然的围场里,我是它的一个小小生物,与牛马猪羊、树木花鸟一样,感受这世界的风霜雨雪。无边无际的森林,炊烟袅袅的村落,繁花似锦的原野,纵横交织的溪流,是城市孩子在电影或画册中看到的情景,可它们却是我的日常生活图卷。

我对哈尔滨最早的认知,是从父亲的回忆中。童年的我懵懂无知,曾闹出不少笑话。比如看完京剧《沙家浜》,我认定有的地方的人是唱着说话的。比如父亲提到城市的公园时,我自作聪明地以为,这是男人才能进的园子。因为我们小镇的男人谈及女人生孩子,不说生男生女,而说生公生母,很自然地把人归于动物的行列。父亲童年不幸，我奶奶去世早，爷爷便把父亲从帽儿山送到哈尔滨的四弟家，而他四弟是在兆麟公园看门的，多子多女，生活拮据。父亲在哈尔滨读中学时寄宿，他常在酒醉时讲他去食堂买饭，不止一次遭遇因家长没有给他续上伙食费，而被停伙的情景。贫穷和饥饿的滋味，被父亲过早地尝到了。父亲说他功课不错，小提琴拉得也好，但因家里没钱供他继续求学，中学毕业后，他没跟任何人商量，独自报名来参加大兴安岭的开发建设。爷爷的四弟得知这个消息时，父亲已在火车站了。父亲这一去，直到1986年因病辞世，近三十年没回过哈尔滨。而他留给我的哈尔滨故事，多半浸透着眼泪。

父亲去世后，1990年我从大兴安岭师范学校，调转到哈尔滨工作。每次去兆麟公园，我都会忧伤满怀，想着这曾是父亲留下足迹的地方啊，谁能让他的脚印复活呢。

初来哈尔滨，我的写作与这座城市少有关联，虽是它的居民，但更像个过客，还是倾情写我心心念念的故乡。直到上世纪末我打造《伪满洲国》，哈尔滨作为这个历史舞台的主场景之一，我无法回避，所以开始读城史，在作品中尝试建构它。但它始终没有以强悍的主体风貌，在我作品中独立呈现过。十年过去了，二十年过去了，我在哈尔滨生活日久，了解愈深，自然而然将笔伸向这座城，于是有了《黄鸡白酒》《起舞》《白雪乌鸦》《晚安玫瑰》等作品。

熟悉我的读者朋友知道，我的长篇小说节奏，通常是四到五年一部。其实写完《群山之巅》，这部关于哈尔滨的长篇，就列入我的创作计划中。无论是素材积累的厚度，还是在情感浓度上，我与哈尔滨已难解难分，很想对它进行一次酣畅淋漓的文学表达。完成《候鸟的勇敢》《炖马靴》等中短篇小说后，2019年4月，我开始了《烟火漫卷》的写作。上部与下部的标题，也是从一开始就确定了的——《谁来署名的早晨》与《谁来落幕的夜晚》。写完上部第二章，我随中国作协代表团访欧，虽然旅途中没有续写，但笔下的人物和故事，一路跟着我漂洋过海，始终在脑海沉浮升腾，历经了另一番风雨的考验。

我们首站去的是我2000年到访过的挪威，因为卑尔根给我留下的印象太深了，当年归国后我还写了个短篇《格里格海的细雨黄昏》。而此次到卑尔根，最令我吃惊的是，这座城市少有变化，几乎每个标志性建筑物和街道，还都是我记忆中的模样，甚至是城中心广场的拼花地砖，一如从前。而在中国，如果你相隔近二十年再去一座城市,熟悉感会荡然无存,它既说明了中国的飞速发展,也说明我们缺乏城市灵魂。而有老灵魂的城市,一砖一瓦、一木一石都是有情的。在卑尔根海岸,我眼前浮现的是"榆樱院"的影子,这座小说中的院落,在现实的哈尔滨道外区不止一处,它们是中华巴洛克风格的老建筑,历经百年,其貌苍苍,深藏在现代高楼下,看上去破败不堪,但每扇窗子和每道回廊,都有故事。它们不像中央大街黄金地段的各式老建筑,被政府全力保护和利用起来。这种半土半洋的建筑,身处百年前哈尔滨大鼠疫发生地,与这个区的新闻电影院一样,是引车卖浆者的乐园,夜夜上演地方戏,演绎着平民的悲喜剧。从这些遗留的历史建筑上,能看到它固守传统,又不甘于落伍的鲜明痕迹。这种艺术的挣扎,是城市的挣扎,也是生之挣扎吧。

从卑尔根我看到了"榆樱院"这类建筑褶皱深处的光华,到了塞尔维亚,我则仿佛相遇了《烟火漫卷》中那些伤痛的人——伤痛又何时分过语言和肤色呢!在塞尔维亚的几日少见晴天,与塞尔维亚作家的两场交流活动,也就在阴雨中进行。其中几位前南老作家,令我肃然起敬。他们朴素得像农夫,好像每个人都刚参加完葬礼,脸上弥漫着一股说不出的哀伤。对,是哀伤不是忧伤。忧伤是黎明前的短暂黑暗,哀伤则是夕阳西下后漫长的黑暗。他们对文学的虔敬,对民族命运的忧虑,使得他们的发言惜字如金,但说出的每句话,又都带着可贵的文学温度,那是血泪。这是我参加的各类国际文学论坛中,唯一没有谁用调侃和玩世不恭语气说话、唯一没有笑声发出的座谈。窗里的座谈氛围与窗外的冷雨,形成一体。苦难和尊严,是文学的富矿和好品质,一点不假,安德里奇的《德里纳河上的桥》诞生在这片土地,不足为奇。塞尔维亚作家脑海中抹不去对战争废墟的记忆,而我们也抹不掉对这片土地一堆废墟的记忆。尽管穿城而过的多瑙河在雾雨中,不言不语地向前,但伤痛的记忆依然回流,刻在我们每个人的心上。

五月初归国后,回到书桌前的我,总觉在阴雨中,虽说外面春花烂漫。作家在心灵世界应该置身的,就是这样的天气吧。我一边写长篇,一边忙公务。因为筹建黑龙江文学馆,馆陈内容由我牵头负责,所以几乎每周都要主持一次会议,和各门类专家梳理从古至今的黑龙江文学史。半年时间,召开了近二十场会,展陈大纲数易其稿。但无论多累,回到家里,我不忘垦殖这块长篇园地,它带给我创作的愉悦和心灵的安宁。

　　写累了,我会停顿一两天,乘公交车或是地铁,在城区之间穿行。我起大早去观察医院门诊挂号处排队的人们,到凌晨的哈达果蔬批发市场去看交易情况,去夜市吃小吃,到花市看花,去旧货市场了解哪些老器物受欢迎,到天主堂看教徒怎样做礼拜。当然,我还去新闻电影院看二人转,到老会堂音乐厅欣赏演出,寻味道外风味小吃。凡是我作品涉及的地方,哪怕只是一笔带过,都要去触摸一下它的门,或是感受一下它的声音或气息。最触动我的,是在医大二院地铁站看到的情景。从那里上来的乘客,多是看病的或是看护病患者的,他们有的提着装有医学影像片子的白色塑料袋,有的拎着饭盒,大都面色灰黄,无精打采。有的上了地铁找到座位,立刻就歪头打盹。在一个与病相关的站点,感觉是站在命运的交叉口,多少生命就此被病魔吞噬,又有多少生命经过救治重获新生。这个站点的每一盏灯,都像神灯。能够照耀病患者的灯,必是慈悲的。

　　长篇写到三分之二处,我遭遇到一个网上恶帖的攻击,选择报案后,虽然心情受到影响,但并未因此停笔。文学确实是晦暗时刻的闪电,有一股穿透阴霾的力量。与此同时,我和同事又马不停蹄地筹备作协换届。但无论多忙,我每天都要把长篇打开,即便一字不写,也要感受一下它的气息。

　　2019年岁末,长篇初稿终于如愿完成了。记得写完最后一行字时,是午后三点多。抬眼望向窗外,天色灰蒙蒙的。我穿上羽绒服,去了小说中写到的群力外滩公园。春夏秋季时,来这里跑步和散步的人很多。那时只要天气好,我会在黄昏时去塑胶跑道,慢跑两千米。但冬季以后,天寒地冻,滩地风大,我只得在小区院子散步了。十二月的哈尔滨,太阳落得很早。何况天阴着,落日是没得看了。公园不见行人,一派荒凉。候鸟迁徙了,但留鸟仍在,寻常的麻雀在光秃秃的树间飞起落下。它们小小个头,却不惧风吹雪打,该有着怎样强大的心脏啊。

　　我沿着外滩公园猩红的塑胶跑道,朝阳明滩大桥方向走去。

　　这条由一家商业银行铺设的公益跑道,全长近四公里。最初铺设完工后,短短两三年时间,跑道多处破损,前年不得不铲掉重铺。因为塑胶材料有刺鼻的气味,所以施工那段日子,来此散步的人锐减。为了防止人们踏入未干透的跑道，施工方用马扎铁和绳子将跑道区域拦起来。可是六月中旬的一个傍晚，我去散步时，在塑胶跑道发现一只死去的燕子。燕子的嗅觉难道与人类不一样，把刺鼻的气味当成了芳香剂？它落入塑胶泥潭，翅膀摊开，还是飞翔的姿态，好像要在大地给自己做个美丽标本。而与它相距不远，则是一只凝然不动的大老鼠——没想到滩地的老鼠如此肥硕。这家伙看来不甘心死去，剧烈挣扎过，将身下那块塑胶，搅起大大的旋涡，像是用毛笔画出的一个逗号，虽说它的结局是句号。而我一路走过，还看见跑道上落着烟头、塑料袋、一次性口罩、糖纸、房屋小广告等，当然更多是树叶。本不是落叶时节，但那两日风大，绿的叶子被风劫走，命差的就落在塑胶跑道上，彻底毁了容颜。

无论死去的是燕子还是老鼠，无论它们是天上的精灵还是地上的窃贼，我为每个无辜逝去的生灵痛惜。

我们在保护人不踏入跑道时，没有想到保护大自然中与我们同生共息的生灵，这一直是人类最大的悲哀。

如今的塑胶跑道早已修复，我迎着冷风走到记忆中燕子和老鼠葬身之地时，哪还看得到一点疤痕？它早以全新的面貌，更韧性的肌理，承载着人们的脚步。去冬雪大，跑道边缘处有被风刮过来的雪，像是给火焰般的跑道镶嵌的一道白流苏。完成一部长篇，多想在冷风中看到一轮金红的落日啊，可天空把它的果实早早收走了，留给我的是阴郁的云。

2020新年之后，开过作协换届会，极度疲惫的我立刻重感冒了，坚持着再开完省政协会，是年关了，我一路咳嗽着奔回故乡。每年腊月尽头，我都要去白雪笼罩的山上给父亲上坟，和他说说心里话。那天我一边给他洒酒和烧纸，一边告诉他我完成了一部关于哈尔滨的长篇小说，还告诉他去年是我过得最累的一年，但我挺过来了。父亲离开我们三十多年了，但我有了委屈，还是会说给他听。我总想另一世的父亲，一定还在疼着他的女儿。

还记得去年十一月中旬，长篇写到四分之三时，我从大连参加完东北学会议，乘坐高铁列车回哈尔滨。透过车窗望着茫茫夜，第一次感觉黑暗是滚滚而来的。一个人的内心得多强大，才能抵抗这世上自然的黑暗、和我不断见证的人性黑暗啊。列车经过一个小城时，不知什么人在放烟火，冲天而起的斑斓光束，把一个萧瑟的小城点亮了。但车速太快，烟火很快被甩在身后，前方依然是绵延的黑暗。这不期而至的烟花，催下了我心底的泪水。而在列车上流泪，这是第二次。第一次是2002年初春，爱人车祸罹难，我从哈尔滨乘夜行列车北上奔丧，眼泪流了一路。而这一次，却仿佛不是因为悲伤和绝望，而是在无边无际的黑暗中，看到了仿佛地层深处喷涌而出的如花绚丽。这种从绽放就宣告结束的美好，摄人心魄。所以回到哈尔滨后，我给小说中的一个历经创痛的主人公，放了这样一场烟火。

我的长篇通常修改两遍，年后从故乡回到哈尔滨，新冠肺炎疫情蔓延，哈尔滨与大多数省会城市一样，采取了限制出行措施。我与同事一边和《黑龙江日报》共同策划组织"抗疫"专号文章，一边修改长篇。每日黄昏，站在阳台暖融融的微光中，望着空荡荡的街市，有一种活在虚构中的感觉。与此同时，大量读书，网上观影。波拉尼奥的《2666》是这期间我读到的最复杂的一部书，小说中的每个人似乎都是现代社会"病毒"的潜在携带者，充满了不安、焦虑与恐惧，波拉尼奥对人性的书写深入骨髓。我唯一不喜欢的地方，是他把罪恶的爆发点集中在墨西哥，就像中国古典小说写到情爱悲剧，往往离不开"后花园"一样。如果人类存在着犯罪的渊薮，那它一定是从心灵世界开始的。

二月改过一稿，放了一个月，四月再改二稿，这部长篇如今要离开我，走向读者了。在小说家的世界中，总是发生着一场又一场的告别，那是与笔下人物无声的告别。在告别之际，我要衷心感谢《烟火漫卷》中的每个人物，每个生灵，是他们伴我度过又一个严冬。

我在哈尔滨生活了三十年，关于这座城市的文学书写，现当代都涌现了许多优秀作家，我只不过是其中一个小小的参与者。任何一块地理概念的区域，无论它是城市还是乡村，都是所有文学写作者的共同资源。这点作家不能像某些低等动物那样，以野蛮的撒尿方式圈占文学领地，因为没有任何一块文学领地是私人的。无论是黑龙江还是哈尔滨，它的文学与它的经济一样，是所有乐于来此书写和开拓的人们的共同财富。

在埋藏着父辈眼泪的城市，我发现的是一颗露珠。

我对小说中写到的经营"爱心护送"车的人，做过艰难采访，因为他们中的绝大多数人是拒绝的。当然也有我在现实中寻不到的影子，但有我对这座城市历史的回溯中追踪到的人物。像犹太人谢普莲娜，俄裔工程师伊格纳维奇，日本战俘、民间画师等等，他们是百年前这片土地的青春面孔，如今他们的后辈，无论犹太后裔、战争遗孤还是退休狱警，与小镇弃尸者、孤独的老人、伤痛的少年、怀揣梦想的异乡人甚至城郊的赶马人等等，在哈尔滨共同迎来早晨、送别夜晚。当我告别这些人物时，感觉他们似乎还有没说完的话。还有作品中葬身塑胶泥潭的雀鹰，当我给这部书画上句号时，又看见了它那仿佛沾着鲜血的羽翼，什么样的天空和大地，才能让它获得诗意的栖居呢？这让我想起四年前到群力新居的次日，是新年的早晨，我走向北阳台时，迎接我的除了新年的阳光，还有一只站在窗外的鹰！这森林草原的动物为何出现在城市？它是迷路了、受伤了还是因为饥饿？它有话要说与一个孤独的房屋主人吗？我有无穷的疑问。当我返身取相机，想拍下它的那刻，机警孤傲的它张开翅膀，朝着天空飞去。一个浪迹天涯的精灵，一定有着一肚子的故事。这只鹰和我在塑胶跑道遇见的死去的燕子，合二为一，成了小说中雀鹰的化身。

小说总要结束，但现实从未有尾声。哈尔滨这座自开埠起就体现出鲜明包容性的城市，无论是城里人还是城外人，他们的碰撞与融合，他们在彼此寻找中所呈现的生命经纬，是文学的织锦，会吸引我与他们再续缘分。

我偏爱格里格、肖邦、斯美塔那、西贝柳斯这些民族乐派的大师，在他们的音乐里，你能听到他们身后祖国的山河之音，看到挪威的山峦，波兰的大地，捷克的河流，芬兰的天空。音乐家和作家在呈现大千世界时，也许只是山峦里山妖的一声歌唱，大地上人民的一声叹息，天空中归鸟的一声呢喃，以及河流的一声呜咽。但这每一个细小之音汇聚成流时，声势就大了。这样的民族之音，欢乐中沉浸着悲伤，光荣里有苦难的泪痕。而悲伤和苦难之上，从不缺乏人性的阳光。就像我们此时身处的世界，在新冠肺炎的阴影中，如此动荡如此寂静，但大地一定会在不久的将来，敞开温暖宽厚的怀抱，给我们劳作的自由。

毫无疑问，经历炼狱，回春后的大地一定会生机勃发，烟火依然如歌漫卷。

（本文系作者为长篇小说新作《烟火漫卷》所写的"后记"，原载《文汇报》2020年8月19日）

山高水远五夫里

◎ 南　帆

忘了哪一年到过五夫里，一次还是两次了？五夫里遗存许多古老的牌坊或者大宅子，例如连氏节孝坊、三市街牌坊、刘氏宗祠，还有兴贤书院。兴贤书院门楼两侧的所有屋檐无不向上扬起，犹如一只展翅欲飞的大鸟。牌坊或者大宅子的许多砖雕纹饰繁复，图案密集，可以细细地观摩品味，只不过转身离开几步就忘了。令人难忘的是那几棵八百多年的老樟树：舒展的树枝托起一个偌大的树冠，洋洋洒洒地遮住了一大片的天空。当然，难忘的另一个原因是，据说这几棵老樟树是当年朱熹亲手种植的。

"五夫里"之称的由来说法不一。据说曾经有五位士大夫出生或者讲学于此，坊间有"五贤过化"之说。然而，五位士大夫何许人也，似乎没有确凿的记载。大约中晚唐刘氏家族迁来之后，这一带就逐渐兴盛起来了。五夫里的声望很大一部分来自朱熹。朱熹十四岁的时候，父亲朱松病逝。临终之前，朱松将朱熹托付到五夫里由义父刘子羽教养，并且拜托刘子翚、刘勉之、胡宪三位朋友行使学术导师的职责。刘子羽视朱熹如己出，筑室安置朱熹母子，称为"紫阳楼"——那几棵樟树就种在紫阳楼门口。朱熹大约在五夫里居住了五十年，并且娶刘勉之的女儿为妻。他被尊为一代大儒之后，五夫里的各种景观随之显赫起来。兴贤书院号称是朱熹讲学过的所在，一条铺着鹅卵石的巷子被命名为"朱子巷"——据说朱熹访学寻友都是从这条曲折的巷子出入。紫阳楼附近有一口池塘，池塘之中有几片零零落落的荷叶，岸边杂草丛生，传说朱熹那首"半亩方塘一鉴开"即是从这儿获得了灵感。

许多人将五夫里视为朱熹的思想摇篮，伟大的哲学家显然是在这个村庄成熟的。朱熹的许多经天纬地的观点诞生于紫阳楼那几堵黄泥筑起来的墙壁之间。可是，我常常觉得，哲学家与生活地域的联系十分薄弱。可以列举许多例子证明，某些地域的文化氛围时常在诗人、作家的身上烙下强烈的印记，譬如楚地文化之于屈原，巴蜀文化之于杜甫，绍兴文化之于鲁迅；或者，巴黎之于巴尔扎克，布拉格之于卡夫卡，如此等等。相反，哲学家阐述的是宇宙之间的普遍公理，宇宙之中的某一个具体空间没有特殊意义。抛出众多概念体系收纳整个世界的时候，哲学家蒸干了各种鸡零狗碎的情节。据说一些哲学家拒绝举例说明，依赖例子阐明概念如同小说家依赖故事之间的插图一样可耻。所以，他们不可能拘囿于某一个地域的风土人情。哲学家试图为"道""气""理"或者"物自体""绝对精神""存在"这些玄妙的概念代言，"五夫里"这种流露出乡土气息的村庄名称必须如同一块多余的水渍迅速地烘干。

哲学考虑的是元理论问题，哲学家的形象时常摇摆在伟大的智者和世俗生活的无能者之间。他们擅长吞吐各种理论命题，对于时装品牌或者晚餐烹调厨艺不屑一顾。君子不器，他们的抱负是谋划天地之间的大道而远离琐碎无聊的小技。当年古希腊那些哲学家披一件布衫坐在阳光明亮的街头，凝神沉思宇宙的基本奥秘。所以，哲学的另一个名称是爱智之学。智慧的沉思隐含了巨大的快乐，这是世俗生活的各种常识所无法提供的。一种舆论认为，中国古代的思想家缺乏哲学素质，他们感兴趣的是现世的社会伦理而不关注形而上的宏大真理。那个让人又崇敬又讨厌的解构主义者雅克·德里达甚至说，中国只有思想而没有哲学。估计这是西方中心主义制造的普遍误解。想一想老子所论述的"道"吧，那不是形而上的元理论又是什么？当然，还有朱熹的理学。根据理学构筑的宏大理论体系，朱熹无疑可以当之无愧地划入哲学家之列。

哲学家思想的价值不必依赖地域的胎记给予证明。口若悬河，舌灿莲花，哲学家传授的普遍真理放之四海而皆准，他们生活的弹丸之地无非提供一个起居的处所，雨水多少或者吃不吃辣椒并不会削减思想的质量。康德大半辈子从未离开一个称为哥尼斯堡的小镇，每一天遵循极为刻板的时间表，以至于小镇上的居民可以根据康德的散步时间校对钟表。可是，康德的思想疆域远远超出了狭窄的行政区划。康德的名言是，世界上只有两件事可以震撼人们的心灵，一是我们头顶灿烂的星空，一是我们内心崇高的道德准则。如此壮阔的精神境界不可能诞生于那个小镇的文化空间。

康德时常担任哲学家漫画的标准原型。理性，严谨得可怕，尽管他也召集学生传授哲学，每一日和熟悉的朋友一起吃午餐，并且参加某一个伯爵夫人的社交沙龙，但是，康德的形象始终是一个落落寡合的孤独者。人们无法想象，康德的身边还有一群前呼后拥的亲密伙伴——那似乎太不"哲学"了。相对地说,朱熹身上保留了更多的烟火气息。他显然擅长学术社交,年轻的时候常常负箧出门,向住在不远的岳父兼师长刘勉之请教,或者去聆听胡宪的教诲。刘氏与胡氏均名重一时,创立了"刘胡学派"。总之,朱熹的学术背景之中活跃着一批名儒的身影,好学精思的文化气候催熟了一个哲学家破土而出。

北宋末年,中原望族纷纷南迁。闽北是衔接中原的交通要冲,物产丰盛,富庶安宁,这儿成为人们定居的首选。富裕的生活环境同时带动了文化与学术发展,这一带书院林立,并且逐渐演变为中国最大的印刷基地之一。这种气氛陶冶了年轻的朱熹,他肯定有一种如鱼得水的感觉。当然还要提到李侗。李侗是程颐的二传弟子,曾拜杨时、罗从彦为师,长期隐居于乡野。二十八岁的时候,朱熹为官一任之后从同安返回五夫里,正式师从李侗。这时的朱熹已经显露出天才的迹象,但是,他的思想光芒仍然有些散乱,尚未凝聚为一道强烈的光束。李侗的批判与训诫不仅使朱熹放弃了佛释之学,"逃禅归儒",并且续上了二程"洛学"的思想脉络。所以,自从十四岁来到五夫里,这个村庄始终呵护朱熹思想的完成。

尽管如此,我还是愿意认为,朱熹的独特天分远比生活的地域重要。土壤肥沃,水分和阳光充足,然而,一块土地长出的是水稻、麦子还是玉米、高粱,种子的意义是决定性的。对于通常的文化人物,追溯师承渊源,大约可以预计他的未来思想半径。但是,朱熹这种人物的内在潜力未可限量。众多的师长只要指点一个可能的理论路径,他就能独自登上思想的巅峰。

当然,五夫里对于朱熹存在特殊的吸引力。一个人近五十年居住在同一个地方,这种状况肯定存在某种原因。康德这种哲学家可能不愿意分神考虑各种日常琐事,他的住所始终如一,职业也始终如一——只要哪一个地方可以安顿他的哲学,哲学家就愿意就地坐下,不再挑剔各种待遇。然而,朱熹具有经世致用的才能。他不仅在好几个地方担任行政长官,而且还进入朝廷给皇帝讲授儒学——只不过他与宋宁宗话不投机,讲课的资格仅仅维持了四十几天。朱熹同时热衷于学术圈的交往,"朱张会讲"或者"鹅湖之会"均为学术史上的盛事。另一方面,朱熹在各地创办或者重建许多书院。从岳麓书院、白鹿洞书院到寒泉精舍、武夷精舍,足迹遍布各地。总之,他并非孤陋寡闻的书生,不仅读万卷书，而且行万里路，见多识广。他可以挑选各种理想的地域定居，不论是四季如春的闽南还是江浙一带的富庶之地，他都有条件选择。

然而，朱熹总是一次又一次地返回五夫里，返回紫阳楼。根据记载，刘子羽修建的紫阳楼有五间房屋，周边还有一块空地，"可以树，有圃可蔬，有池可鱼"。不知刘子羽当初能否意识到，他在五夫里筑室安置的那个少年居然成为闻名遐迩的思想领袖？他肯定没有料到的是，成为思想领袖的朱熹居然在这幢楼房里安居近五十年。六十一岁的时候，朱熹迁居建阳。事实上，他仍然十分留恋五夫里的紫阳楼，他的《怀潭溪旧居》甚至流露出某种悔意："忆往潭溪四十年，好峰无数列窗前。虽非水抱山环地，却是冬温夏冷天。绕舍扶疏千个竹，傍崖寒冽一泓泉。谁教失计东迁谬，龛卧西窗日满川。"

朱熹绝非耽于享乐的人。五夫里让他恋恋不舍的是什么？"好峰无数列窗前"——似乎可以从这句诗之中察觉某种端倪。我愿意猜测，朱熹喜欢山。雄伟的山脉或者奇峭的山峰让人心旷神怡，更为重要的是，清幽寂静的山居是专注地研读圣贤著作的理想环境。不论是岳麓书院、白鹿洞书院还是武夷精舍，朱熹愿意驻足的书院多半倚山而建。五夫里就在武夷山附近。坐在紫阳楼啜一口茶，一抬眼望见了云雾缭绕的武夷山，这是何等的心情？

如果允许的话，我还愿意进一步猜测，朱熹喜欢山的原因或许超出了美学情趣而涉及性情——我记起了《论语》的那一连串著名的论断："知者乐水，仁者乐山；知者动，仁者静；知者乐，仁者寿。"如何理解这几句话，历代的注家略有分歧。朱熹的《论语集注》根据"知者"与"仁者"的不同气质阐释了"水"与"山"的隐喻："知者达于事理而周流无滞，有似于水，故乐水；仁者安于义理而厚重不迁，有似于山，故乐山。"我对于这种阐释深以为然。而且，我觉得这句话恰似朱熹的夫子自道："仁者乐山。"

朱熹的为人处世扛得起"厚重不迁"这个形容——如若没有那一则悬案。宋庆元二年，监察御史沈继祖弹劾朱熹，说他"私故人财"，更有杀伤力的是"诱引尼姑二人以为宠妾"，出门为官之际公然带在身边；同时，儿子去世之后，儿媳居然离奇地怀孕。奇怪的是，朱熹没有大声抗辩，而是上表认罪，表示要悔过自新。这即是南宋历史上著名的"庆元党禁"。这个事件的结局是，朱熹遭受撤职，他的学说被朝廷斥为"伪学"，众多学生门人遭受各种程度的处罚与迫害。"庆元党禁"显然涉及朝廷内部的派系之争,然而,后人聚讼不休的是,朱熹纳妾是否属实。这是历史深处一个不无模糊的耻辱烙印。

哲学家的爱欲历来是一个众目睽睽的热点,这个现象很有趣——一些人想看一看,那些绝对的理性主义者怎么对付异性之间丧失了理性的疯狂激情;另一些人试图试探的是,躯体内部的原始欲望能不能激励巨大的思想创造。歌德这种文豪七十四岁的时候还能与十九岁的小姑娘恋爱,可是,那些严肃的哲学家似乎不乐意参与"才下眉头,却上心头"这种古怪精神游戏。据说——来自阿尔森·古留加《康德传》的材料——康德曾经以高度概括的理性语言表述男女之间的床笫之欢:这是男女之间一系列无规律动作的组合。许多人仿佛觉得,晦涩的形而上学概念与性冷淡更为协调。康德当然没有结婚。我需要女人的时候,却无力供养她;我能供养她的时候,却不需要女人了——他的说明始终保持一副如此睿智的哲学腔调。事实上,叔本华和尼采也在恋爱生活之中遭受过不同程度的挫折。当然,他们通常不愿意在婚姻方面苟且从事,哲学家那一副洞悉宇宙奥秘的眼光早就窥破了婚姻的庸俗本质。

某些时候,文学似乎试图劝一劝固执的哲学家。犹太作家辛格写了一篇小说《市场街的斯宾诺莎》:一个年迈的哲学博士住在市场街旁的小阁楼上,长年累月地钻研斯宾诺莎。哲学博士浑身病痛,自忖不久于人世。然而,他意外地与一个又高又瘦的塌鼻子老处女结婚了。一夜的欢娱治愈了哲学博士的各种症状,并且告诉他一个崭新的哲理:世俗的乐趣就是神圣的组成部分。我不知道,哲学家会不会轻蔑地将这种小说视为可恶的诱惑?性的快乐如此短暂,尾随而来的就是无尽的烦恼:不懈地维持家庭的经济收入,日复一日地对付厨房里的油烟和岳母大人的旁敲侧击,这一切与伟大的形而上学相距何其遥远。

与许多迂腐的哲学家不同,朱熹试图将伟大的形而上学解放出理论的躯壳,带入世俗的日常生活。日常生活是一个琐碎而杂乱的区域,个人躯体是一个坚硬的物质存在,来自躯体的七情六欲含有卑下与堕落的意味。只有严格地遏制泛滥的"人欲",崇高的"天理"才能浮出尘埃。因此,实践一套内心道德修为的规范,是日常生活摆脱芜杂和颓废融入澄明圆满的门径。可是,颁布了这一套冠冕堂皇的观点之后,转身携带的那两个尼姑又算什么?即使纳妾是当年士大夫的时尚,宠幸尼姑无疑是冒犯戒律——如果朱熹无法义正词严地澄清事实，所有政敌都不会放过这种情节。

会不会存在另一种可能——即使朱熹这等伟人也无法完全符合自己设置的人格标准？知行的脱节并非罕见。然而，朱熹的对手宁可认为，这是道学家的虚伪。虚伪是一种不可原谅的道德缺陷，甚至比坦率的颓废还要可恶。这时，许多人会觉得，柳永比朱熹可亲。

之所以提到柳永，并不是信手拈来一个迥然不同的对手——柳永与朱熹曾经在五夫里有交集。柳永大约先于朱熹一百四十五年出生，柳家祖籍山西，后迁到五夫里。《宋史》未曾为柳永立传，生卒年的认定存在某些推测成分。流行的说法是，柳永的父亲柳宜曾任山东费县县令，柳永出生于费县，父亲取名为"柳三变"。柳永也是十四岁左右随同叔叔返回五夫里，一生也活了七十岁左右——这一切均与朱熹相仿。

如同当年的许多士子，柳永同样将科举制度想象为光宗耀祖的必由之路。十八岁左右，他赴京赶考，可是到了杭州就不想走了。湖光山色，买醉听歌，这种日子显然比枯燥的子曰诗云有趣得多。重要的是，这时柳永的旷世之才已经开始显现，一首《望海潮·东南形胜》名噪一时。传说金帝完颜亮由于词中的"三秋桂子，十里荷花"一句垂涎三尺，心生南侵宋朝之意。柳永随后在杭州、苏州、扬州一带逛荡了六七年。放浪形骸之际，一首又一首的新词接踵而至，二十五岁左右才抵达汴京参加考试。柳永没有料到，宋真宗厌恶"属辞浮靡"，他初试落第。一怒之下，柳永填词自称"白衣卿相"，宁可将那些无聊的"浮名""换了浅斟低唱"。此后柳永又考了几次，屡试屡败。功名无望，柳永竟日出入于酒肆青楼，眠花宿柳，自称"奉旨填词柳三变"。这当然也成全了他，徘徊在朝廷之外的柳永转身成为一代词宗。尽管柳永晚年及第，进而获得一官半职，但是，他的声名显然不在庙堂，而是播撒于娱乐江湖，所谓"凡有井水处，即能歌柳词"。柳永逝世的时候一贫如洗，一些歌伎凑钱安葬，并且每年清明相约到坟地祭扫，相沿成习，称之为"吊柳会"。

"乐游原上妓如云，尽上风流柳七坟。可笑纷纷缙绅辈，怜才不及众红裙。"这是后人感叹"吊柳会"的一首诗。后面的两句可以分辨出朱熹与柳永的歧途。五夫里点卯之后，两个人的后续故事恰恰相反。柳永以不羁文人的形象著称，才子风流，放纵声色，志短情长，吟风弄月，牢骚满腹的时候对于世俗功名嗤之以鼻，转眼又会躬身干谒权贵。朱熹被誉为学术素王，强调的是刚直耿介，克己复礼，正襟危坐，涵养心性，既积极入世，热衷于修齐治平，振举朝纲，又屡屡犯颜直谏，直至被罢官。如果用"仁者乐山"形容朱熹，柳永当然更适合"知者乐水"。他似乎无法久居山区。柳永离开五夫里之后不再回返，大部分时间流连于江南的温柔乡，他的词不时流露出轻盈的水意。水性杨花，这个意象可以隐喻柳永的灵动与明艳。

尽管柳永与朱熹生前都郁郁不得志，但朱熹逝世不久就声名鹊起，逐渐被尊为圣人，他的学说演变为官方哲学；相反，柳永始终没有卸下轻薄的文化行头，似乎是一个才高八斗同时又不怎么争气的家伙。某些人对于柳永的多愁善感五体投地，惊为天人；另一些人看上了他的恣意放浪，相对于激进的姿态，这如同另类的叛逆；还有人将柳永称为"有趣的灵魂"——比朱熹有趣。朱熹曾经与一些诗人、词人成为莫逆之交，例如陆游，或者辛弃疾，但是，他绝口不提柳永。如此渊博的人当然知道近在咫尺的文学前辈，不置一词即是意味深长的表态。

现今，五夫里各种古老的遗迹多半留有朱熹的印记，柳永仅仅是一个闪亮的名字，只能在某些偶然的时刻流星一般划过。

（原载《上海文学》2020年第1期）

汪曾祺拯救了我们的汉语

◎孙 郁

汪曾祺先生对中国当代文学的贡献是很大的。他让文学从虚假的、先验的观念为主的文学回到自身。他有烟火气，他能够把民间的疾苦、百姓的冷暖以诗意的方式呈现出来。而他的散文（对他来说，任何事物都可以入其散文），又很有韵致，传统词章的那种优长都有，我们有时候能够感受到他跟柳宗元、苏轼的一些文字相通的片断，有时候能读到他跟张岱、袁宏道、袁宗道这些人内心相通的句子，汪先生对传统把握得确确实实很有味道。

但是他又有现代性，他并不是回到古老的士大夫文化的秩序里，他有现代精神。他还受到左翼文学的影响，这种影响也是很深的，但是他把左翼里面的那种泛道德化的东西剔除出去，把关心底层这一点保留下来，这是很不得了的。

所以我们读他的作品，感到他一下子把我们从天上还原到地下，这是一个贡献。他的另外一个贡献就是他的语言对当代文学的贡献，我认为他拯救了我们的汉语。

我这样说一点也不是夸大其词，汉语这一百年（也是汪曾祺诞生以来的百年），命运多舛，起起伏伏。新文学最早是受翻译的影响，像林纾先生当年翻译域外的文学作品，他用的是汉唐的余音，司马迁的古朴和韩愈的简洁我们在他身上都能看出来。林纾的这种翻译有很特别的表达，汉语在他笔下发生了一点点变化。钱锺书先生有一篇文章叫《林纾的翻译》，写得非常好，他发现林纾本来是一个崇尚唐宋古文的文章家，但是他接触域外小说以后他的词章开始发生变化。不过他还是没有很好地解决对于现代生活描述的难题，因为他翻译的是近现代西洋的小说，用中国古文是不是能够很好地对应，这个问题没有很好地解决。鲁迅和周作人当年在日本翻译了《域外小说集》，他们也是用古文进行翻译，才卖出几十本，佶屈聱牙，没有人读，读不懂，也失败了。后来人们发现我们还是用白话、用口语来翻译，这时候古文慢慢退出，语体文慢慢出现了。

林纾的古文已经不再是桐城派所推崇的古文，文言中有杂体，他吸收了笔记小说的句式,这是研究现代文学史的人都注意到的。胡适和陈独秀这些人就更向前一步了,胡适提出文学改良主义,陈独秀提出文学革命的主张,他们就是想要告别古文。所以当时文言与俗语,是势不两立的存在。新文化人认为应当用口语、俗语来写作。新文化运动前后,王国维先生在考察宋元戏曲的时候也发现,用俗语写作也很有它的价值,因为到了晚清的时候士大夫的语言词章已经走向死胡同,中国的古文被读书人玩死了,不能再生长出新意。王国维反而在宋元的戏曲里面发现百姓口语里的句子那么鲜活、那么生猛、那么打动人的心魄,他很惊讶。王国维是用雅言写作的,但是他能注意到俗语的价值,很不简单。当时很多人研究雅言和俗语,比如章太炎和刘师培先生在考察唐韵与今韵的时候,发现它们存在着内在的联系。章太炎的学术思路里,认为今日所谓俗语,可能就是历史上的雅言。所以晚清之后,俗语在文学里被雅化处理的时候并不觉得生硬,明清小说和笔记小说里面这种雅言和俗语的交替使用,特别是俗语的雅化运用,对于胡适这些人的影响是非常大的。他写的《文学改良刍议》,就主张用白话写作。

白话写作当然没有问题,所以当时像鲁迅、周作人他们都响应这样的号召,用白话文写作。不过那一代人古文修养很好,所以他们的白话并不彻底。胡适的白话应当说比较纯净,有人说他是"一清如水"。但周氏兄弟就不同了,他们有一种暗功夫,鲁迅对于汉译的佛经非常熟悉,他藏了很多佛经,对东汉以来文人的写作了解比较深,尤其对六朝人,他对六朝的掌故、六朝的遗风、六朝词章里所呈现出的那种"峻急"之气,对那样的一种冲淡之美都有体味,而且这些也对他影响很大。所以鲁迅和周作人的白话文其实是有古文的元素在里面。

不过他们认为古文对自己是一种带有"鬼气"的东西,并不都是好东西,应该告别这种古老的词章,要寻觅新的词章。这时候主要靠翻译来进行摸索,所以当时很多翻译家在翻译外国文学的时候用了一种新的语文,赵元任先生在此做了很多的尝试。

赵元任先生是一个语言学家,他在翻译《阿丽思漫游奇境记》之后说过这样的话:"当中国的语言经历过实验的时代,不妨乘这个机会做几方面的实验,一,这书要是不用语体文,很难翻译到'得神',所以这个译本亦可以作一个评判语体文成败的教材。"他又讲到怎么把英文词变成白话文。这都是一种实验,这种实验很重要，语体文就建立起来了。沈从文、丁玲这一代人就是在这种语体文的影响下进行写作的，他们没有上一代人那么好的古文修养。再往下一代人更不懂古文，只能用白话。革命的时代，那时候提倡大众的文艺，延安提倡文艺为大众服务，用俗语、用大众语来创作也形成风气。真正懂得大众语审美蕴含的人不是特别多，赵树理、老舍先生是一个奇迹，包括成都作家李劼人，他们都是会用方言写作的。但是一般用白话文写作的人，他们后来都是看翻译小说长大的。我们看王蒙先生的小说，他就是看格拉特夫的《士敏土》，看肖洛霍夫的《静静的顿河》，他们受这些影响，所以他们的文体是翻译体加上北京话，当然他们也使这种语体在写作上生根开花，变成自己生命表达的一部分。

一直到"文化大革命"时期，翻译体也没有了，只剩下大众语。汪先生非常着急，所以把京派儒雅的、散淡的、趣味的话语结构召唤出来，不仅把民国的话语重新整理召唤出来，重新衔接六朝文的趣味、唐宋文的美质、明清文的韵致，而且他觉得被"五四"所颠覆的一些古文，比如"五四"时很多人都在写文章骂韩愈，说韩愈把中国的文章搞坏了，尤其桐城派，桐城派推崇韩愈都是问题。汪先生是欣赏韩愈的，他认为韩愈虽然有的时候装腔作势，但是他的文气、他的词章、他的句式所折射出的人生体味，以及他那种高远的情怀，不是人人可以为之的。他说桐城也不都是谬种。

汪先生对新文化运动、对胡适他们简单地否定文言文是有看法的，他在国外有一次讲演专门讲到这个问题，他说："语言是一种文化现象，语言的背后是有文化的，胡适提出'白话文'，提出'八不主义'，他的'八不'，都是消极的，不要这样、不要那样，没有积极的东西，'要'怎样？他忽略了一种东西，语言的艺术性。结果他的白话文成了'大白话'。"他对胡适是有微词的。其实胡适词章里的这些毛病，后来周作人他们也都发现了，周作人在上世纪三四十年代也强调文章的写作里面不能轻易地否认文言的句式、文言之美。

中国的汉语，从最早《诗经》的写作，到《楚辞》，一直下来，每个时代的汉语都有一些变化。先秦的文字，我们的先贤们心灵是敞开的，和上苍没有障碍地进行交流，所以产生了惊世骇俗的诗文。到了东汉翻译佛经，韵律出现了，人们发现汉字以字为本位，汉字写作有一个特点，它是有它的规律的。所以翻译家，像鸠摩罗什、玄奘，他们都注重词章的转换。鸠摩罗什翻译的佛经里面，有一些当时看不好懂，现在已经丰富了我们的汉语，成为我们汉语的一部分，它在生长。我们知道韩愈先生不喜欢佛经，反对佛教，所以他的词章基本上是受到古文的影响，他衔接了庄子、司马迁的一些东西，但是柳宗元和苏轼就不一样，柳宗元和苏轼的文章不仅有先秦的古风，还有汉魏时候佛学的空幻之美，那种高妙的情思在他们的词章里都有。尤其苏轼，他也是什么样的话题都可以在他的文字里生出花来，在无趣的地方生长出有趣的绿树，这是苏轼很了不起的地方。这种能力说明汉语有无限种可能，可是后来它被抑制住，新文化运动以后，特别是冷战以后，我们用冷战语言思考问题的时候，汉语委顿、枯萎了。

而汪先生写小说，一会儿用北京话，一会儿用高邮话，一会儿用他在劳改所在地说的张家口话，他的语言是很丰富的。鲁迅先生基本都是用语体文，他的小说里面会有方言，但是他的杂文、散文中，他对俗语的运用还是比较克制的。但汪先生不是这样，汪先生的俗语雅化了，他在大雅里面有大俗的东西，这一点是不得了的。所以他在美国讲学的时候强调语言是一个本质性的东西，他说语言是有文化性的。所谓文化性，不是单单的表面的表述，乃是对于古今中外文明的摄取，他很喜欢六朝文人的词章，简单里有幽深的东西。

他还谈到语言有暗示性，这也是他重视的一点。他说：国内有一位评论家评论我的作品，说汪曾祺的语言很怪，拆开来每一句都是平平常常的话，放在一起，就有一点味道。我想任何人的语言都是这样，每句话都是警句，那是会叫人受不了的。语言不是一句一句写出来，"加"在一起的。语言不能像盖房子一样，一块砖一块砖，垒起来。那样就会成为堆砌。语言的美不在一句一句的话，而在话与话之间的关系。包世臣论王羲之的字，说单看一个一个的字，并不怎么好看，但是字的各部分、字与字之间如"老翁携带幼孙，顾盼有情，痛痒相关"。中国人写字讲究"形气"。语言是处处相通，有内在的联系的。语言像树，枝干树叶、汁液流转，一枝动，百枝摇，它是"活"的。

书法里面要讲章法，疏密之间有转折，要有留白，要有变化，所以这个是暗功夫。写文章也是一样的道理，规律相似，这些需久久琢磨方能得到它的奥妙。

汪先生还谈到语言的流动性，他说写作的人常被一种语境囚禁，当会生出生涩之图。他的笔触轻轻落下没有声响，却触动读者的神经。这流动性有大雅到大俗的起伏，空漠与实有的散落，以及正经与诙谐的交汇。有时候是韵文思维下的片断，有时候是谣俗之调，有时则若白开水的陈述。他的一些小说，语言几乎就是口语的铺陈，但偶尔夹杂文言，又冒出戏曲之腔，拓展的是一条词语的幽径。

所以我认为他是：一语之中，众景悉见，转折之际，百味顿生。这是汪先生小说和散文里语言的特性。他取韩愈的节奏之美，剔除了道学的元素，得张岱之清越之趣，却有凝重的情思。那些流传在民间的艺术，在神韵上影响了他词语的选择，幽怨流于平静里，这在百年文学中是少见的。

汪先生不仅文字很冲淡儒雅，有的时候又很剧烈，有一种狂放之美。很多人说汪先生像一个隐士，其实不是，如果你深入了解他，会发现他有狂放的一面。他写的戏曲里，有好多是非常狂放的，他的《大劈棺》写得真好，有一种讽刺之语。《小翠》是根据《聊斋》改编的作品，还有《一匹布》，有一种浩然之气在里面，用一种文不雅驯的语言表达出民间底层的那种精深的想象，显示出狂放之美。这个隐得很深，我们不易看到。他在1980年代之前对鲁迅略有点微词，他喜欢周作人。但是到了1990年代初以后，他觉得鲁迅伟大，鲁迅身上的那种直面惨淡的人生，那种大的悲悯，那种是非分明的精神，他是推崇的。所以他在有一些作品里面也表达了这样一种精神，暗含着批判性。

他的语言，今天研究起来，我觉得是很有趣的话题。当然他的语言受到戏曲语言的影响，受到绘画语言的影响，大家知道汪先生喜欢绘画，画的是文人画，中国晚清以后最早提倡文人画的是陈衡恪（陈师曾，陈寅恪同父异母的哥哥），他翻译过日本人关于文人画的文章，他自己画的也是北京风俗图，属于文人画。汪先生的画作也是文人画，但汪先生说文人画那种题跋趣味，其实跟中国人的文章是接近的。所以绘画语言里的色彩、图案，它的章法，里面内在的韵律，其实也暗示在他自己的语言里面，我们有时候觉得他的语言有一种色彩的美。这是只有鲁迅、沈从文、张爱玲等少数作家能够做到的一点，这就是语言的暗示性。

今天通过回望汪先生，认真研究他，我们会进入到文学史里面最迷人的景观里。

（原载《人民政协报》2020年6月1日）

枕边的书

◎汤世杰

枕边书听上去是个时髦字眼，可惜我不是个喜欢把书放在枕边的人：书在我眼里一直精贵得很，读时从来恭谨小心，舍不得随处乱摆乱放，生怕弄坏了——而枕边恰恰是慵懒的，甚至是昏暗的、暧昧的。

想了想，习惯几乎打小养成——乍暖还寒的春夏之交，不知有多少人正从自己辽阔的往昔打马而过，或穿过茑萝，或穿过桃李，穿过人生那时隐时现的悲欣与无常——"反思一个人漫长的一生是一种伟大的感受。"（罗曼·罗兰）从小到大，读书于我从来都是奢侈的，是件常常处于渴慕之中、想想都会快乐都会惬意的事，甚至多少有点儿神圣。我说的当然是指我自己想看也喜欢看的书，不包括那种作为任务下达须强制完成的规定性阅读，也不包括那些有意无意见到就想"逃课"甚至"逃命"的读物，而年轻的生命，居然曾经有过一段那样庄重的耗费。真拿到一本想看也好看的书时的兴奋、喜悦，往往无以言说。分分秒秒之中，你既想尽快了然书里的"后来"，想一口气读完它，甚至任何时候，即便短暂到只是一小段时间，如同有人说的，譬如"离约定的晚餐尚早，寒风把我逼进一家温暖但是生意冷清的咖啡馆"，你也想到要抓紧时间去多读上几行，往书的深处哪怕再多走上一步也好；或者是在出行去某处的路上，面对路途的遥远与无聊的无以打发，如果手里有一本好看的书，人便能轻松地撇开俗世的污浊与丑陋，熬过一段艰难的旅程。即便安安然然地待在家里，在做着某件琐碎又无法逃避的事情时，随手打开一本书，也会让人赢得短暂的愉悦——如孙甘露所谓，"我挺享受临时的阅读，在大块琐事的缝隙，于手边的读物中，瞬间抓住若干字词和含义，仿佛在某个陌生的街角，捕获从一扇打开的窗户飘出的旋律。仓促的一瞥似乎比长时间埋首书本更能令我领会言词背后闪烁的含义"。

但我好像一直不大适应，或说不大会读"枕边书"。

在我看来，除非万不得已，看似温馨柔软其实慵懒甚至昏暗暧昧的枕边，并非一本好书该待的地方。一本好书安身立命的最佳位置，它的理想归宿地，显然该是书房、书架、书桌，或是窗边；像古人那样正襟危坐也许太累，但至少该有一桌一椅，一杯茶，两只捧着书的手，一双盯着它的眼睛，一颗被它牵动着的抑扬起伏的心。如果有阳光斜斜地射过来，刚好落在离书本不远的地方，当然更好；或许还有无事清风有一搭无一搭缓缓地拂弄，把书页吹得哗哗哗响，你须得用手指轻轻地按住书角，不让它匆匆翻过你正在读的页面。即便天阴着，书的字里行间却也有阳光闪烁，并不扎眼，刚好能让人心得到温暖与明亮。面对一本好书，你轻易不会去折页、画线，更不会一不小心，把茶水汤汁什么的洒到书上……

偶尔，当你从阅读中抬起头来，仰头看看上方的无际苍穹，什么都没有、空空荡荡的时候，你在深深的失望后也就放心了——多么美妙，"超心炼冶，绝爱缁磷。空潭泻春，古镜照神"；"载瞻星辰，载歌幽人，流水今日，明月前身"。现实的纷繁世相有时就像一场彻头彻尾的虚构，只存在于看见的刹那转眼即逝，一经抒写变成了文字，除尽了芜杂的一切，便都尽在书里，可慢慢地、反复地品匝回味。

几十年坎坎坷坷，读书这项几乎从没停止过的活动，一直让我有一种神圣感——是谁说过，打开一本书，无异于走进一个人的灵魂花园，可以跟他一起享受用精神打造的风光——鲜艳或幽暗，明朗或晦涩，粗硬或柔韧……无论哪一种，面对那样的风光，你都会突然变得小心翼翼，生怕因举手投足的失误，破坏了那些风景。幼时对书最早的感觉，是在小书摊上，一个小学生，捧着以一分钱一本租来的小人书，听摊主再三叮嘱千万不能弄坏，弄坏了是要赔的，最好能像你拿到那本书时一样，完好无损地还回去；上初中时，到学校一间古老庙宇改作的图书室借来想看的书，那位瘦瘦高高的先生，从深黑背景的书架上取来了书，隔着那张让我在上面登记签字的旧书桌的沧桑，也总要再三叮嘱别把书弄坏了，说看之前最好包个书皮，报纸都行；稍大些，常在课余躲进小城唯一的一家书店去，找书看——那自然更须小心，书店的书是用来卖的，不是让你在那里读的，瞧上几眼还行，捧着一本书站在那里一直看一直看，卖书人当然不乐意，走过来把你手里的书拿过去，还要看看你是不是已经把书弄坏了……

后来，当然也曾经历过无书可读、偶尔找到一本书后只能偷偷读的年代。那样的经历让我以为把一本好书放在枕边，必是一种过错——不是书的过错，而是人的过错。正是那次深夜偎在床头偷读一本"禁书"，让我在突然之间，对枕边书这一词语的优雅性生出了质疑。我固执地以为，枕边书看似是对书的热爱，其实未必，至少不少时候，是对书的事实上的轻慢与亵渎。枕边书看上去像是阅读的最大延续，但细想那同时也是阅读的戛然而止——那样一本书，你读着读着，就睡着了。"尽日后厅无一事，白头老监枕书眠。"白居易的诗句意境虽美，但书最终显然已很不幸地成了一场蒙眬瞌睡的靠垫。

——说到这些事情，眼看着春色已残。我相信，那些没唱会的歌，没读过的书，没寄出的信，到了也不甘潦潦草草地收场。执手相别是件奢侈的事，想想谁不是在用一生祭奠青春？

情形后来自然有些变化，年岁增长，见识开阔，凡事亦多了点包容。但很长一段时间里，我仍以为能放在枕边去看的书，多是什么不需要倾尽心智悉心思考的闲书，随便翻翻即可；甚至可能是十分生涩的怪书，可以用来催眠。加之长期睡眠不好，睡前多不敢想太多事，虽偶尔也会随手抓起一本书，陪我度过一段睡前时光，毕竟说不上什么枕边书。但仔细回想，毕竟也有例外。

记忆最清晰的一次枕边阅读，是念高中时，班主任兼教授语文的先生推荐的四大本《静静的顿河》。有天他在课堂上突然说起，他刚刚读到一篇文章介绍译成中文不久的新书，叫《静静的顿河》。当先生感叹在小城不知要等到什么时候才能读到那本书时，谁也没有料到，班上竟有个同学说他家就有。那位同学家境甚好，不时总会有些好东西，比如翻毛皮鞋什么的让人羡慕，有几本好书一点都不奇怪。先生听了立即提议，请那位同学把他的书贡献出来，让全班愿意读的同学一起读，限定时间交换，每人每本最多给三天时间，保证爱护书籍，包上两层书皮……那个同学一向大度，爽快地答应了。一个高中学生，就在那样苛刻的规定下开始读《静静的顿河》。那正是一个年轻人追逐外部世界奥秘的年岁，对故事情节进展的紧张期盼，远胜过对小说艺术的探索领悟；何况时间紧张，四大本书，每本在我手里停留的时间不足三天，除了把白天上课之外的课余时间全部用上，晚上还要加班加点，就着昏黄的夜灯，不分日夜囫囵吞枣地读。认真想来，《静静的顿河》算得上是我第一次真正拥有过的枕边书。

其实，书被拿到枕边，急于阅读，只是你白日里某段阅读的延伸。固定的枕边书于我似乎是没有的，有的只是在某段时间被你挪到枕边的那本书。人还是那个人，书却不是那本书。它们有个统一的名字，就叫枕边书。所以，很可能，我前天的枕边书是一本《静静的顿河》，昨天的枕边书却是一本《野草》；又很可能，昨天的枕边书还是《荒原狼》，今天的枕边书却是一本写运河的《北上》。

但有一本书，倒是一直是放在我枕边的，称得上是本真正属于我的枕边书——每个人的枕边书，当然都不一样。真正的枕边书，该是可以反复读，读一辈子甚至几辈子的。除了专业研究者，没人会把一部长篇小说读上几十遍。我的枕边书是本《诗经选》，竖排，封面简洁，除了书名没有任何图案，从左往右翻，人民文学出版社20世纪50年代末出版，一个高中同学所赠，两角多钱。那年头，几角钱至少相当于现在的几元甚至十几元钱。那是我作为礼物得到的第一本书，里面或许夹杂着几缕透明到飘忽的青春时光。我自己买的第一本书，是本《四角号码》字典，布面精装，但字典没有也不可能一直放在枕边。后来我有过好些种《诗经》，装帧精美，甚至有彩色插图画、详细注释。可真一直放在离床头不远处，算得上枕边书的，倒是看上去最简陋最不起眼的那一本。阅读有风险，读书须谨慎。笛子据说是吹给别人听的，箫只适合吹给自己；如同文字，如今许多书，只有事件而缺失了真诚与悲悯，我分秒间就能辨认，哪个声音里真有灵魂的战栗。那本《诗经选》既让我在几十年岁月中慢慢熟悉了中国那些最质朴也最华丽，最古老也最青春的诗句，也在长年累月中，让一个中国的普通读书人一直保持着与中国文学最遥远的源头的最亲密的接触。开始我并没有意识到这一点。也不是每天都要读它，但它就在离枕边不远的地方，看见它，似乎就会想起些什么。究竟想起了些什么，大多数时候是说不清的，但有一天我突然就想起了诗歌的源头。其实那也是文明的源头。凝视着封面上那种晦旧的、仿佛落满世尘、随着时间流逝越来越深的淡黄色，恍然如对时间的丰厚沉积。有时一天将尽，别说拿起、打开，只要看见那本书，也会思越千载，去想象几千年前，是怎样的一些人，在一些怎样的地方，吟唱着那样原本日常如今却显得精粹典雅的诗句："关关雎鸠，在河之洲。窈窕淑女，君子好逑……"（《关雎》）"采采卷耳，不盈顷筐。嗟我怀人，寘彼周行。"（《卷耳》)"殷其雷,在南山之阳。何斯违斯,莫敢或遑?振振君子,归哉归哉!"(《殷其雷》)"知我者,谓我心忧;不知我者,谓我何求。"(《黍离》)……画面、音响、感叹、天地人神、春夏秋冬、风雨雷电、喜怒哀乐……那样的想象十分奇妙,让人骤然明白,世界并非文字的虚构,它曾那样真实地存在着,并在那些诗句里吟叹着也诉说着,喧哗着也寂静着;那样的存在,也刹那间就能让一个浪迹于世的凡俗之辈,突然想到要确认一下生命所在的位置;静夜沉思,谦卑与敬畏油然而生,不会因一点小小的喜悦而妄自尊大,也不会因一点小小的失误而唉声叹气。那是一种高蛋白营养品,并不昂贵。它给你的,是一种辽阔博大的心绪,醇厚浓酽的背景和鲜活在目的灵动。所有的创作者都没有姓名。漫长的历史就是无数无名无姓的人创造的,你若能有幸成为其中的一员,便能做到不以物喜不以己悲。

——我听说有好几种云不妨终生怀念,我或许有那么一朵。我听见树林沉浸在黎明的寂静里,我知道也会有别人听见。我还知道,有几片生命的落叶已悄悄夹进某本书里了,不管它在或是不在枕边。

(原载《解放日报》2020.7.10)

女性之美的巅峰摹写

◎潘向黎

古诗词里关于女性美的描写，可谓不胜枚举。

就我个人的阅读经验，印象深的却不太多。因为许多诗词只是写到女性，并不曾写出女性美。即使写出女性美，能风神动人、独出机杼者，终究是少数。况且这些摹写传神而艺术独特的作品，其所传递所赞美的女性之美，又有深度和烈度的不同。更有一关要过：作者是否在审美观、人生观、两性观诸方面超越具体时代、禁得起时间和不断演进的观念的双重严苛检验。

《诗经》中"蒹葭苍苍，白露为霜。所谓伊人，在水一方"，虽然是写女性的名句，但与其说写美人，不如说是写心上人。当人有了心上人，全世界的人就只分为两类：那个她（或他）和其他人。所以这首诗主要写的是恋情，而不是女性之美。当然那个伊人一定是很美的，因为她是那个充满诗意的世界的中心，因为她是思恋、渴慕的心的方向。《蒹葭》没有一句写伊人的容貌是对的，被这样痴心爱恋、苦苦思慕的人，当然是全世界最美的。

被爱的人总是美的。正如从来不存在真正的色衰爱弛，而是相反，爱弛了，失去爱的支撑和滋养的美貌才枯萎衰败。

来看乐府。《孔雀东南飞》中的女性美是现实而细致的，令人印象深刻："鸡鸣外欲曙，新妇起严妆。著我绣夹裙，事事四五通。足下蹑丝履，头上玳瑁光。腰若流纨素，耳著明月珰。指如削葱根，口如含朱丹。纤纤作细步，精妙世无双。"虽然没有对刘兰芝容貌和表情的描写，但是完全读得出她的伤心和悲愤，以及在这种心境之中，对人格尊严、女性骄傲的全力维护。正因为她在应该蓬头垢面、哀哀欲绝、丧魂落魄、苦苦哀求的时候，反而这样严妆，这样光彩夺目，而且依然守着礼数，进退有度地上堂拜别婆婆，所以才使得本应享受胜利喜悦的婆婆变得恼羞成怒。"阿母怒不止"，其实是很奇怪的，已经成功地逼迫儿子把兰芝休掉、要赶她回家了，为什么还要这么生气？因为她看到兰芝没有崩溃，而是依然保有自己的体面，依然很美，打扮得很精致、很夺目，面对这样一个儿媳妇，这个自以为是又蛮横的女人，突然感到自己把儿媳妇休掉的理由实在是牵强，而且觉得任何人都会对着这样一个儿媳妇发出疑问：为什么婆婆会如此容不得她呢？于是这个可恶的婆婆和不称职的母亲崩溃了，于是她只能用大发脾气来找回心理优势。

美，有时候就是一种罪。无论拥有美的人如何努力，都不能赎。

李白写女性美还是值得注意的。虽然因为他天生一种飘飘荡荡的气质，绝不是情圣，使得他在这方面未曾完全发挥他的天才，但他写起女性来，带着一股盛唐的醉意，也自有其好处。最著名的当数《清平调》三章。"云想衣裳花想容，春风拂槛露华浓""名花倾国两相欢，长得君王带笑看"，玉面花光辉映，不知是名花衬着美人，还是牡丹"得气美人中"。因为写的是杨贵妃，又比较浅近，自带爆款流量，而且流光溢彩、兴高采烈，所以万口流传。同样写杨贵妃，白居易的名句是"回眸一笑百媚生，六宫粉黛无颜色"，比李白写得好。因为写出了美人的动态和神态，也写出了迷人的程度和对其他美女致命的后果。这两句写得好，以浓艳写浓艳，以娇俏写娇俏，仿佛有香气从纸面散发出来。但是细想，也仍然是一个尤物，因为出众的美貌击败了其他段位不够的对手，赢得了可以改变人生的垂青和宠爱。以色事人，这样的女性美，格调上是有些先天不足的。

《清平调》是奉唐玄宗之命而作，同为遵命文字，李白还有其他一些作品，但就不如写杨贵妃的有名。比如《宫中行乐词八首》其一：

小小生金屋，盈盈在紫微。
山花插宝髻，石竹绣罗衣。
每出深宫里，常随步辇归。
只愁歌舞散，化作彩云飞。

这一首的女性，是一位年少宫女，身份远远不能和杨贵妃相比，但是在李白笔下也很美，而且美得更有特点。

"小小""盈盈"写出了宫女的身量小巧，插在头上的"山花"和绣在罗衣上的纤细的石竹花（而不是牡丹），有一种纤细的气质，更衬托了她的单纯可爱，同时还有些心不在焉的清新脱俗。

"每出深宫里，常随步辇归"，顾随先生认为这两句不好——"太滑"；也有人认为是暗用了虞世南奉隋炀帝之命嘲"司花女"袁宝儿之典："缘憨却得君王惜，常把花枝伴辇归"，是写宫女娇憨。其实即使不用典，这两句也还不错，写宫女的日常生活，同时也能读出天真懵懂，出宫、回宫，这个小女孩都是天真烂漫地跟着走，她没有什么自己的心思。但是娇小可爱的她也是有技艺的，她能歌善舞，而且她的舞姿非常轻盈、非常优美——李白大约觉得人间找不到什么东西来比喻，只能把她想象成彩云，所以最后两句的意思是：真担心歌舞散去的时候，这个小姑娘会化作一片彩云飞回到天上去。有人认为是说歌舞结束后，这个女孩子会如彩云般步履轻盈地离去，因此引人惆怅；我觉得这样理解把李白给读拘泥了，也把诗意死死困在了地面上。

这首诗写女性美，比《清平调》要好，因为是把女性的外表、特点、气质、专长、动态结合起来写，写出了"这个"女孩子独有的美，一种稚气娇憨的美。

这样的女性美，固然唯美，但除了相当纯度的美，没有别的。美则美矣，还不够强烈，不够吸引人；更不够深刻，不足以动人。

写女性美，一般不会想起辛弃疾。确实，金戈铁马、硬语盘空的辛弃疾很少写女性，写也写得往往比较简约且粗线条。当然他也粗中有细，他的细主要在于他似乎格外重视女性的头饰。著名的《青玉案·元夕》里"蛾儿雪柳黄金缕，笑语盈盈暗香去"，蛾儿、雪柳、黄金缕，都是宋代妇女元宵节出游时头上所戴的饰物；《汉宫春·立春日》第一句就是："春已归来，看美人头上，袅袅春幡。"按当时风俗，立春日，妇女们多剪彩为燕形小幡，戴于头鬓，叫作春幡。辛弃疾也写眼泪，但不是胭脂泪，而是英雄泪，这个时候美女出现了，"唤取红巾翠袖，揾英雄泪"，代指美女的"红巾翠袖"，实用性大于审美意义。与此相关的，辛弃疾笔下很多次出现的"佳人""美人"，都不是指美貌女子或者心上人，而是指与他志趣相投、他所爱重的好友，都是须眉丈夫。

关于女性美的描写，最过人的是谁呢？我觉得最过人的是苏东坡。

他的"淡妆浓抹总相宜"，虽然是借西子写西湖的，但仍然是关于女性美的一句绝妙诗句。美人美在其本色，淡妆浓抹都相宜，淡妆浓抹也都不重要，美人怎么都是美的。

另一句在《洞仙歌》中——

仆七岁时，见眉州老尼，姓朱，忘其名，年九十岁。自言尝随其师入蜀主孟昶宫中，一日大热，蜀主与花蕊夫人夜纳凉摩诃池上，作一词，朱具能记之。今四十年，朱已死久矣，人无知此词者，但记其首两句，暇日寻味，岂《洞仙歌》令乎？乃为足之云。

冰肌玉骨，自清凉无汗。水殿风来暗香满。绣帘开，一点明月窥人，人未寝，欹枕钗横鬓乱。

起来携素手，庭户无声，时见疏星渡河汉。试问夜如何？夜已三更，金波淡，玉绳低转。但屈指西风几时来，又不道流年暗中偷换。

"冰肌玉骨，自清凉无汗。"这一句一下子从皮相的特点，直接切入到人的内心世界，从那个美人的冰肌玉骨，晶莹剔透，直接转入她的精神气质——气度娴雅、淡然自若、飘然出尘。这样一种气质，非常特别，读之令人向往。但是这两句的著作权不能归于苏东坡，因为他自己在小序里说了，这是流传下来的两句孟词。

不过，"冰肌玉骨，自清凉无汗"，让我想起苏东坡《贺新郎·夏景》中的一句："手弄生绡白团扇，扇手一时如玉。"写高洁寂寞的美人，极好。这里隐隐约约用了典故，出自《世说新语·容止》："王夷甫容貌整丽，妙于玄谈，恒捉白玉柄麈尾，与手都无分别。"

或认为白团扇暗示秋扇见捐——被冷落的寂寞，但因为写的是夏天，团扇正当合时，也许未必有此意。大约主要还是借手执团扇、扇手如玉来写出这位美人的一尘不染、冰清玉洁。"如玉"的，不仅仅是手，而是整个人。

气质不好、人品欠佳的女子，自然也有皮肤白皙、手长得纤秀的，但是诗人不会这么写。这不违背生活的道理，但违背了诗歌中审美的道理：美必须是整体性的，是表里统一的。

顾随先生说李商隐"东风日暖闻吹笙"，写暖，必须是笙；杜牧"落日楼台一笛风"，写凉，必须是笛；"'东风日暖'时岂无人吹笛？有人吹亦不能写"，这是顾随先生很任性的一句妙语。同样道理，一个为人鄙俗或气质平庸的女子,即使肤如凝脂、十指纤纤,诗人也绝不会用"扇手一时如玉"来写她,因为那种情况下,这个女子的手只是雪白、只是细嫩,但不能说"如玉",她整个人更不能说"如玉"。事实上,只有整个人由里至外"如玉",手才能"如玉"——才可以被写作"如玉",否则再白皙柔嫩,"亦不能写"。

写女性之美,"淡妆浓抹总相宜"和"冰肌玉骨,自清凉无汗",都可以列入前三甲。

若说写得最好的,以我之见,出自苏东坡的《定风波·常羡人间琢玉郎》。这阕《定风波》前有小序,苏东坡这样记录了创作缘起——

> 王定国歌儿曰柔奴,姓宇文氏,眉目娟丽,善应对,家世住京师。定国南迁归,余问柔:"广南风土,应是不好?"柔对曰:"此心安处,便是吾乡。"因为缀词云。

> 常羡人间琢玉郎,天应乞与点酥娘。尽道清歌传皓齿,风起,雪飞炎海变清凉。

> 万里归来颜愈少,微笑,笑时犹带岭梅香。试问"岭南应不好",却道:"此心安处是吾乡。"

苏轼的好友王巩(字定国)因为受到"乌台诗案"牵连,被贬谪到地处岭南荒僻之地的宾州,其歌妓柔奴自请随行。

这位柔奴,端的是非常美。东坡先写了她的容貌之美,不但在小序中道其"眉目娟丽",而且在词中赞美她是配得上英俊的"琢玉郎"的"点酥娘","点酥"二字,言其肌肤晶莹。

然后写了这位娟丽姑娘的技艺之美。她歌喉美妙,一旦从她牙齿洁白的樱桃小口里唱出一曲清歌来,像一阵风起,即使在炎热的地方也像下起了雪,让人感到清凉。歌声令人闻之心醉,忘却艰苦烦闷的环境而神清气爽——这是何等过人的技艺!

但这样的感染力,已经透露出了歌声背后的气质。

这位柔奴当然不俗。她追随王定国在广西那个当时的"瘴烟窟"五年,王定国的一个儿子病亡，王定国本人也大病一场，几乎丧生，气候条件、生活条件的艰苦不言而喻。可是就在这样一个精神上理应非常困苦的情况下，他们不悲戚、不沮丧，豁达而平和地相守，坚韧而乐观地生活，五年之后，当他们北归，面色红润，容颜丰美，风采胜过从前——这一点似乎不是东坡的夸张，司马光、李焘等人对此均有记录，令苏东坡大为惊叹，也无比欣慰、无比高兴。

东坡和王定国相聚，柔奴出来斟酒，东坡和她聊天，问她：这几年在岭南应该很不适应吧？没想到这个小女子清清淡淡地回答了一句话：此心安处，便是吾乡。也没有什么适应不适应的，我的心能够安定的地方，就是我的家乡。

柔奴显然是熟读诗书的，因为白居易多次表达过类似的意思："身心安处是吾土，岂限长安与洛阳""我生本无乡，心安是归处""无论海角与天涯，大抵心安即是家"。苏东坡一直引白居易为同道，他当然不会不知道，但他没想到这个意思，能从一个朋友的侍妾口中说出，而且如此自然、如此贴切。苏东坡自己一向抱持"人生所遇无不可""也无风雨也无晴"的人生观，因此柔奴此语，与苏东坡心性、气质大相契合，使他大为惊喜，大为共鸣，以至于为柔奴专门写了这阕词。

有人说这阕词是写王定国的，认为东坡的意思是：仆尚如此，何况主人？是借着柔奴的态度来写王定国的淡定、豁达。客观上当然可以这样理解，但是细读小序和全词，恰是柔奴激发了苏东坡的创作冲动。为什么一定要说是苏东坡绕着弯子写老朋友呢？宇文柔奴，这个小小女子，难道不是一个人格独立、旷达超然、气骨不凡的人吗？难道不正是她给了苏东坡极大的惊喜乃至鼓舞吗？这样的一个人，当然值得苏东坡专门写一阕词为她赞叹一番。

在潇洒旷达的苏东坡心目中，柔奴超越了现实的卑微身份，而成了一个朋友、一个同道。柔奴因此获得了和主人王定国并列的地位。琢玉郎，点酥娘，一对天造地设的璧人，同时又是一对以精神力量超越困境的智者。

让人非常惊叹的是，待人平等的苏东坡深切注意了柔奴的变化，"万里归来颜愈少"，受了几年苦，万里归来，反而年轻了，这是一个奇迹，也是诗人对女性柔韧的精神力量的绝大赞美。

还不只如此，东坡注意到，在和自己相见对谈的时候，柔奴的精神状态是愉快的，她始终是微笑着的。这个微笑，智慧的苏东坡，是知道它的珍贵的，也是击节赞赏的。这种精神气质和人生观是苏东坡一向推崇的。所以他用了这样一句来赞美：笑时犹带岭梅香。

当写一个女子，从容貌美写到了气质美，而且用了通常赞美高洁士人的梅花的意象，这是对女性最高的赞美。

"岭梅"的"岭"指大庾岭，岭上梅花有名，这个"岭梅"就泛指岭南那一代的梅花。

"笑时犹带岭梅香"，这句话从外表到神情，直通气质，再抵达人生观。柔奴年纪轻轻，不但天生丽质、冰雪聪明，而且已经得道，她能够平静地面对人生的苦难、摆脱精神上的困苦，领略并贯彻了这样一种人生哲学：随遇而安，随缘自适。

"此心安处，便是吾乡。"柔奴说的是"此心"，这颗心，不是别人的，是她自己的心，这和《红楼梦》黛玉所谓"我为我的心"，有相通之处。在这里，女性不是附属品，不是依附、从属、仰望于他人的，而是有自己的心，自己的人格，自己的选择，自己的情怀。因此，"随"是自己选择的"随"，"安"是自己达成的"安"。柔奴参透苦乐，看淡得失，翩然归来靠的是自己的精神力量，这种力量甚至还帮助和支撑了她的主人和丈夫。

以梅花的清香写一个女子的微笑，以梅花的高洁脱俗写一个女子的气质和人格，我觉得这是中国古典诗词里写女性美，写得最美妙的一句。"笑时犹带岭梅香"，写出了女性的气质美、格调美，更写出了人生哲学的美，是抵达"人与天地参"境界的大美。

当美战胜了它的敌人——那些摧毁美的东西，美就拥有了力量。而美面对它的死敌——挫折、苦难、痛苦、辛劳、时间……不被击垮，却也不对抗，只是超越；不怨尤，但也不自怜，更不自赏，只是看得淡，想得通，美就成了一种真正的强大。不为外物所伤，不随世俗俯仰，平和中生机郁勃，淡然中安然自适，表里澄澈，清香四溢，多少自在！女性之美，人的精神之美，可以如此洒脱，如此开阔，如此柔韧，如此超然于尘世之上。伟大的苏东坡记取了这一幕。于是，梅花的幽芬清气至今飘浮，女性的性情之美、气质之美，历千年而光彩熠熠，照彻此际昏暗的双眸和委顿的心灵。

（原载《钟山》2020年第1期）

那是初恋吗

◎王 尧

冬妮娅，那个遥远国度的少女，留在了我们这一代许多人的阅读记忆中。

和许多人的感受一样，冬妮娅几乎让我失魂落魄，我甚至觉得我第一次"失恋"是保尔与冬妮娅两个人分手的时刻。冬妮娅哭了，她悲伤地凝望着闪耀的、碧蓝的河流，两眼饱含着泪水。我一直记得小说中的这段描写，我让自己代替了保尔，我看着冬妮娅远去的背影，我也哭了。这一年，我读初二。在这之后，我读到了《卓娅与舒拉》和高尔基的几本小说。卓娅在另一个方向上打动了我，她的气质和我向往的崇高、英雄气概吻合了。

多少年以后，我去俄罗斯访问，终于去了在莫斯科郊外的新圣女公墓。我在那里看到了巨大墓碑上奥斯特洛夫斯基的半身浮雕。在向这位少年时代心中的英雄致敬时，我也凭吊了那个叫冬妮娅的女孩。少年时代，在我心中与冬妮娅和平相处的还有另一个苏联女孩卓娅。我找到了她的墓地，卓娅裸露着只有一只乳房的胸脯——她的另一只乳房被德军割掉了。卓娅像天使。她弟弟舒拉安息在她的对面，墓碑上的舒拉是位帅气的小伙子。卓娅、舒拉、冬妮娅和保尔，是我少年时在书本中最熟悉的苏联朋友。

我年少时在报纸和广播里听说的那个王明和赫鲁晓夫，也葬在新圣女公墓。另一个书本上的朋友是高尔基——我读高尔基时，还不能完全读懂他的《童年》《在人间》和《我的大学》——他的骨灰安葬在克里姆林宫红墙边上。在新圣女公墓，我见到了契诃夫、马雅可夫斯基、斯坦尼斯拉夫斯基、果戈理。我们又驱车去了托尔斯泰的庄园，他的苹果树上还长着苹果。在读奥斯特洛夫斯基和高尔基时，我还不知道有托尔斯泰和安娜·卡列尼娜。这些人与我的少年无关，如果他们曾经在我的少年生活中出现，我不知道今天的我是不是另一番面貌。

在一个禁锢的年代，我对异性的认识，几乎全部来自我的阅读。我读到了《苦菜花》中的母亲，读到了《林海雪原》中的白茹，读到了《红旗谱》中的春兰，读到了《野火春风斗古城》中的金环银环，还有《三家巷》中的区桃和文婷。我很奇怪，我们村上的一位青年从哪里找来的这些书。这位老兄抽烟，我没有办法给他送烟，谈好的条件是我用一盒香烟屁股，跟他借一本小说。如果大队开会，或者放电影，那便是我收获最多的时候，在会议或电影散场后，我捡起地上的香烟屁股。我在小说中认识的女性，几乎都与革命有关。我后来在电视剧《林海雪原》中看到少剑波深情地拉起白茹的手时，还是很不习惯，这个动作把我阅读中关于他们俩朦朦胧胧的美好打碎了。

我感到好奇和诧异的情节，往往是在我有限的生活经验之外的那些。有一天，当那个穿着裙子的上海姑娘在大桥上出现时，不只是我，很多人都"惊艳"了。这个女生并不漂亮，但她的花裙子像一阵风刮过。那一年，正是五月的大水过后，所有的麦子都泡在水里，一直到夏天，整个村子里都散发着霉味。这个穿裙子的姑娘到桥上乘凉时，还有一种特别的香味。她用的雪花膏和我们这边不一样。在这个姑娘离开之后，村上穿裙子的人多了。我从来没有想象过，我的教室里也坐着穿裙子的女同学。

那个叫小朵的女生到我们初二班插班时，是穿着凉鞋过来的。我们男生女生穿凉鞋的很少，天气特别热的时候，我们都是穿木拖鞋，平时我们都穿布鞋子。小朵的爸爸到我们这边的邮电所工作了，她跟着过来。我和她并没有交往，有一天她发现她坐的是不久前死去的同学的座位，在放学时突然大哭起来。我是班长，就请示班主任同意，跟她换了位置。她问我，你不怕死人？我说，一起长大的，他不会吓我的。这个同学是肺结核不治去世的，他在课堂上咳嗽时，我们也没有人想到要戴口罩。那时我们也没有口罩，个别有手帕的女生，最多在他咳嗽时用手帕捂着嘴巴。男生很少有用手帕的，偶尔流鼻涕时，就用袖子的内侧擦一下。衣服反正不是很干净，鼻涕的痕迹只有在洗衣服时才会被发现。小朵觉得应该送一块手帕给我，一次放学的路上，她突然从书包里拿出一块新手帕给我。我吓得加快步伐往前走了，但从这一天开始，我发现这个插班的女生是有点漂亮。我在一篇未刊稿中，记录和虚构了我对她的印象：其实我并不能说出她哪里漂亮，你甚至说不出她的眼睛、鼻子和嘴巴什么样，但你对她的长相无可非议。一年后，这个插班的女生又到另一个地方的班级插班了。她给我写来了一封信，我记不得内容了。我给她回信了，也记不得内容了。再后来，我们没有联系了，我忙着准备考高中，我们以温暖的方式结束了一段还没有开始的感情。再过了几个月，我拿到升学考试的作文题目：读书务农，无上光荣。

我到镇上读高中，开学第二天，就和镇上的一个女生发生冲突了。记得我们的"交锋"是这样开始的，我的话尚未说好，她就跟在后面学舌：女同学也是半边天嘛。我从乡下来，还说着土话，镇上的同学基本上说着他们认为是普通话的普通话。在她学我说话后，我朝她瞪了一眼。当时，我们这个小组的同学在教室外的走廊上讨论班主任老师在班会上的讲话。我被指定为班长，正在小组会上发言，发表如何度过高中两年的想法。虽然我从小学到初中一直担任班长，但对上高中后被老师指定为班长仍感到意外。我们高一（2）班城镇同学特别多，他们对我这个来自乡下的男生当班长也很惊讶。因此我对别人的反应非常敏感。我瞪了眼睛后，她又朝我笑笑。我也只能保持风度，没有再吭声。多少年以后，同学叙旧，说到这位女同学，我想起她的笑，真的是笑得很甜。

她坐在我前排，但彼此并不多话。她估计我对她有些不满，便找机会与我和解。一次下课，教室里剩下几个同学，她回过头来对我说，班长，我以前好像见过你，在你姑妈家什么地方。我印象中，也感觉在姑妈家门前见过她，和那时比，她只是轮廓大了，是个姑娘了。姑妈在镇上，但和她家不是邻居。镇就那么大，也许在什么地方见过。我友好地说，可能吧。我接下来就不言语了。

我发现她很能够团结其他女同学，男同学也愿意和她说话。那时，我还不知道用"校花"这个词，现在想想，她确实是个校花。她落落大方的举止，在全年级几乎是独一无二的。但她又娇气。好像老是捏着手帕，到了劳动课上，手帕就不离手了。抬大粪时，一只手靠肩顶着扁担，一只手用手帕捂着鼻子，粪桶一放下，她就逃之夭夭。我想批评她，看她的模样又好笑，就不说什么。心想，天下没有喜欢闻臭味的人。

那时的学校一片政治氛围，各类政治活动特别多，一会儿学习，一会儿出专栏，过了几天又是讨论会。当时班级排演文艺节目，我记得是说唱表演，叫"新事要用火车拖"，歌唱新生事物。她参加演出了，形象不错，演得一般，而我原来以为她是个文娱人才。看来她的特长是体育，在操场上英姿飒爽，掷铁饼拿了名次，短跑也不错。当时她已经是校篮球队队员，我去看过一场她们的比赛。不久听说她在谈恋爱，很快又听说是别人在追她，她本人并不同意。我非常奇怪我会在意她的事情。一次下课，她看我在那儿发呆，问，你在想什么？我说，不知道。她像知道似的朝我笑笑。

  我觉得心里烦躁。又有同学说，坐在你前面的那位同学在谈恋爱。这与我有什么关系呢？你是班长就得管。就在那几周，学校发现一些同学在偷偷传看手抄本《一个少女的心》，班上不少同学看了。有个同学问我看不看，我问写的是什么，同学说，写一个少女发育的故事。我赶紧拒绝了。在团支部会上，看的同学都做了检讨。其中一位说，要向某某人学习，给她看，她拒绝了。班主任和校团委老师表扬了她。散会后，她对我说，你不要总是把我当坏人。这一年招收空军飞行员，政治审查时，凡是看过《一个少女的心》的同学都没有通过政审。学校政教组组长到我们班上讲话了，他说，现在就看黄色的东西，如果有一天做了飞行员，能不能禁得起国民党女特务的诱惑呢？我们面面相觑。老师又说，你们都要吸取深刻的教训。

  因为闹地震，我们班级一半同学回到乡下上课，我也回到村上了。一个星期天，我乘船到镇上办事，船经过油米厂码头时，她正好在码头上汰衣服，她捧起脸盆时，我们彼此看到了对方，犹豫片刻，几乎是不约而同地喊了对方的名字。船已行远，我回头发现，她还在码头上看我们的船远去。这是我第一次感受到女同学目送我的眼光。

  粉碎"四人帮"时，我们已是高二上学期。报纸上的批判文章很多，语文老师拿了一篇《解放日报》上批狄克（张春桥的化名）的文章给同学们看，问有什么问题没有。我读了以后举手回答，指出文章有几处语法上的问题。语文老师说非常正确。隔天，她悄悄给我写了封信，说很佩服我，并要我为她随信附上的作文提些修改意见。她的字像小学生写的一样，没有她人漂亮。过了几天，我按照她约定的时间和地点，在校园的一角，把修改后的作文交给她。她已在那儿等我。考虑到影响，我转身就走。她说，就不能说几句话吗？我们都开始考虑高中毕业后的前途，她问我的打算。我告诉她，听说要恢复高考，我想上大学；如果不考，就去当兵。她说她可能要插队，又说到时我们再联系吧。她和我开始变成了"我们"。就在这个星期天，我回到村上，在电影场上突然发现她和另外一个女同学在一起看电影。换片时，杨同学把我喊到她们那边去坐了。我忐忑不安，听得出她的呼吸声，注意力完全不能集中在银幕上。

  临毕业前夕，要好的同学之间流行到各家串门，同村的同学把她邀请到我们村上。我们家是兄弟仨，妈妈看到有女同学来特别高兴。她临走时对我妈妈说这儿不错，妈妈说你就做我的干女儿吧。她停了会儿，说好的，走时恋恋不舍。毕业离校的前一天，镇上一个男同学请我们几个吃饭，她也去了，还喝了酒，大家闹得很凶。男同学的爸爸过来，说了一句：天下没有不散的筵席。我们就散了，在同学家门口，她向西，我向东。

毕业时她还没有定下到哪儿插队，说定下来再告诉我。过了些日子，得知她要到离我们镇很远的一个在海边的国营农场去。我惊讶得不得了，按照当时的政策，她可以插队在本公社某个大队，但农场是国营性质，可能对她以后的出路有好处。我和一批同学赶到镇上为她送行，她站在大会堂的台上，戴着大红花。她看到我们几个了，朝我们挥手。不久，我就收到了她的来信，还随信附了让我回信的邮票。我在回信中对等地用了一个字来称呼她。我记得是母亲养秋蚕时，她从农场回来探亲，特地赶到我家看我。我在另外一个村子做代课老师，接到电话，借了一辆自行车骑车回家。她被海风吹得黑黑的，现在回想起来，她当时的神态好像期待我能够拉一下她的手，但我如同木瓜一样僵硬地站着。等出了庄前的大桥，我和她挥手告别时，我才醒悟过来。

我们频繁地通信。她后来说，那些信件是在她最困难的日子里最好的慰藉，如同当年坐在我的前排读书一样。我相信这是真的。在我落榜的第二年，她从农场回来，我们好像就没有再见过。那年春节，她托人给我带来一盒自己家做的炒米糖，后来就没有再联系。我知道这是她和我告别的礼物。我拿到大学录取通知书时，她到村上来送我了。我觉得我们好像没有什么话说，我说不出把她送到桥口时我是什么样的感觉。对此事最失望的可能就是在九泉之下的外公了，他离开人世时可能还认定这位姑娘是他的外孙媳妇。许多年以后，妈妈告诉我，她来送我时，在她面前哭了。

中学毕业二十年时，一位同学打电话来，问我能不能回去，我说没有时间了。然后他就说起班上同学的近况，又说高中时班上最漂亮的女同学现在如何如何。我印象里最漂亮的女同学就是她。同学说不是她，他说出了另一个女同学的名字。我想，也许没有"最漂亮"这个概念，每个男生记得的大概都是自认为漂亮的女同学。

（原载《雨花》2020年第4期）

悦 读

◎周晓枫

一

我怀疑，对写作者来说，书店是世界上最令他意乱情迷又垂头丧气的地方。

书店折叠时空。从远古天地的洪荒，到未来宇宙的神秘。从热烈的赤道，到旷寒的极地。从最小的物质单位夸克，到最大的生命个体鲸鱼。从人的情感，到神的法则。从零点一秒，到一千零一夜，再到亿万斯年。每本书都是一道打开的幻门，我们的身体无法栖居其间，但心思畅游，我们得以体验魔术般的奇迹与奇迹般的自由。这才是立即兑现的穿越，是妙趣横生的cosplay，我们可以英雄驰骋疆场，可以神仙逍遥江湖，甚至体验花的一生、兽的一生、矿物质的一生。何须羡慕孙悟空七十二变？我们可以七百二十变、七千二百变、七万二千变……经历秘密而丰富、从有限向无限的演变。通过阅读，我们得以进入万花筒般的魔法世界。身体像最缓慢的植物一样安静，头脑像最狂野的动物一样奔行。我们就这样，以文字抵达理解意义的远方。

逛书店，让我心花怒放；逛着逛着，又自惭形秽。翻翻别人的作品，写得真好。千军万马，排山倒海。炼丹一样炼字，每个字都包浆了，光泽养润。文风蕴藉，偶有滞涩之处，亦存枯笔之妙。好诗！让人狂喜、沉默、肝肠寸断，好诗人简直就是活着的日常的神明。出色的画面还原感，使鱼的鳞彩、鸟的羽光几乎目力可视，写海浪，让我的脚尖几乎触到卷挟着泡沫和散沙的浪涌。他们的想象无所不至，他们的语言如同魔咒。仰望那么多大师，惊叹那么多天才……我鸡立鹤群、难望项背，自己就像个对比之下的笑话。我会由此怀疑自己写作的意义和价值，并被席卷而来的虚无感淹没。

令写作者爱恨交织的，恰恰是书店的魅力所在。

峰峦如聚、波涛如怒，高山大海难道不是因为既美又令人恐惧，才堪称伟大？书山有径,学海无涯——书店是桃花源,也是一条始终敞开的勇气之路。

二

阅读是一种头脑的健身运动,它和体育锻炼一样,有人天生喜欢,有人开始阶段需要外力或自我压迫,才能逐渐养成习惯,然后才能变习惯为爱好。

了解知识和技能的方式,有些是由外向内的强行的观念灌输;主动阅读是由内向外的,出自爱好者心甘情愿的选择——所以有些教育的面目是严厉的,甚至狰狞,它包括难度和惩罚;而阅读往往伴随享受,以及由认同感带来的私密的快乐。

如果说学习说话,是寻找与世界交流的方式;掌握阅读,就是找到与内心交流的方式。看不清世界的时候,我们会处在视力不佳的沮丧里;而看不清自己,不是同样沦入盲人般的命运吗?本雅明说:"幸福,就是不受惊扰地进入自己的内心深处。"他所描述的状态,和阅读非常相似。阅读教育,意味学习一种获取幸福的日常方式。

何况,有些技能掌握起来是暂时的,且容易过时。比如我的邻居年轻时勤学苦练,成了非常有名的珠算大王,后来算盘不再被使用,他的技能也随之陪葬,包括为此消耗的大量时间和精力。阅读不一样,无论什么年龄和行业,它是永远不会丧失功用的法宝。

所以,从小养成阅读习惯,是父母给予孩子一生最为重要的礼物。阅读不仅培养气质,还培养观察力和耐心,可以巩固记忆,增加见识,丰富情感。学习理解自己、他人和世界,学习接受孤独如同接受安慰,学习想象和创造并使之成为奇迹……阅读,使孩子获得终生信赖的朋友和始终陪伴的家人。

三

孩子需要童话,正如成人需要梦想——梦想并非奢侈品,而是必需品。

一个逛书店的妈妈跟我交流:"孩子喜欢读童话,可他问那个世界是不是真的,我不知道怎么回答,怕孩子伤心。"

所谓真实的世界，有些看得到，有些是看不到的。比如一个孩子想画画，虽然他不说出来没人知道，但这依然是一个真实的想法，你不能说它不存在。写作，就是在描述头脑中存在的真实世界。如果我们只承认可以在现实中呈现的部分，否认在现实中不可呈现的部分，等于把所有人都认定为植物人，认定他们不存在肉体之外的精神世界。

童话，是每个人小时候接触最多、长大以后几乎不再涉及的文体。当一个人不再相信会说话的植物和会做游戏的动物，童话的魔力似乎就解除了。然而，原初的天真和大胆的想象藏在童话里，它们对儿童的启迪与教育，重要到难以替代。帕乌斯托夫斯基在《金蔷薇》中说："诗意地理解生活，理解我们周围的一切，是我们从童年时代得到的最可贵的礼物。要是一个人在成年之后的漫长岁月中，没有丢失这件礼物，那么他就是个作家。"

童话看似无用，因为充满天真烂漫的想象。然而，一个人如果始终只接受现实中可以看得见和有用的部分，他容易急功近利；当浪漫主义和理想主义色彩在一个人的内心消失殆尽，他的灵魂也会被侵蚀得千疮百孔，甚至对现实中的美也视若无睹……就像离书太近，眼睛紧紧贴在纸页上，是什么字也看不到的。诗人说："那些让我放弃梦想的人，就像让我用一条腿来走路。"梦想是对现实有效的支撑，毫无梦想的现实会失去基础的平衡；如果没有候鸟般的志存高远，我们容易匍匐在地，或者混迹泥潭。

读童话的孩子不必失望。每个文字都是一颗安静却从未死去的种粒，童话般酝酿着汹涌的花期。并未欺骗，只要耐心等待和灌溉，奇迹会像春天一样如期而至。

四

有的中年朋友抱怨，自己读书少。年少不懂事，或由于家境条件所限，总之，蹉跎了岁月；等到想读书了，事情多，体力和记性都下降得厉害，读了也像没读，了无痕迹。

"一日之计在于晨，一年之计在于春。"我们当初听来，只是过耳而不入心的一句告诫，没有以此类推，明白"一生之计在年少"。

什么季节做什么事情，年少就得读书和学习，就得勤恳播种。每个孩子都难免浪费时间，浪费时间的确很爽，但若想与众不同，需提前付出，唯此自己遭受的罪与苦才有回报。假设你给自己的心理暗示是：我还小，我再长长身体，以后再播种，可不可以？当然，小孩子觉醒得晚。然而，等到年纪大了再省悟，相当于秋天才开始播种，付出的劳动强度更大。因为天冷了，土地冻了。秋天播种的庄稼也有成活机会，不过收成，只有春天播种人的十分之一，甚至更少。每个人都要为自己的选择买单——因为曾经纵容自己，就得坦然接受这样的命运和结果。

　　中年人的未来和过去一样长。每个今天，相对于晚年来说都算年少；何况，与那些长寿动物相比，人类中的老人也是孩子。所以，读书这种事，读了总比没读好。就像中老年人的营养吸收能力差了，新陈代谢慢了，可饭，多少总是要吃的。

　　无论何时开始，只要沉浸在阅读里，我们就被赋予不同。正如司汤达描述的："在萨尔茨堡的盐矿，人们将一根冬日脱叶的树枝扔进盐矿荒凉的底层；两三个月之后，再将它捡出来，树枝上布满了闪闪发光的结晶；跟山雀爪子一般大小的最细小的嫩枝，被数不清的钻石点缀得光彩夺目，熠熠发光；原来的树枝已辨认不出来了。"无论老枝或者幼枝，只要怀有耐心，知识会慢慢装饰，把你变为更加闪耀的自己。

五

　　好吧，我承认，自己正是那个令人遗憾的迟悟者。我读书缺乏体系，盲区甚多，尤其中国文化传统这块，基本空白。就像我不懂笔墨纸砚，书法上连基础的判断力都没有，写不出一个漂亮的签名。我对诺贝尔文学奖、布克文学奖、普利策文学奖、龚古尔文学奖等获奖书籍，有着稍后但约等于同步的追踪，在阅读视野上似乎是全球化的，但对中国文化的了解，却无知得令人尴尬。

　　反之，我有个写小说的朋友，基本不读翻译文学。有一天，他把他认为值得效仿的榜样文字发来，我很惊讶于我们之间的审美偏差。因为在我看来，他津津乐道的，不过是卖弄聪明的蠢话。之所以只看现在文学杂志上发表的作品，是因为，他想照猫画虎，追求速效的发表。然而，他不知道这条所谓的捷径上，挤掉了多少失意者。杂志上的作家，阅读背景往往更为辽阔，他们跟从优秀翻译的导读，照虎画猫；而你想照着猫，乃至是一只健康状况堪忧的病猫，画出一只威风凛凛的虎，恐怕是一条万难的路。

不懂外语的人，假设从不阅读翻译文学作品，就无法形成经纬更广的审美参考。某些自称师承中国章回小说传统的作家，文风虽稳健，但结构上没有时空的压缩和抻拉，文字也缺乏弹性和韧度，由于较少享受白话文运动至今翻译文学的累积成果，缺乏世界文学的整个参照，他们缺乏现代性，缺乏超越限定的那种智慧。毕竟，我们自己的小说写作传统时间不算太长，叙事经验也不算丰富。

我想，或许不必纠结于是否必须吃本地粮食才能获得健康，不必纠结于读翻译文学过多是否构成对母语的背叛。用汉语翻译出来，就是母语的组成部分，无论你吃的是牛羊还是鱼虾，长成的，都是自己的肉。我们今天吃玉米，吃西红柿，吃土豆，吃辣椒，从来不觉得它们原本属于异域，就像它们天生就栽植在中国的土壤上，天然地，被我们的肠胃所接纳。说来，白话文就是文言文的一种翻译方式。其实，无论是鲁迅，还是何其芳、陆蠡，这些现代文学作家，他们在起点上难道不是受到世界文学和翻译文学的滋养？他们中有许多，本身就是翻译家。翻译文学，不仅是汉语重要的组成部分，而且扩充了汉语表达的边界，使之更为丰富。

当然，另一方面，正是由于我自身的文化缺陷，我越加体会出地域、故乡、传统、民族等等，对于写作的重要意义。越是在趋同的文化环境、同质化的写作风格里，找到那一点点不同，就变得越发重要。那一点点不同看似微弱，但人与猩猩的基因之别，也不过是百分之一二。风格独特的作家，秘密而迥异的生物学配方，可能来自个人与众不同的隐秘经历，也可能来自对自己传统文化的细腻体会。乡愁和民族传统不简单体现于表面的地理意义的差别，而是被作家蓄意保留的心理时差。

博尔赫斯曾经写到两个做梦者的故事。一个开罗人家产荡尽，只剩父亲遗留下的房子，他梦见有人告诉他，他的财富在波斯的伊斯法罕。他醒来以后就出发了，长途跋涉，历尽危险，到达后却被当地巡逻队长鞭打。当巡逻队长得知寻梦者的目的不禁大笑，说自己接连三次梦见开罗的一座房子，喷泉下埋着财宝，但自己却从不理会这些荒诞的梦兆。开罗人返回，他知道队长梦中所述正是自己的家,于是在喷泉下挖出了财富。由此可见,即使藏宝之地就在自己的家园,但旅程也是如此必要,唯此我们才更能清晰地认识自身和家园的价值,才能如候鸟般获得返程中的重生。

所以,世界辽阔,开卷有益。

六

每当在书籍里发现心仪之选,我都深怀感激。因为一个好作家写一本好书,他所需要消耗的,是漫长的时间、巨大的精力和剧烈的情感。而我花费微薄的钱款,就将这一切据为己有。没有比这更划算的经济公式了。每次进书店,我就像一条幼鲨进入五光十色的大海……贪婪游弋,身体渴求更多的营养。

我在书架上搜寻篇目,线索可能来自对作者的既往阅读经验,寥寥数语里暗示的品质,或者仅仅依靠从封面装帧引发的直觉,挑到心仪之选。

麦尔维尔说:"可悲,有人宁可取悦世人,却不愿令人闻风丧胆。"除了恐怖小说,我喜欢如遭重击的文字,远胜于抚慰的文字。体裁和篇幅倒是不限,因为各有妙处。就像朱诺·迪亚斯诡辩然而诚恳的理解:"这就是短篇小说的巨大魅力——你可以写出完美的作品。长篇小说则恰恰相反——它的魅力在于你永远无法写到完美。"

文学不是数学,不存在依据什么公式找到的标准答案。文学妙就妙在,存在读解的多义性,一千个读者有一千个哈姆雷特,而且无法被法官式地宣判对错。同一个作家,同一部作品,有人迷恋得要命,有人痛恨得要死——就像有人嗜辣吃川菜,有人喜欢清淡偏爱淮扬菜。没关系,不合口味的就放下,随时可以结束一段相互折磨的关系。

我读过有些几乎不容置疑的经典作品,它们的声誉就像化石那么结实、那么旷日持久、那么不容修改,是教科书上那种与日同辉的典范……可我真的无感啊,没觉得不好,就是没觉得怎么好。以下的书单,都在我的无感之列里:《傲慢与偏见》《了不起的盖茨比》《大师与玛格丽特》《麦田里的守望者》……在引起非议和公愤之前,我应该及时制止自己继续列举篇目,以免给自己增加受到攻击的口实和罪行。

到底，什么是必读书呢？焦虑的家长和焦灼的读者，都唯恐自己错失最重要的内容。学术研究当然必须脚踏实地，循序渐进；至于享乐式的阅读，我倒觉得不必那么严苛。我看必读书只有字典，其他的没有传说中那么重要。在浩瀚海洋里，吃这条鱼也行，吃那条鱼也行，不至于没吃上某一条具体的鱼就导致肌体的营养不良。需要做的，只是提高捕鱼的技巧，以及强健自己消化的肠胃。

七

不仅挑什么书众口难调，在什么地点、什么天气、什么心境下读书，爱书人的表现也大相径庭。有人喜欢下雨天，有人喜欢在度假的小屋，还有人每时每刻，手不释卷。

有人坚持睡前阅读的习惯，无论悬念多么紧张、情节多么陡峭，放下书，在枕头上翻转一下身体，就翻滚着跌入黑睡眠的深渊。我不行。晚饭后的时间，我主要是用来浪费的。

有人能边洗澡边看书，当然不是淋浴。我不行。不是怕浸湿书页，而是泡在浴缸里的我就像头肥臃的海象，这让我无法保持良好的阅读情绪。

对我来说，最理想的阅读环境，远在众人之上：飞行途中。在低噪中，在陌生人之间，在脱离地平线像脱离自己生活经纬的高空，真是完美的沉浸式体验……让一本好书，勾魂摄魄。我甚至爱屋及乌，在候机厅里也兴致勃勃，从来不因延误而扫兴；在其他乘客的抱怨声中，我欢乐如遇节日。取消航班就取消航班，我住在临近机场的宾馆读书，大快朵颐，乐不思蜀。当然，前提是有足够的书。有人盯着机场的通告牌或飞机前方座椅靠背的搁板，能够长达数小时。我不行。假设手边没有储备，或是飞机下降之前我就读完结尾，不仅令我沮丧，简直就是一种打击。

"如果去荒岛只允许带一本书，你的选择是什么？"提出这种假设的人真是残忍。我永远会受到这个问题的胁迫，几乎立即感到饥饿般的恐慌和屈服。这就像是被问："你的人生所愿保留的最后一样东西是什么？"看起来只是在追问什么最重要，其实呢？残忍在于你能放弃什么。健康？智慧？情感？不，我根本不敢假设那种取舍。

有了电子书这个法宝，终于，我们可以从威胁中解脱出来……等等，万一荒岛上没有网络和电源怎么办？太可怕了，相当于整个世界都是一块黑屏。

八

荒岛上的写作者，可以创作，由此撑过一段无书可读的难熬日子——他依靠的，是平时的阅读储备，像挨饿的北极熊依靠自己皮层下的脂肪。这时候，写作的优势就显现出来了。

不仅非常时期，平凡日子也能显现出写作之妙。写作耗材不多，就是费点电，电脑算是耗电最低的电器了；何况停电的时候也可以工作，一张纸片一个铅笔头，利用有限的文字完成近乎无限的千变万化。当然艺术创作的基础材料都是有限的，像绘画里的三原色、音乐里的七个音符——不过，颜料和乐器，可比纸笔贵多啦。

看起来，作家这个工作太好了。读小说是工作，看电影是工作，躺着发呆竟然也是工作……人间怎么有这种神仙日子？其实呢，作家常常置身炼狱，独自为人物和情节所煎熬；备受折磨、痛苦不堪，但作家难以获得他人的拯救，即使有了同情的眼泪也杯水车薪，无法为他扑灭烧灼的火焰。

写作是一种用文字做梦的能力，是在既现实又非现实的魔幻世界里穿越。写作者需要阅读，因为阅读可以提供显著的帮助，并成为重要和必要的部分。没有阅读支撑的写作，相当于打电子游戏的过程中赤手空拳；没有装备的支援，一般打不了多远。

尽管随时面临着考验，尽管途中有各种摩擦力的阻碍，我庆幸自己始终没有放弃始自年少的文学梦。我根本不能停止热爱的惯性，除了理想的初始之力强大，还因为一直有阅读的磁力牵引。那些最好的作家能够在毁灭中重塑你，每当想到他们神明一般的名字，我感激不尽。

经过数年的职业生涯，我依然在自称"作家"的时候感到一丝羞赧，这个称号对我来说，保持着可望而不可即的近乎失真的神圣。对至爱的作家，我愿保持神秘的想象，我以为他们吐气如兰，说出的每个字都是音符，每段话都是旋律……哦，我并不想见到他们，因为我觉得自己的呼吸会污染空气。

九

见识见识：先有眼睛里的"见"，才能有内心的"识"，否则不过纸上谈兵；阅历阅历：先从书本上读，再去经历和了解，否则也是走马观花——两个词语，在这里是可以互换的。见与识，阅与历，需要同时精进，写作者才能打通任督二脉，拥有眼界与胸怀、绝技与神功。

假设没有经历的体验，没有阅读的了解，当我面对任何题材的时候，写起来都会犹疑。所谓的"笔触"——要让作为工具的笔，有动词化的接触和碰撞；同时，要让笔端具有神经元般的感知细胞。需要不断克服自己与他人的间距。写作涉及万事万物，是一种用文字来完成拟态的技术。如果不去观察和研读，就以为能够以自身认识覆盖他者经验，这是作家最应该警惕的傲慢——它会让我们在自以为是中误入歧途，无法完成情感的渗透与交流，最终停滞在一己之狭隘里一无所获。

在将近三十年的写作训练中，我得出经验：那最不像捷径的道路，才是真正的捷径；而看似是捷径的，不过是陷阱的另一种包装。深入生活，并非是写作的套话，恰恰是写作的真谛；潜心阅读，也是磨刀不误砍柴工，工具带来的高效胜过徒手的劳作。无论身体力行的行千里路，还是手不释卷的读万卷书，我们去靠近与了解……素材和灵感，都在体验和阅读的途中。

写作是独自面对困境，是永无尽头的远方，什么外在的条件都未必能给你提供真正的保障。每个作品，都是向茫茫书海掷出一只渺小的漂流瓶，不知它会被什么样的眼睛所发现，什么样的手所捡拾。然而，一个人用自己最大的诚意、勇气和能力写，他就是创造他个人的写作的最好的时代；即使身处困境，只要握牢手中这支笔，他就拥有破冰的镐、自救的绳索。

每个写作者就这样燃烧自己，像安徒生童话里那个卖火柴的小女孩，用词语的火柴，用头脑里的想象，去擦出一道道光亮，用以抵抗黑暗、寒冷和死亡。所以，当写作者置身书籍，他将被周围和自身的光源所照耀，并因灵魂的趋光性而生长。

（原载《北京文学》2020年第9期）

耆英的外交绝唱

◎卜　键

提起耆英，可是个近代史上有名的大反派：作为钦差大臣赴南京与英使璞鼎查谈判，在英舰"皋华丽号"上签署丧权辱国的《南京条约》；复于两广总督任上签订一系列不平等条约或章程，他与英国公使约定的两年后进广州城一说，又埋下列强借口发动第二次鸦片战争的祸苗。而咸丰帝惶急之际的一个荒唐决策，使得耆英再次出山，主持与四国公使在天津的谈判，是那段暗黑岁月的一个小插曲。

"弱国无公义，弱国无外交"，出于民国间一位外交官之口，满含亲历者的痛切感受，也不无愤激委屈与偏执。大国之弱，最能招来觊觎者的飞扑撕咬，还要承受国内上下四方的压力，对主谈者的品格才智要求更高，一味强硬会决裂挨打，全盘接受必然带来骂名。耆英曾被历史浪潮推上外交舞台，也曾长袖善舞、歌喉婉转，而一八五八年夏在津门后则左支右绌。短短几日间，钦差大臣耆英艰难斡旋，不断遭拒与受辱，以七十一岁高龄镣铐加身，在宗人府引颈自缢，虽说是其个人与家庭的悲剧，亦处处映照出清王朝的衰败与冷酷。

港督宴会上的歌者

《清史稿》有《宗室耆英传》。宗室，此处指大清皇室，标志着一种显赫出身。耆英的六世祖穆尔哈齐为清太祖同父异母之弟，创业初期与兄长并肩血战，功勋卓著。数传而至其父禄康，官至内阁大学士，管理吏部，兼任步军统领，几乎像乾隆晚年的和珅一样受宠，却颇有几分糊涂，就连府里轿夫赌博都管不住，受牵连降为副都统。嘉庆帝显然待之甚好，一年后又升为都统。作为长子的耆英未受影响，三十几岁便成为副都统、内阁学士、护军统领，俨然一颗政坛新星。

关于耆英的记述不多，大致可知他是一个高大英俊、放旷豪爽、精明干练的人。嘉道间满人多耽于嬉玩，做皇帝的心中忧急，不断发出训谕，提倡族人尤其是皇族要讲"体面"。耆英就是一个"体面人"，以故在仕途上一路飞升，历任礼、工、户部尚书，步军统领。步军统领全称"提督九门步军巡捕五营统领"，俗呼"九门提督"，负责京师警卫与治安，非最得信任的贵胄大员不得简任。孰知他与父亲一样，又栽在赌博上——受命审办一帮太监的赌案，因"瞻徇释放"被降职。耆英被贬为兵部侍郎，不久升热河都统，再升盛京将军。时值朝廷严禁鸦片，东北旗民中也出现贩食之人，耆英下令十家联保，并在旅顺口、锦州、山海关各处海口设防，保持高度戒备。鸦片战争爆发，林则徐、琦善先后解任，调耆英为广州将军，不久又颁给钦差大臣印信。此前已派出两位宗室大将军：先命奕山为靖逆将军，督师广东，数月后命奕经为扬威将军，统兵浙江。两位皇亲贵胄离京时皆信心满满，抵达战场始知外敌之凶横，一变为畏怯。耆英赴任时主战场已转移到浙江沿海，受命留驻御敌。情势危急，定海、宁波、乍浦接连陷落，而奕经仍设法瞒骗朝廷。耆英目睹实况，也听取了与英人打过交道的伊里布的意见，在密奏中力主议和。接下来的情势更严酷：一八四二年六月，号称天堑的吴淞口东西炮台被摧毁，江南提督陈化成英勇战死，素来高喊忠君爱国的两江总督牛鉴则狼狈逃跑；七月，英军攻入镇江城，清军副都统海龄阖家死难；八月初，英舰进逼南京，并派人登陆测量，摆出一副攻城架势。耆英受命赶到南京主持议和，《清宣宗实录》卷三七八有一段君臣的隔空对话，耆英奏称："此次酌办夷务，势出万难，策居最下，但计事之利害，不顾理之是非。"道光帝御批："览奏忿懑之至！朕惟自恨自愧，何致事机一至于此？于万无可奈之中，不能不勉允所请者。"耆英并非想不到国人对和谈的反憎，心事沉重，而皇上则把主要责任揽下。

签约之后，耆英留任两江总督，先是说好说歹，让英舰尽快退出长江，并劝回闻风而来的法国舰只；接下来办理善后和整顿军队，重订水师章程，提出水兵以"熟习大炮鸟枪为要务"，一扫旧日考试弓马的陋习。他从失败中汲取教训，对炮台、炮架、水师舰船进行改革，并加大铸造火炮和抬枪、鸟枪的力度。这些举措仍有许多不切实用之处，但姿态是积极的，其"训练士卒，讲明纪律"的思路也是对的。

道光二十三年（1843）三月，耆英奉旨作为钦差大臣前往广州，于五月二十六日轻装简从,乘坐英方火轮船至香港,与港督璞鼎查商酌"通商章程及输税事例"。协商顺利,两人也成为好友,璞氏送给耆英不少洋玩意,其中有一批精致枪支,耆英转呈皇上,认为可以仿制。道光帝亲加检验,称赞"绝顶奇妙之品""灵捷之至",复感慨:"卿云'仿造'二字,朕知其必成望洋之叹也!"时魏源《海国图志》尚未出版,"师夷长技以制夷"之说传播未远,耆英已有了同样的思考并试着付诸实践。

回任南京,耆英愈加关注水师的训练,却在三个月后改调两广总督。两江总督虽是要缺,可广州事关各省通商善后事宜,实在是太需要他了,皇上掂量一下还是将之调去,颁给钦差大臣旗牌印信,不久又加了个内阁协办大学士头衔。外国人对他也有很高评价。作为译员参与南京谈判的巴夏礼写道:"我有点喜爱耆英的风度,因为他有着一种雄伟的正派的外貌和愉快亲切的神色。"新到的美国公使顾盛接受了耆英的劝告,不再坚持率舰队北上,还赞誉他"高贵、聪明而真挚"。而耆英抵广后也是狠抓战备,选拔和保举将领,加固炮台与强化演练,铸炮造枪,甚至要求满营马队练习射击。

此时港督正办交接,奉调回国的璞鼎查向他介绍了继任者德庇时,一个出色的汉学家。德庇时为耆英驾临香港举行了盛大的欢迎宴会,英国记者发现他完全不像一般清朝官员那样麻木愚钝,表现得"和蔼可亲,富有幽默感,高超的外交技巧与良好的教养……在宴会上谈笑风生,但又极有分寸"。耆英还"主动唱了一首充满激情的满文歌曲",令在座者深受感染。德庇时曾作为译员随阿美士德使团进京,深知大清高官是多么傲慢粗俗,而眼前的老耆乃正一品宗室大员,真的太不一样了。耆英在次日设宴答谢,再次引吭高歌,在他的力邀下,德庇时与驻港英军司令、大法官等人"也都表演了歌唱",气氛极为欢洽。正是在这次访问期间,英国人(尽管不太情愿)归还了一直强占的舟山。

就这样,耆英成了一个中外知名的人物。还有一个与他相关的故事:因缔约获益的英国商人为表达对耆英的感戴之情,不知通过什么渠道搞到一艘中国平底帆船(一说是大清水师的舰只),命名为"耆英号",雇用一批中国水手驶往美欧,在纽约和伦敦都引发巨大轰动,就连英国女王也登船参观。

"先帝奖励有为有守；今上申斥无才无能"

友好坦率的沟通对外交是有益的，但想以私人感情改变殖民者的侵略行径，则属于一厢情愿。香港会晤后不久，英人引据各条约与章程，提出进入广州城的要求，靠着老耆一通劝说，得以暂缓。过了一年，英舰突入内河，直接开至城外的十三行停泊。虽说是很快撤回，也让耆英心惊。自此英舰来来往往，清军试图阻拦，根本拦不住。更丢脸的事情发生了：三艘英军火轮船驶入虎门海口，逼近上下横档炮台和镇远炮台，各台守军连忙关闭大门，英军乘划艇登岸，竖起竹梯爬上炮台，将炮眼一一钉塞，然后扬长而去。老耆不敢向英方抗议，在奏报中自请处分，并说已将充塞物拔出，不影响火炮点放。后来他又密奏，英军见各炮台加强演练，故意损坏炮口，意图让那些熟练官兵受罚离开，换上一批生手，建议朝廷不要中敌人的诡计。这样的解释真是匪夷所思，皇上也觉难以置信，警告几句也就了事。

道光二十七年（1847）岁末，耆英奉旨返京，赏双眼花翎，半年后擢升文渊阁大学士，与掌领枢阁的穆彰阿关系密切，混得风生水起。那是老耆的人生顶峰，皇上夸他在总督任内一切都料理得当，钦赐"有胆有识""有守有为"二匾，荣宠为一时之冠。孰料道光帝突然病逝，一朝天子一朝臣，耆英情知咸丰帝奕詝对自己印象不佳，多次请辞。可看到新帝下诏求言，这位叔辈宗室大臣可能是觉得帝师杜受田太过迂腐，生怕他带歪了年轻的奕詝，忍不住发表一通宏论："实心任事者，虽小人当保全；不肯任怨者，虽君子当委置。"所谓君子小人的区分甚难，但这种言论显然不妥。御批"持论过偏，显违古训，流弊曷可胜言"，予以申斥。

奕詝为皇子时，对主和的内阁首辅穆彰阿与议和的耆英等人很憎恨，一登基，即起用林则徐，并对把持枢阁的穆、耆二人频频敲打。当年十月，下旨将二人逐出权力中枢，穆彰阿革职，耆英降为五品顶戴，可谓"断崖式"降级，而且没有实职。差不多过了三年，耆英算是补了份差事，"在巡防处效力"。而其长子马兰镇总兵庆锡因事革职，流放黑龙江，违规自备马队，耆英也因知情不举，被革职圈禁半年，即拘禁于宗人府高墙内，不予枷号，算是一种优待。

这样的人生落差，使老耆难免有怨愤情绪。据崇彝《道咸以来朝野杂记》："耆平日实有自取之咎，因宣宗朝曾奖耆'有守有为'之语，于是耆相大书一联悬之客厅，云：先皇奖励有为有守；今上申斥无才无能。此罢官时考语，故意令人见之。"清代野史中常可见此类生动记述，事件的逻辑与因果关系似乎合理，但可信度不高。讥讪君上属于大罪，耆英岂敢！核查当日原谕，咸丰帝斥责耆英"无耻丧良""畏葸无能"，与穆彰阿"同恶相济"，措辞更重一些，却没有"无才无能"四字。

"办理夷务黄箱"被掠

耆英离任回京之前，广州的局势已然严峻：英人因入城屡次被拒，以各种招数显示肌肉，不断挑衅滋事；而面对英人的骚扰欺凌，城乡的士绅百姓越发难以忍耐，一呼百应，群起抗争，不光坚决不许英人进入广州城，甚至见到落单或少数洋人就想动手。《南京条约》第一条的确写着允许英人在通商口岸设立领馆、货栈，并携带家眷居住，总督大人很为难，但也捡到了一张"民意牌"——不是本督不愿意，是老百姓起来反对，众怒难犯，就请稍微等等吧。

就在这时，广州郊区发生了"黄竹歧事件"，据耆英奏折，大致情节为：六名英人驾船至城西集镇黄竹歧游逛，与村民发生冲突，掏枪打死打伤村民各一名，被愤怒的当地人包围痛殴，将六人全都打死，抛尸河中。他们是在十三行做生意的商人，家属得知后立刻要去报复，外国商人看到找回的几具尸体，也纷纷凑集军费，以求一逞。德庇时率军舰驶至广州城外，要求抓捕杀人凶犯，审明后押至黄竹歧，在英人监视下正法，并声称"将黄竹歧及毗连之滘表、坑滘二村洗平"。言词之凶横残暴，已见不出那个翻译中国诗词的汉学家的影子。为了息事宁人，耆英命属下抓捕了十五人，将带头的四人处以死刑，其余的发配远地。德庇时坚称必须将十五人全部处死，并将三村夷平，"否则自行前往办理"。耆英见光说好听的不行，遂强硬驳斥，"力折其骄盈之气"。这是他在密奏时写的，具体情形如何，无从验证。此举为耆英招致诛杀同胞以媚敌的骂名，使他的威望一落千丈。

耆英回京后，德庇时很快也去职回国，接替的是文翰，曾被英国外交大臣巴麦尊讥为天生胆小，做不了什么大事。文翰几次重提入城之事，也采取了一些行动，都被继任两广总督的徐广缙巧妙化解。徐总督和新任巡抚叶名琛都是坚定的反入城派，甚至接奉谕旨允许英人入城一游（没准是老耆的主意），仍强烈反对，指出一堆危害性，就中不乏虚构和渲染。这是两个廉正且勇于任事的官员，但昧于国际大势和对强敌的了解，缺乏平等外交的意识，"方向不明决心大"，一步步将事态挽成死结。二人的招数还是民意，声称广东民风彪悍，各村社都已准备好与来敌死磕，也命士绅联名向港督发出《广东绅士劝导文翰公启》，总之是誓死不许洋人入城。文翰斟酌再三，为避免贸易受损，在十三行等处贴出告示，表示暂不入城。徐广缙飞奏朝廷，认为问题已经解决，请求皇上奖励属下各官，道光帝大喜过望，即予表彰并赐予二人爵位。

其实文翰并未放弃入城之念，英国政府也不断给他施压，遂于一八五〇年六月乘舰亲至上海，声称转递外交大臣的函件和自己致耆英的信，又派舰只直趋天津海口递信，要求必须履行入城之约。耆英虽明显不受新帝待见，仍建议"应请体察时势，非计出万全，似未可轻动"。据徐广缙奏报，送信的火轮船曾在大沽口外拦江沙搁浅，"坏去右轮，船主威巴索银修补"，还说文翰等人得知"天津口内藏兵二万，乃中国最厉害之兵"，为之气馁。呵呵，都是皇上爱听的消息。不过经此一番折腾，文翰不再提进城之事，直到灰头土脸地离任。

第四任港督是原广州领事包令。他的政治野心与语言天赋都非同凡响，号称能懂百余种语言，也是一个汉学家，会说广东话。包令对林则徐极为敬佩，称之为"中国爱国志士的骄傲""万圣之圣"，却也丝毫不影响其殖民主义立场。他在履职后立刻约见两广总督叶名琛，叶督表示愿意在城外任何地点会晤，就是不得入城。包令即联络美国公使麦莲驱舰北上，法国公使也派出秘书哥士耆随往，停泊在白河口外，声言要进京谈判。清朝派盐政崇纶等在大沽口炮台下设帐会晤，包令提出十八条诉求，包括使臣驻扎京津、修约、准许鸦片进口，其中第十五条就是"准英人进入粤东省垣"，等了几日，自然是大部分被驳，三国来使无奈返航，已心生动武之念。

咸丰六年（1858）九月，英军借口"亚罗号"事件，悍然派舰队突入内河，占据炮台，不断轰击广州城。城墙被轰出一个缺口，一百多敌兵蜂拥而入，不见清军阻击，顿觉胆壮，也有三五人闯进空荡荡的督署转了一圈，随即撤出。英军此次入侵仍带有震慑性质，并未占领广州城，在城郊炮台盘踞数月，也就撤离内河。其间叶督悬赏杀敌，清军也策动过几次并不成功的反击，却成为向皇上奏报击退英军的依据，又是一次虚假宣传的胜利。

岂知英国正在调兵遣将，还拉上法国和美国，大批炮舰兵船陆续开到，一年后再次轰击和攻入广州城。叶名琛依然镇定无畏，炮火中端坐署衙，老父与眷属都不撤离。而这次英人不再是"到此一游"，肥肥的叶督在跳墙时被抱住抬到英舰上，广州将军、广东巡抚、都统等大员一一被活捉，这耻辱悲惨的一幕并非本文描写的重点，我想说的是，这些高官不仅不作抵抗，束手就擒，就连档案和库银也不知提前妥善转移。在人去院空的督抚等衙署，英军抄获了大量机密文件，其中就包括"办理夷务黄箱"。

清朝体制，凡与外国贸易通商事宜，一律在广东办理，以两广总督兼管通商事务，也是外使巴巴地赶到津门，总被告知返回广东协商的原因。历任两广总督将有关文件和密奏副本分类保存，形成一整套办理夷务专档，至于是否因有皇上谕旨而用黄色木箱，是一个箱子还是多个，皆不得其详。当情势危急之时，南海知县华廷杰奔往督署，"辕门内不见一人，冒烟入，见一家丁李姓名善者，询以叶相何在？引至花厅，见叶相袍袴上挽，独在此寻检紧要文件"，无法确定哪些属于叶名琛要找的紧要文件，不知是否包括"办理夷务黄箱"，也不知他在匆忙转移时带没带走黄箱，可知的是英军很轻易地就拿到手了。两年后英法联军攻入圆明园，数十年后俄军攻占齐齐哈尔，也是没有妥善转移或销毁档案，多数为侵略者掠去。

在天津谈判中，这个"办理夷务黄箱"，可要了耆英的老命（虽不能说一定是起到关键作用）。

起用于危难之局

一八五八年五月二十日上午十时，英法联军八艘战舰驶入大沽口，与已在口内的炮舰会合，分别冲向两岸炮台。清军立即射出排炮，由于炮架固定，难以随机调整炮口，况且每发射一次，都需要有好几分钟的间歇才能发射，给敌人留下可乘之机，但将士们打得很英勇，在敌舰的密集炮火中坚持回击。德巴赞古《远征中国和交趾支那》写道："炮架被打坏了，许多大炮也就倒在地上，或炮口都给炸碎，这样就全都不能使用了。然而中国人却还没有放弃自己的阵地，继续奔向那些还没有被打坏的大炮，他们的炮手一个接着一个地被我们灵活的射手所击中，然而却立即就有人替补。"北岸炮台先被攻占，由火器营防守的南岸炮台坚持稍久些，也落入敌手。后路蒙古骑兵正欲冲锋，遭到敌军的密集射击，只得退回。带头逃命的是总兵和副将，而前线败溃，后路各军跟着败溃，钦差大臣们无一向前，都是管自奔逃。直隶总督谭廷襄出身翰林，号称能吏，面对狂奔而来的败兵，力斩数人亦未能制止，自己也被裹挟着一退再退。

五月二十六日，英法联军已推进至天津近郊，占据望海楼一带，京津一片惊恐。战，苦心经营的炮台群只支撑了两个多小时，八千精锐一击而溃，再战更无底气；防，强敌距北京仅两百余里，途中无险可守；优先的选项是讲和，可数月以来一直把和谈放在前头，无奈英使额尔金要价太高，动不动就叫嚣要去京师。既然打不过，再难谈也得谈。二十八日，内阁大学士桂良、吏部尚书花沙纳受命前往天津，二人决定分别会见四国使节，但把英国排在第一个，于是就有了海光寺的一幕：额尔金乘八抬大轿，军乐前导，三百卫队持枪跟随，来到后旁若无人，拿出女王签发的烫金国书，见桂良等人所持谕旨仅"白折一开，楷字数行"，即行变脸，嚷嚷一通拂袖而去。接下来法美俄三使来见，"猖獗情形，大略相同"。桂良乃奕䜣的老丈人，历任多地督抚至阁老，却不得进入军机处，乃决策圈外之人，被派议和也是个受苦的差事，只得忍气周旋。

咸丰帝也对桂、花二位缺少信心。担任巡防大臣的惠亲王绵愉提议起用耆英，利用他的影响力和经验主持和议，一众军机大臣都积极附议。谭廷襄在密折奏报：英使听说朝廷要派桂、花前来，明确表示必须像前大学士耆英那样，有"全权便宜行事"衔名，可以做出决定，否则还是要进京，而且是走陆路，"若无人强阻，不敢多事；倘有人强阻，亦必抵御"。

类似的话，额尔金在抵达之初就说过，要求查验主谈大臣所奉谕旨，看看是否与耆英在广东时"奉旨从权便宜行事"相同，谭廷襄也已奏报皇上。那时君臣都不识外敌之悍恶，嗤之以鼻。而额尔金发来正式照会，其中有"检查前于壬寅年咸皇帝特派耆、伊两大臣，与我钦差全权大臣璞面决彼此未妥各款，专办善定"，坚称清方大员的授权必须"同前大臣耆、伊相匹"。法使葛罗也在照会中说"查道光二十二年、二十四年间，前钦差大臣耆、伊办理外国事务，业已奉到便宜行事之权"，要求谭廷襄奏明朝廷，在六日内补办手续，"与前钦差大臣无异"。这些言之凿凿的材料，显然来自"办理夷务黄箱"，清廷读后应有些懵圈，但还是一拒了之。

炮台失陷与精兵溃散，令清朝君臣清醒了不少，于是有了惠亲王等人的提议。咸丰帝也放下那一脸的嫌弃，秘密召见耆英，问询之际印象不错，即委任他以侍郎衔前往参与谈判，随后又传谕"所有议抚事宜，专归耆英办理"，"所有文武委员，即著于直隶地方营汛内调派委用"。即由耆英主谈，不光直督谭廷襄等靠边站，桂、花二钦差也排到后面去了。而耆英倒没有把话说满，召对时表示"力任其难，看奴才造化若何"，意思为：我来试试吧。

起用耆英，京师顿时出现质疑之声——让一个老投降派去主持谈判，合适吗？恭亲王奕訢要求耆英在会见时，必须严厉叱责英法的侵略行径，"先折其气，而后俯顺其情，不可一味示弱，致蹈从前覆辙"。皇帝哥哥深以为然，立刻追发一道谕旨，命耆英接见英法公使时，先责其在广州背约兴兵，再痛斥他们在天津先行开炮，闯入内河，然后才是和谈。话虽这么说，皇上也颇能体谅此事艰难，提前设计了一个准驳模式：对各国公使所提的关键条款，命桂、花二人先作反驳；待尔等再提出来，则由耆英批准几项，作为最后决策之人。清朝大臣的一个必修课，就是官位的忽上忽下、忽废忽用，桂、花的职分大于老耆，也只能顶到前面去铺路架桥。咸丰帝已把宝押在耆英身上，颁发钦差大臣印信，又补发一旨，告诉他到后亲自接见来使，不必事事与桂良等商量，并表示："何事可行，何事不可行，耆英必有把握，朕亦不为遥制也。"看这份信重依赖，耆英能不感激涕零，肝脑涂地？！

斡旋何艰难

四月二十七日（公历6月8日），耆英抵达天津，若从皇上传谕起复算起，已经是第七日。七十一岁的老耆先是入宫聆听皇上训示，再经过深思熟虑，确定了"以夷制夷"的思路。虽说并非什么新玩意儿，但他与在京的俄罗斯馆一向交往密切，求得大司祭巴拉第一封书信，转托俄国公使普提雅廷为之说项，加以在广东留给英人的美好印象，此行就有了双保险。其实巴拉第早知英人已将黄箱中奏折译出，耆英对朝廷的欺隐造假令英人不齿，文句间对英方的贬损更使他们恼怒，原来的好感早已化为恨意。巴拉第虽说对老耆印象不错，却不漏一丝口风，倒是借机把京师的一些最新情形报告使团。

耆英的到来，在当地引起热烈反响，士民工商"以为必另有办理夷务妙策，群相欣喜"。自次日起，耆英即欲掀起一场外交旋风：请四国公使的助手在风神庙会见，约定分别会晤的日期，并向俄方转交了巴拉第的信。当晚七时，耆英首先与普提雅廷举行会谈，搞得有些诡秘，老普带来一个四五人的谈判班子，老耆则孤身一人，安排一个下属在门口把守着。他请求俄方出面斡旋，劝说英法撤兵，老普明确表示此时已做不到；退而希望得到一些建议，老普倒是很愿意，针对英法的诉求谈了不少，同时催促中俄尽快达成协议。临别时，普提雅廷想了一下，还是提醒耆英"如上英船，必须小心"，老耆不解其意，也没好意思多问。

二十九日，耆英排设仪仗，亲往英法使节下榻的望海楼拜望，未想皆推脱不见，搞得他一头雾水。接下来拜会美国公使，老耆仍显出气势不减，拿出皇帝敕书，要求列卫廉下跪拜受。列卫廉拒绝："不行，我只在上帝面前下跪。"耆英坚持说："但皇上就是上帝。"记录下这段对话的是担任译员的传教士丁韪良——后来做过京师大学堂总教习。清朝档案则记载双方的会谈继续进行，谈得也颇有成效，可是发生了一件事情：老耆认为列卫廉等人不详签约过程，便以原订和约的当事人身份侃侃而谈，岂知列卫廉竟拿出一册《中美望厦条约》原件来，在上面指指画画，加以反驳。耆英很是讶异，拿过来细加检验，赫然是文件正本，忙问他们是怎么弄到手的。列卫廉倒也不加隐瞒，说英国人攻破广州城，缴获"办理夷务黄箱"，不但与美国所签条约在内，历年相关的督抚奏折与皇帝批谕，皆为英军所得。

耆英后来居前，主持对外交涉，职位高、到得早的桂良与花沙纳看不出有任何嫌忌与不快——此类和谈最是高危差使，终于来了个顶在前面的，顿觉松了一口气。而老耆生性豪爽，出将入相，至老年遭受一连串严酷打击，名利之心应已挫磨得所剩无多，与桂、花相交很诚恳。于是，津门的谈判三人组关系融洽，互相帮补，共同商酌，本着各个击破的思路，先与俄美两使形成协议草案。他们自知多数条款损害了国家利益,也能预想到事后的责难与惩处,"相对泣于窗下,朝不知夕死"。这句话转引于咸丰帝谕旨,不知哪个悄悄向皇上打了小报告。

五月初一日,英国使团的李泰国、威妥玛来到钦差大臣下榻的海光寺,威逼马上答复英方照会。这是两个"中国通",尤以威妥玛精通汉语,甚至做过香港高等法院的广东话翻译。耆英出来与之见面,没想到二人极为无礼,拿出当年档案,指着密奏中"外夷性谲诈""鬼蜮诪张""该夷情等犬羊"等语词,对老耆挖苦嘲笑并声称必将报复。此举不光是要出一口恶气,也是一种谈判策略,告知清廷不要妄图打感情牌,并借以将清廷为数不多的外交熟手排除掉。果然奏效,大约是联想到叶名琛被活捉的前车之鉴,不独耆英沮丧惊恐,桂、花二人也觉得情形叵测。三人商议后,以桂、花的名义奏报皇上,讲述耆英抵津后与各国交涉情形,重点在于英人对耆英的痛恨,请求准许老耆回京。

咸丰帝的批复很快送到,质问耆英为何没有在奏折上列名,命耆英仍留津主持夷务,谕曰:"耆英系原定和约之人,于该夷一切情形,素所深悉……现在桂良等虽同是钦差大臣,而于夷情一切,未若耆英熟悉,何以忽有代奏回京之请?"岂知老耆腿脚稍快,谕旨到时已经跑到通州。

最后的苍凉身影

去掉一来一回,耆英实际上在天津只待了五天,不能说没有努力,也不能说一无所为,但落得个灰头土脸。桂、花二人对他的遭遇深为同情,不顾嫌忌,奏请"准耆英进京面陈夷情",对其突然离去也商量出一套说辞。老耆显然已被英国人吓破了胆,大约是怕像叶名琛那样被押往印度,是以桂、花在五月初二日专折题奏,次日一大早就踏上归程。

英人有扣押这位前总督之心吗?应该没有。他们的拒见与诘问,无非是一种谈判策略,为的是折磨对手,抬高要价。而作为三朝老臣,耆英应知道朝廷的规矩,桂良等人上奏之后,必须等候皇上御批。而咸丰帝的批示三天即到,却是不许他离开。

没见到对老耆离津情形的记述,推想也是容颜萧瑟、背影苍凉。而一旦脱离险境，耆英又会意识到不太妥帖，开始放慢脚步。初四，他到达杨村，与带兵驻守的直隶提督托明阿讨论战守事宜，也令人送了封信给统率重兵的晚清名将僧格林沁；初五到通州，会见僧格林沁，将津门的敌情详细告知。僧王是一个坚决的主战派，耆英交给他"白火药箭一支，以备照式制造，火攻尚属利器"。不知是否得之于普提雅廷，也能证明老耆并非全无抗战之心。耆英在通州接到皇上对桂良的批复，知悉要他留在津门，即发出一份奏折，讲述黄箱被劫的恶果，并说要向皇上面奏详情，聆听圣训，再作区处。

已经晚了！

却说僧格林沁接耆英信，也觉非同小可，而以惠亲王绵愉为首的三位巡防大臣刚离通州大营不久，急派专差飞速送达。绵愉与怡亲王载垣、郑亲王端华都是保举耆英之人，得知他擅离职守，赶紧奏报，提出应将耆英在军营正法，并自责缺乏知人之明，请求治罪。奕䜣与军机大臣受命提出意见，也说耆英"竟敢不候谕旨，擅自回京"，必须审讯严惩。咸丰帝立命"僧格林沁派员将耆英锁枑押解来京"，严加审讯；命对惠亲王等保举者分别惩处，也自我检讨无先见之明，表达愧疚。这一串神操作竟在一日间走完，老耆悬了！

所谓"锁枑押解来京"，即俗语的披枷戴锁。今天仍能见到耆英的三份供单，是他在受审时留下的，大体上还算实话实说，强调黄箱被劫导致无法施展；也有些文过饰非，声称并非怯懦，而是有些情况不便写成文字，必须向皇上亲口奏报。可说啥也没有用了。领衔审案的大臣多是保举他重出江湖者，此时拟罪唯恐不重，倒是恭亲王稍微厚道些，说在《大清律》上找不到此类行为的定罪依据，拟了一个"绞监候"，即判处绞刑，暂不执行。会审定罪通常略重，为皇帝显示宽仁留有余地，最后定罪一般会降等。如琦善因出卖香港定为斩监候，奕山、奕经以误国误民判处斩监候，后来都减等并再次起用。不出意外，耆英应也是这个路数。

可意外发生了。正当红的户部尚书肃顺闻知，连忙奏上一本，慷慨激昂，说如果办理夷务者都如此"畏葸潜奔"，成何体统，要求将之即行正法。耆英的子女见势不好，四处托人营救，甚至几次找到俄罗斯使馆的巴拉第，哭泣求告，可皇上之意已决，谁能救得？又谁敢去救？三日后咸丰帝发布长篇谕旨，历数耆英的辜负圣恩和用心巧诈，赐令自尽。

由于耆英的宗室身份，监禁他的地方乃宗人府空房。空房，又叫空室，是宗人府专门管理宗室罪犯的机构，也指宗人狱监室。耆英曾因长子违法在此圈禁半年，并不陌生，怕也不会想到这次竟会丢了老命。上谕下达当日，左宗正仁寿与刑部尚书麟魁奉旨前来，令耆英阅读皇上朱谕，加恩赐令自尽。

没有人详记耆英的最后一刻。而缪荃孙《艺风堂杂钞》卷三，却记载和珅被赐令自缢时，耆英作为宗人府司员就在现场，事后给别人讲述所见情形。此记载未必靠谱，那一年的耆英仅十三岁，不太可能成为司员，但由此知道，自缢之前是照例要叩谢天恩的。

（原载《书城》2020年第3期）

擀面杖的故事

◎铁　凝

当我成为人们所说的作家之后，虽然写作是我最重要的一部分生活，却不是我生活的全部。写作之外，我还必须承担我所应承担的一切，像所有普通居家过日子的人一样，采买，洗衣，做饭，打扫卫生，浏览时装，定期交纳水电费、煤气费、有线电视费以及各种费，关注物价以利于在自由市场和商贩讨价还价……写作之外，也有一些非我必须承担的，可我乐于参与其间。比如以外行的耳朵欣赏音乐；比如看画（好画家的原作和印刷品）；比如看电影——一九九五年在美国期间，因为喜欢汤姆·汉克斯（《阿甘正传》主演），就花几天时间看了他的全部电影；再比如，悉心揣摸我父亲的某些收藏品，有时也同他一道去"搜罗"它们。

我父亲作为一个长于西画的画家，特别喜爱中国民间的"俗物"。许多年来，他收集油灯（从汉代直至当今），火镰，织布梭，粗瓷大碗大盘，铁匠打制的各式老笨锁，硬木工匠手下的全套凿、雕工具，农人腰间的鱼形小刀（简称鱼刀），牲口脖子上的木"扣槽"……大到碾盘、饸饹床子，小到石头捣蒜臼和火柴棍儿长短的藏针筒儿，他还搜集擀面杖。他搜集的擀面杖，多半来自乡间农户，木质、长短和粗细各有不同，他对它们没有特别的要求，他的原则是有意思就行。当他有机会去农村的时候，他喜欢串门。那时主人多半是好客的，他们通常会大着嗓门邀他进屋。他进了屋，便在灶台、水缸、案板之间东看西看起来。遇有喜欢的，或直接买到手，或买根新的来以新换旧。如若主人既不要钱又不愿意给他擀面杖，我父亲便死磨活说地动员人家，并许以高出原价几倍乃至十几倍的钱。有一次他为了"磨"出一根他看上的擀面杖，在一个村子耽搁了大半天。而他进村的时候，不过是想画些钢笔速写。这样，画速写用去二十分钟，"求"擀面杖却花了五个小时。为了达到目的他能忍住饥饿忍住焦渴。他的顽强以至于惊动了那村的全体村干部。而看热闹的村人越发以为那家的擀面杖总是个稀有的宝贝，便撺掇着主人将价格越抬越高。最后还是村干部从中说合，我父亲以近两百元人民币的价格将擀面杖买下。我没有问过父亲这值不值，我知道"喜欢"这两个字的价值有多高。还有一次，父亲从山里回来，拿出一根两尺来长的黑色擀面杖给我看，说是铁木的，很沉，不信你试试。我握在手中试试，果然。父亲告诉我，这擀面杖的主人是满族，蓝旗吧，祖上是给皇陵看坟的。擀面杖传到他这一代，有一百年了。父亲还说，这户人家实在仁义，见他真喜欢这擀面杖，夫妻俩异口同声地说："是什么好东西哟，喜欢就拿走吧！"父亲并且对我模仿着他们那绝对不同于当地农民的旗人口音——虽然一百年后的他们，早已是地道的当地农民。他们的口音他们的善良，都给他留下了深刻的印象。

去年初秋，我随父亲去太行山西部写生，走了一些大大小小的村子，在农民的院里屋里，和他们聊过日子的琐事。一些妇女见父亲带着相机，便请求父亲为她们拍照。父亲为她们照相，还答应照片印出后寄给她们。父亲在这方面从不食言，尽管他可能终生不会再与她们见面。有个下午我们走进了一个整洁的小院，我像往常那样先打声招呼："家里有人吗？"一个利索、和善的中年妇女应声从屋里出来站在门口，她笑着对我说："吃桃儿吧。"我这才发现我正站在一棵桃树下。抬头看看，桃子尚青，小孩拳头大。我说谢谢您我不吃。妇女向我走来说："来，吃个，谁让你走到了桃树底下呢。"她伸手摘下几个桃子，放在衣襟上擦净，递给我。我吃着略生涩的桃子，心想也许她就要请求我父亲为她拍照了。但是没有，这个妇女，她仅仅是愿意让一个走到她桃树底下的生人尝尝桃子。于是我又想，这样的妇女若有一根父亲喜欢的擀面杖，她定会毫不犹豫地送给父亲的。我们进了屋，父亲并没有看中她家的擀面杖。

第二天上午，父亲在另外一家发现了他中意的擀面杖。照我当时的看法，这根擀面杖其貌不扬，木质也一般。但也许正是它那种不太圆润的样子吸引了父亲，他小声对陪同我们前来的镇长（年轻的镇长是父亲的朋友）说了买擀面杖的企图。镇长说，这也叫个事儿？这也用买？先拿走，回头我让人上供销社给她们送根新的来！这个上午，这家只有一位年近五十的妇女，她告诉我们，她丈夫上山割山韭菜去了，大闺女正在地里侍弄大棚菜。当她得知我们要买她的擀面杖时，显然觉得这是一件不可思议的事。她明确表示了她的不情愿，她说其实那不是地道的擀面杖，那年她当家的和兄弟分家的时候，他们家没分上擀面杖，她当家的在院里捡了根树棍，好歹打磨了几下权作了擀面杖，其实这擀面杖不过是个普通的树棍子。这位妇女想以这擀面杖的不地道打消父亲想要它的念头，我却接上她的话说："既是这样，就不如让我买一根真正的擀面杖送给您吧。"哪知妇女听了我的话，立刻又调转话头，说起这擀面杖是多么好使，说再不地道也是用了多少年的家伙了，称手啊，换个别的怕还使不惯哩……这时镇长不由分说一把将擀面杖抓在手里，半是玩笑半是命令地说这擀面杖归他了，他让妇女到镇供销社拿根新的，账记在他的身上。妇女仍显犹豫，却终未敌过镇长的意愿。我们自是一番千谢万谢。一出她的院门，镇长便将擀面杖交与父亲。父亲富有经验地说，应该尽快离开这个村子，以防主人一会儿反悔。

我们随镇长来到镇政府，在他的办公室，镇长对我讲起了他的一些宏伟计划。比如他要拓宽门前这条公路，然后在公路两旁盖起清一色二层楼商店，便利了交通，也让这个山区小镇更适应商品经济的发展。为此他正同林业部门交涉，因为现在公路两旁长着参天的杨树。拓宽公路便要刨树，刨树就须林业部门批准。而林业部门却迟迟不批。镇长说就门前这几棵树啊，让他头痛。后来我们的聊天被一阵高声叫嚷打断，原来是刚才那家的闺女（那个侍弄大棚菜的闺女）前来讨要擀面杖了。

这是一个二十大几岁的女性，她满头热汗，一脸愤怒，站在镇长的门口，很响地拍着巴掌，她叫着："把我那擀面杖还给我！把我那祖传的（明显与其母说法不符）擀面杖还给我！"镇长上前想要制止她的大叫，说我们又不是白要，不是让你娘去供销社拿新的吗？但这女性显然不吃镇长那一套，她"哼"了一声冷笑道："别说是新的，给根金的也不换！快点儿，快把擀面杖拿出来，正等着擀面呢（也不一定），莫非连饭也不叫俺们吃啦……"她的音量仍未降低，四周无人是她的对手。我和父亲只感到很惭愧，毕竟这其貌不扬的擀面杖是一户人家用惯的家什。用惯了的家什，确能成为这家庭的一员。那么，我们不是在"掠夺"人家家中的一员吗？我父亲不等这女性再多说什么，赶紧从屋里拿出擀面杖交给她，并再三说着对不起，我也在一旁表示着歉意。谁知这女性接了擀面杖，表情一下子茫然起来，有点像一个铆足了劲挥拳打向顽敌的人突然发现打中的是棉花；又仿佛她并不满意这痛快简便的结局。她是想索要更高的价码，还是对我们生出了歉意？又愣了一会儿，她才攥着擀面杖骑车出了镇政府。

过后父亲对我说，这没什么，比这艰难的场面他也碰见过。我知道他要说起一个名叫走马驿的山村，两年前他就在那儿看上了一根擀面杖，却未能得手。两年之间他又去过几次走马驿，并且间接地托了朋友，每次都是败兴而归。但父亲在概念里早已把那擀面杖算成了他的，有时候他会说："走马驿还有我一根擀面杖呢。"我经常把父亲心爱的擀面杖排列起来欣赏，枣木的、梨木的、菜木的、杜木的、槟子木的……还有罕见的铁木。它们长短参差着被我排满一面墙，管风琴一般。它们的身上沾着不同年代的面粉，有的已深深滋进木纹；它们的身上有女人身上的力量、女人的勤恳和女人绞尽脑汁对食物的琢磨；它们是北方妇女祖祖辈辈赖以维持生计的可靠工具。正如同父亲收藏的那些铁匠打制出的笨锁和鱼刀，那些造型自由简朴的民窑粗瓷，在它们身上同样有着劳动的男人的智慧和匠心。每一根擀面杖，每一把铁锁，都有一个与生计息息相关的故事。在"信息高速公路"时代，在物欲横流的今天，正是这些凡俗的生产工具、生活用具，它们能使我的精神沉着、专注，也使我能够找到离人心、离自然、离大智慧更近的路。

父亲有雄心要创办一个由他的藏品构成的小型民俗博物馆，这使我也不断地生出些雄心，我愿意助父亲实现他这个美梦，梦想回到将来。

这便是我写作之外的一些生活，这生活同文学不曾发生直接的关联，但是属于我的写作却从来没有将它们排斥在外。

（原载《散文·海外版》2020年第5期）

往事的酒杯

◎苏　童

我父亲不喝酒。他爱抽烟。家里除了黄酒瓶子，我几乎没见过其他酒瓶。

但我的两个舅舅爱喝酒，他们不抽烟。我们三家人住在互相紧邻的房子里，各家的空气似乎总忙着竞争，我们家有烟味，但我两个舅舅家经常飘出酒香味来，酒香自然轻松胜出。这是我小时候便懂得的常识。

我大舅家境较为富裕，讲究吃，我大舅妈擅长做红烧肉，做了红烧肉我大舅必然要喝一盅。他们家的晚餐桌上酒香肉香齐飞，喧嚣着飞到我们家，我总是被肉香吸引，吸引得不能自已，便穿过天井，到大舅家打开大门，往大街上看一眼，然后匆匆地往回走，算是投石问路。我小时候便有羞耻心，羞于开口向人索要，但我的目光无法伪装，总是火辣辣地投向那碗红烧肉。每逢这时，我大舅便尴尬地微笑，他的目光看向我大舅妈，似乎是征询她的意见。但无论她的表情是否活络，舅舅就是舅舅，一块红烧肉会被我大舅夹在筷子上，然后我会听见一个天籁般的声音，来，吃一块。

我现在一直在回忆一件事，我大舅当年喝的是什么酒？可怎么也记不起来了，只确定是白酒，想想这遗憾，真应了醉翁之意不在酒这话。我脑子里只惦记着红烧肉，当然记不住他喝的是什么酒了。

我三舅家住在隔壁。他家也清贫，餐桌上的货色与我家差不多一样，白菜青菜咸菜之类的，无甚风景，但他人穷志不短，爱喝几口酒。是五加皮。这个我之所以记得很清楚，原因也简单，我对他家的餐桌没兴趣，轻蔑地望过去，忽略一切，就记住桌上的那个酒瓶子了。

我第一次喝酒是在北京上大学期间。有个黑龙江的大同学来自体工队，爱吃朝鲜冷面，爱喝啤酒，冷的碰凉的。他带我们去府右街附近那家延吉冷面馆去吃冷面，就在当时的首都图书馆斜对面。一群大学生不进图书馆，一头扎到了冷面馆，毫不汗颜。我们随大同学点单，每次都要一碗冷面，伴以一扎散装啤酒。当时习惯说一升。一升20世纪80年代的北京啤酒装在大塑料杯里，泛着白色的泡沫。白色的啤酒泡沫一如虚荣的泡沫，要喝，喝下去太平无事，但就是没有实际意义，还胀肚。我在回学校的公交车上一直想着教二楼的厕所，为什么呢？因为那是离北师大大门最近的厕所。

第一次醉酒是在大四那年了。春天的时候学生们都下到河北山区植树劳动，大家天天觉得饿，吃了上顿惦记下顿。忘了是哪个同学饿得揭竿而起，提议大家抛下组织纪律，结伴去县城上饭馆，打牙祭。我积极响应。我现在已经忘了在那个燕山山区的县城小饭馆吃了什么，却记得席间那瓶酒。

是当地小酒厂生产的粮食烧酒，名字竟然叫个白兰地，极其洋气。我们都清楚那不是白兰地，但那烧酒给人以一种美好的感觉，醇厚，颇有劲道。恰逢我们的杨敏如老师刚刚在古典文学课堂上给我们讲过李清照，她太爱李清照了，或许也是爱喝几口的人，讲起"薄醉"，怕学生不懂其意蕴，竟然言传身教，在讲台上摇摇摆摆走了几步，强调说，薄醉是舒服的醉，走路就像踩在棉花上！我们在小酒馆里谈论杨敏如老师与薄醉，大家都有点贪杯，要寻找薄醉的滋味。令人欣喜的是，走出小饭馆时我脚下真的有踩棉花的感觉，头脑亢奋却清醒，我听见我的同学们都在喊，薄醉了，薄醉了！

学生时代结束，喝酒便名正言顺了。毕业工作之后，一张巨大的社会大酒席召唤着你，一般来说，绕开它是很难的，何况你不一定想绕开它。喝酒喝酒喝酒！干了干了干了！无论走到哪里聚会做客，那声音会像空气一样追随你，不同的人对那声音有不同的好恶，要么像苍蝇，要么像福音。

但我的青年时代其实怕酒。饮酒之事，在我看来更像一种刑罚，所谓薄醉的滋味，竟无法与之重逢。如果一个人想起酒来，想到的是酒臭与呕吐，这不免令人沮丧，是酒的遗憾，也是人的过错。我不怨自己的酒量，下意识地将其归咎于酒桌上的恐怖主义。具体地说，我认为很多地方的酒桌上没有李清照，只有恐怖分子。正如恐怖主义也有自己的信仰，酒桌上的恐怖分子也坚守信仰，他们的信仰是酒文化。酒文化中一个重要的细节是劝酒。各地劝法不同，各有规矩方圆，但基本目标是一致的，劝到客人一醉方休，劝到客人烂醉如泥，只要不出人命，都称其为喝好了，尽兴了。

我在杂志社做编辑时经常随团去苏北采风。有一次采风途经六县，六个接待方对我们都热情如火，每地停留两天，每天必喝两场酒。此地劝酒文化极其灿烂，灿烂得过分。每顿饭必须至少举杯三次，不算多，但每次举杯必须连饮三杯。你若是尊重地主讲究礼仪之人，每一顿至少要喝九杯。九杯属于多乎哉不多也的范畴，但这不过是个基础。当地人的劝酒技术不会让一个小伙子只喝九杯了事，因此有同乡喝三杯，同龄喝三杯，属相一样喝三杯，姓氏一样喝三杯，最后是相同性别的要喝三杯。我记得当年我是多么友善，又是多么爱面子，明明已经被吓得不轻，却强充好汉，无奈酒量有限，十几杯二十几杯酒下去，只好摸着翻江倒海的肚子冲去厕所，没有一醉方休的幸福，只有一吐方休的痛楚。我还记得那时候下苏北，总是这样的一去一回：去的时候朝气蓬勃像张飞，回来的时候病歪歪的满腹怨言，真像李清照了。有一次坐汽车回南京，身边的朋友告诉我，我一直在睡觉，梦呓的声音很单调：不喝了，不喝了。

往事不堪回首，其中有一部分往事是浸在酒杯里的。年复一年的酒，胜似人生的年轮，喝起来滋味不一样，但总是越来越沧桑越来越绵厚的。有一年前辈作家陆文夫到南京开会，晚上大家聚餐饮酒，我冷眼看见他独自喝酒，喝得似乎孤独，便热情地走过去要敬酒，结果旁边一同事拉住我说，千万别去，他不接受敬酒，他很爱喝酒，但一向是自己一个人慢慢喝的。

对于我那是醍醐灌顶的一刻。原来一个人喝酒是可以与他人无关的。与傲慢无关，与自由有关。我至今难忘陆文夫坐在那里喝酒的姿态，如同坐禅。那种安静与享受，不是出于对酒最大的尊敬，便是最深的爱了。

我爱酒多年，至今还经常奔赴各种酒席与朋友一起喝酒。无朋不成席，这是常识。但说到底，酒杯也是灵魂的容器之一。这容器的最深处，终究是一个人的快乐，一个人的哀愁，或者一个人的迷茫。很欣慰地发现，如今这也快成常识了。

（原载《中华读书报》2020年4月8日）

饿乡记食

◎丁　帆

　　如果你是富翁，那么应该在高兴的时候多吃；反之，你若贫穷，那么就在能吃的时候多吃。

　　　　　　　　　　　　——（古希腊哲学家）第欧根尼

题记：

　　毋庸置疑，"舌尖上的中国"美食发展到今天已经是一个鼎盛的时代，各路菜系的绝活通过媒体视频爬进了世人们的口腹之中。然而，在中国漫长的农耕文明历史长河中，我们那些生活在乡间最广大的底层农民都在为挣得一份食物而竭尽全力奋斗着，"美食"对其而言，则是一顿果腹的饱餐而已。其实，他们的味蕾应该是比一切美食家和烹饪大师更加灵敏，因为他们没有经历过许许多多的美食熏陶，所以，对所吃到的每一道美味都是特别的刺激和敏感，由强烈的刺激而产生的感官享受虽不能用准确而美妙的语言表达，但这并不妨碍他们对美食的鉴别与判断，可惜历史没有给他们更多品尝更好的美食的机会。我之所以记录这段自己所亲历过的在农耕文明状态下底层"美食"生活，意在保留的是一段饮食文化的历史而已，虽然只是一鳞半爪的实录，但也不乏具有食物历史的"活化石"的作用，透过它们，我们似乎能够望见那个并不遥远的"美食"历程。

　　1968年秋天，是我们一干少不更事的少年兴高采烈地奔赴那个"九九艳阳天"的苏北水乡宝应县插队落户的"阳光灿烂的日子"，满以为那个满湖荷花、遍地莲藕的浪漫去处，真的是水乡泽国的富足人间天堂，亦如汪曾祺在革命样板戏《沙家浜》中描写的"芦花放，稻谷香，岸柳成行"的丰收情景一样诱人。孰料那困难时期的阴影尚未完全褪去的时代，农村每年都仍然在闹饥荒，饥肠辘辘的人民公社社员都在寻觅着充饥的食物。万物复苏、草长莺飞、春光明媚的时节，也正是青黄不接的春荒季节，去年秋后存下的粮食眼看就要一扫殆尽，于是，各家各户都使出了度春荒的绝招。

我在田间劳动时就亲眼看见过这样的觅食场景：有社员偷偷地抹下刚刚灌浆的元麦、大麦或小麦穗大嚼起来，我既惊讶，又鄙视，还可怜。惊讶的是这种几近动物的觅食方法；鄙视的是他们竟然对人民公社的公有财产行偷盗之举；可怜的是这些觅食者肯定是已经到了家中再无果腹之食的地步了。这种难以名状的复杂情绪一直萦绕在我的心头，直到几年之后我与他们被困在冰天雪地的高宝湖中才找到了真正的答案。那种因饥饿而求生的欲望只能让礼义廉耻的道德退位，生存是第一位的，多少年后，当我看到张贤亮、高尔泰、苏叔阳们因饥饿而产生的种种欲望，从而舍弃廉耻的袈裟，贪恋食物的细节描写时，就有了一种强烈的共鸣。那一天只能吃上两顿米汤的饥饿，让人感到的是死亡的恐惧，足以让你撕下一切的道德的面纱，像印度政治家甘地那种没有遭受过饥饿威胁的人才会说出"我为生存，为服务于人而食，有时也为快乐而食，但并不为享受才进食"的虚伪谎言。倒是古罗马哲学家西塞罗的思想还有一点辩证法的意味："你应该为生存而食，不应为食而生存。"但是，当时作为农民的我只相信前一句"为生存而食"的真理。

乡间的午饭往往是各家各户晒饭食的时候，谁家的经济状况如何，在其碗里的饭食中就一目了然。春荒时节，能够灌满一肚子稀粥的人家也算是殷实户了；能够吃上"二抹子粥"（介于饭与粥之间的半干半稀的饭食）就是富裕户了；能够吃上大米饭的人家绝对是"地主"级别的富裕户；而许多人家能喝上一顿大麦麸子稀粥，一把米、一把麸子加上一篮紫花苜蓿熬成的"菜粥"方显出贫困的本色。

知青下乡第一年时均由国家补贴一年的口粮，但必须每月去公社粮管所领取，那都是存放了好几年的中熟米（籼米），既糙又硬，有时还有霉味，煮出来的饭没有一点香味，哪有当时生产队里种出来的农垦57、58香糯可口呢？那一颗颗油光闪亮的软糯大米饭即使不用佐菜就可吃上两大碗，但是各家各户的社员们都争相用上好的新大米兑换我们的糙米，即便有点霉味都在所不辞，后来才知道其中的原委，原来籼米的出饭率高，且扛饿。

夏粮下来了，家家户户的烟筒里冒出了响着饱嗝的坦然而舒心的炊烟，尤其是收割了元麦和大麦以后，饥饿的问题基本解决了，真是"家中有粮，心中不慌"，到了小麦上市后，村庄的活气就更加浓郁了，家家户户都忙着机上几十斤新面粉做各种面食了，考究的人家在机面店里花一两角钱压成整齐的面条，显出了十分的贵族气，当然，多数人家却是用如锹柄粗的擀面杖擀出了长长的手擀面，那时我也学会了手擀面的绝活，加上两个鸡蛋和面，面揉得较硬，下出来的面就筯，有咬劲，大锅下面就是好吃，一锅宽汤沸水，下出来的面清清爽爽。那时能够打上一瓶酱油的殷实人家是极少数的，用酱油和荤油加上蒜花勾汤下面算是吃面的奢侈品了，一般人家在锅里撒上一把小菜秧，淋上几勺新榨的菜籽油，就算是上好的面食了，顿时，黄亮亮的面条让一家人呦吸到了初夏饱餐的幸福，再不济的人家吃面条也得弄一个浇头，新割的头刀韭菜炒鸡蛋当然是最好的浇头了，可是在那个年代谁家舍得拿换油盐火柴日用品的鸡蛋做饕餮面条的浇头呢？然而，让我第一回尝到最可口，也是最简单的下面浇头，却是最不值钱的陈年腌韭菜了，那物只要淋上一点麻油拌入面中，保准让你吃上几大碗面条舍不得丢碗，在饿乡中让你尝尝吃撑了的痛快，那才是真正的痛并快乐着的感觉呢。

  春夏之交的饭场逐渐开始热闹起来了，吸溜着面条的人们集中在山头屋檐下，交换着品尝别人家面条的浇头，时不时说一些生产队和邻村的新闻，有一搭没一搭地聊着张家长李家短的闲话。显然，度过了春荒的人们开始甩掉了愁眉苦脸的表情，第一口新麦面让他们有了等待秋天丰收的希望。

  夏天是大忙季节，劳动强度是空前的，加上那时候热浪滚滚的"农业学大寨"运动让人忙得焦头烂额。我们生产队是全县的样板队，率先实行了双季稻，也就是加上麦收，一年三季收成的农活大部分都集中在夏天，加上酷热难耐的三伏天，每天十四个小时的高强度的室外作业，从割麦、挑把、打麦、打场、扬麦、晒麦、堆麦秸垛，一直到运粮去粮管所交公粮；同时，重复两遍的插秧种稻到收割的劳作，一直从春天育秧开始忙到十月的秋后晚稻入库才能消停，而最忙的季节就是抢收抢种双季稻的那几个月，在收割完小麦后的田地里耕田、施肥、灌水、耘地、起秧、挑秧、车水、薅草、施肥、治虫、收割、挑把、打场……这周而复始的高强度的工作量，必须要有充分食物的补充，这是人体机器运转必不可少的能源。

  无疑，在烈日炎炎的骄阳下劳动，除需要水的补充外，就是食物的供给。

当地大忙季节的饮食风俗是一天吃五顿，由于"农业学大寨"需要打夜工，于是又外加了一个"夜顿子"。一天吃六顿，对于今天忙着减肥的人们来说是一个不可思议的事情，但是，在那种繁重的体力劳动中，永远"吃不饱"（后来读到赵树理在《锻炼锻炼》中给女主人公起了一个"吃不饱"的绰号，才真正佩服这位乡土文学大师对那个岁月中农民饥饿状态高度概括的良苦用心）才是那个时代农民们的最基本的生存状态，即便如此，你也找不出一个肥胖的劳动者来，黑瘦才是那个时代农人的标志，这个典型形象再次闯入我的眼帘是在2010年朝鲜农村。

那时天一亮五点多趁早凉就开始上工了，到了上午九点半左右就饥饿难耐了，该是歇晌吃"二顿子"（有的也像城里人那样斯文地称作"早茶"）的时候了，于是，各家各户就有老人和"二大伢子"拎着大瓦盆来到地头，食物大多数都是大麦或元麦麸子稀粥，稍微讲究的人家会添上几块扛饿的元麦或大麦饼子，或是在粥里放上几块碎米面饼，能够摊上几张陈年小麦饼的人家似乎是十分罕见的，如果再加上两个鸡蛋摊在饼里，那就会让众人瞪直了眼珠。歇晌是各家吃各家的，也没有任何的客气话，一家几个劳力凑在一起吃着凉爽的稀粥，既解渴又充饥，也不失为饿乡中的一道温馨的民俗风景线。倒是那些五保户主和一些单身汉就十分可怜了，他们蜷缩在远远的树荫下，或喝着队里用小梁子送来的大麦茶，或抽着旱烟，那种假装悠闲的表情却难以掩饰他们饥肠辘辘的痛苦。这些单身汉（包括当时的我在内）在大忙季节往往就是在天蒙蒙亮的时候烧上可以管一天的一大锅麸子米饭，饿了就吃，冷也好热也好，泡也好炒也好，能充饥就行，倒也省心，从早吃到晚，省心又省柴，无奈干活的地方离村庄太远，歇晌跑回家是来不及的，只能挨饿，别过脸去，不受食物的诱惑，也免受乡邻们客气话的尴尬和窘迫。

单身汉因为家里没有烧饭的老人和半大伢子，中午现烧饭是绝对来不及的，还没有等你端上饭碗，上工的哨子就吹响了，他们只能采取这样无奈的措施，这就叫作：早上煮一锅，一直吃到鸡上窝。他们只能按时按顿地吃一日三餐，尽量每顿多吃一些，吃饱一些。下午四点钟左右开吃"下午茶"，多数都还是重复"早茶"的内容，当然，富有的人家抑或高兴起来会送来过年存下来的泡馒头干，这馒头干的泡法有咸甜两种，那黄澄澄的菜籽油浸润下的馒头干飘出的香气着实诱人，倘若上面再卧上一只水铺蛋，那简直就是招待天外来客的上品食物了，而甜味的即使没有糖，用糖精做成的也是奢侈的好吃食了。

那时乡间基层干部的最普遍的腐败行为就是晚上偷偷地吃上一个"夜顿子"了，为了把劳累一天的群众支回家睡觉，他们不惜开会研究"农业学大寨"的宏伟大业至深夜，终于等来了那一顿朝思暮想的晚餐，但不是最后的。

晚上脱粒打场有时要加班到夜里十二点钟，如果队长发了善心，会让饲养员大叔大婶熬上一大锅稀粥让大家分享集体的福利。而众人散去后，为了招待开柴油机的技师，队里的几个领导早已吩咐了妇女队长烧了一顿丰盛的夜餐在等待着呢，那时他们把我当成必须照顾的"文化人"，时常拖我一起共进夜餐。其实说是丰盛的夜餐，如今看来已经是十分寒酸的夜餐了，一锅大米饭加上头刀韭菜炒长鱼（那鳝鱼稻田里多得是，只要傍晚把丫子笼放在稻田里，第二天清早去收笼即可），好的是那队里新榨的菜籽油尽放，把那吃油的韭菜和鳝鱼泡得浸髓入骨，就着这样的炒菜下饭，那才是一个饿徒最好的吃食！当然，最后还有一道菜秧蛋花汤用来做爽口的夜餐尾声，这正是一支上好的催眠曲。一弯新月当空，那是一个难忘的美好夜晚，无须"春江花月夜"诗情画意的精神作料，一顿饱餐就足以令人陶醉。

乡下的"美食"大多都是集中在秋后到过年这段幸福的时光之中呈现的。按照中国农耕文明传统的习惯，冬天应该是农闲的时节，除了等待过年，婚丧嫁娶的吃席就是最隆重的美食节了。那个寻觅到一顿酒席就是人生最大乐趣的时代，吃酒席当是最豪华的盛宴了，后来读到古希腊哲学家德谟克利特那一句充满着诙谐的饮食哲理时就大为感动了："一生没有宴饮，就像一条长路没有旅店一样。"

而肚子里无油的农民们最奢华的宴席莫过于吃大膘肉了。当然，娶妻生子也是人生头等大事，吃大酒、闹洞房是年轻人在饥饿年代里放浪形骸的一种浪漫宣泄和欲望的释放，更是人生饕餮的美好时光。当然，办丧事虽然悲恸，却也是含泪饕餮之时。

那时酒宴的最高规格就是所谓的八大碗，当然，头道菜一定是大膘红烧肉了，鱼也是不可少的，好在水乡鱼多，不像有的地区，寓意年年有余的大鱼只是走个过场，大鲤鱼是可以动筷真吃的，尽管大鱼可食，但是人们的筷箸首先就是不约而同地攻克大碗的肥肉，那风扫残云的速度真的就是一眨眼的工夫，一场悄无声息的战斗就戛然而止。但凡掺了肉的菜肴都是首先消灭的目标，全是因为人人的肚子里都是缺油少肉啊。你想想，在那个几块钱就能办一桌酒席的年代，除了肉是奢侈品外，还能做出什么菜肴来呢？什么海鲜山珍，苏北平原地区的农民听都没有听说过，何况还有什么烹调大师烧菜的说法，更是闻所未闻，就连一撮味精放入汤里的鲜味也会使他们啧啧称奇，吃到一勺罐头肉都会半天合不拢嘴，一次吃到我带去的南京特产腊梅牌香肚，他们都大为惊叹：世界上竟然还有这么好吃的东西？换了一种形式的肉类食品，他们竟不知道这就是猪肉做的，他们是与世界隔绝的，并不知道这世界上有着许许多多他们应该去享受的食物，除了大米面粉、鸡鸭鱼肉、各种寻常的蔬菜，他们没有见识过更多食物，包括那林林总总的水果，仰问苍天：是谁剥夺了他们的食物权，以及他们的食物知情权呢？

那时的农村人办酒宴就是几个妇女帮厨操办，口味是不讲究的，荤菜不够蔬菜代，酒也是限量的，一桌两瓶土造子酒，就是那种山芋干酿造的土酒，俗称"瓜干酒"，主家就怕酒量大的客人闹酒，因为酒钱太贵了，好几毛钱一瓶嘞，这让喝酒人往往不能尽兴，于是，这时候的妇女们就上来施展她们待客的绝技了，我甚至怀疑苏北流传的"闹饭"风俗就是起源于避免让客人多吃菜、多喝酒的伎俩，"添饭"的风俗就是女将们手端一碗饭伫立在客人背后，待食客吃完一碗饭后就猛地把准备好了的一碗饭扣在食客的碗里。这表面上看来是一种待客的礼仪，让客人吃饱饭，据我的观察和考证，那时因为没有那么多的好酒好菜待客，为了避免大块吃肉、大碗喝酒的窘迫场面出现，也只能用此法来蒙混客人了。这样的风俗习惯在20世纪80年代以后就逐渐消逝了，是时代造化了食物，还是人造化了食物呢？

传说我们大队书记娶媳妇的那几桌酒席是请了远近闻名的公社食堂的大厨来做的，其中的一道菜被社员们口口相传了很多年，据生产队的会计回来描述：这道菜叫作冰糖扒蹄，是用猪蹄髈做成的大碗酥肉，那个好吃啊！没有办法形容，就是大块流油的肥肉直往嘴里爬呀爬……说着说着，口水就流了下来。

让人十分奇怪的是，那时里下河水荡地区满是螃蟹和小龙虾，摘泥摘渣时摘到了螃蟹就扔掉，最多带一个回家给孩子当活物玩具。当我们下乡知青开吃螃蟹龙虾时，他们围着看稀奇，说这东西有什么吃头，又没有肉，可想，那个时代因为肚子里没有油，肥肉才是最佳食物，哪儿像如今到处都是餍足了肉类的食客呢。农民的逻辑是最实惠的——这些东西费了半天时间，又不能当饱。在一个饥饿的时代，当饱的食物才是首选的。

泡馒头干

上文已经提及了这一食物，作为待客之"美食"，就像城里人在自家的饼干桶里存放着的各种点心一样珍贵，殷实人家往往在年前和麦收之时蒸上了许多馒头，切成条状晒干后用白布袋储存于干燥之处，多为吊在房梁之上，但凡遇到大事，此乃应急的待客上品，尊贵的客人、相亲的对象和至亲贵客登门，是可以享受这等上宾待遇的。当然，卧一碗糖水鸡蛋（当地的风俗是只能双数，不可单数）待客那是更高的规格，但是一家只能养两只鸡的年代，鸡屁眼是每家每户唯一换取油盐酱醋、火柴、煤油等日用品的渠道，一般人家是断不会如此随意奢侈的。而杀只鸡待客，则等于生产队杀牛一样不可理喻，那就是毁掉了一个家庭的"银行"。所以泡上一大碗馒头干，再淋上一勺菜籽油端上桌，这已经算是高规格的待客点心零食了。

这个点心虽然并非是每家每户都常年储备的，但也不是富足人家特有的食物，也有穷困人家能够拿得出这样的点心来，让人大跌眼镜，其原因十分简单，那里有一个"跑年"的风俗习惯，就是过年的时节，穷人家出门去讨饭，当然也有极少数生活还过得去的人家为了多储备一些粮食而出门讨要的，但这毕竟是一件不光彩的事情，其行动都是悄悄地装着走亲戚而诡秘进行的，讨来的当然都是一些糕点年货居多，馒头干都是现成的，但是如果你去这些人家做客，他们泡出的馒头干是与一般人家有着细微不同之处的，显然，其馒头干形状有大有小，刀法也不尽相同，有的是标准的长条，有的是正方形，有的是滚刀。吃到这样的百家馒头干的待客之物，你可能会鄙视，也有可能是同情，也有可能是怜悯。而于我而言，这是那个年代食物留下的历史年轮，是不可以用廉耻的伦理道德加以评判的，因为这是一瓢饥者的"美食"。

碎米面饼

这种食物普遍用于大忙季节的高能量消耗的补充，此物是在把稻子机成大米过程中产生出来的碎米粒，筛下来磨成米粉后，用烫水和就，做成直径寸五左右的扁状米饼，放入稀饭中煮食，作为一种耐饿的食物，农忙季节早晚两顿有此垫底，就有了一天幸福扛饿的底气了，这也算是农家饭桌上的一道亮丽的饭食风景线了，虽是主食的添加物，却也受到那个时代人们的追捧。当然，倘若是糯稻的碎米面饼，其受欢迎的程度就另当别论了，不过，用油煎这样的碎米面饼当然会很好吃，尤其是糯米面饼，可是油在哪里呢？那个时代"菜油贵如金"。

糯米圆子

这是过年过节的奢侈食物，由于糯稻产量低，各个生产队都是限量种植，除了有统购统销的任务，鲜有人在自家的自留地里种糯稻的，所以糯米才金贵。倘若哪家平日能够吃上糯米做成的美食，一定是干部人家，抑或是家中有在外吃皇粮的国家干部或工人阶级。在那个时代，吃这样的食物是不会在人群聚集的饭场上和众目睽睽的大庭广众之下公开食用的，那无异于显摆露富，是忌讳的。其实，这种如今最最普通的食物在超市的冰柜里比比皆是，除嗜好糯食者外，问津者寡。而在那个时代，糯食却是过年过节和家有贵客时的上品食物，除了糯米饼的做法（或如做成上述碎米面饼下在稀饭锅里，或用油煎后再以糖水烹制，显然后一种是好吃法，代价却高，一般人家鲜有这样的做法），那就是做成标准的糯米团子。

这糯米团子也是有讲究的，主要是看包什么样的馅心了：上等的是糖心馅，这糖心馅也是分三六九等的，上等的是芝麻、板油丁加白砂糖馅的，这样考究的人家极其罕见；次等的是青菜猪肉馅的（我一直都很奇怪，农村的田埂路边满地皆有野荠菜，他们从来都不把这作为饭桌上的菜肴，就如那湖面一望无际的野芦蒿一样，只能作为绿肥来处理，这恐怕就是风俗观念所致吧，野菜似乎是一种低级食物的耻辱标志），其油多油少也是一种标准；中等的就是红糖加上荤油；再次一等的就是青菜馅和萝卜丝馅的，也分荤油和菜籽油两种，显然前者为上了；最下等的就是空心汤团了，这样的圆子显然比有馅的圆子要小，因为实心的汤团做大了不易煮透，即使如此，吃一顿"空心汤团"也是比较奢华的美食了。

慈 姑

慈姑是宝应水乡特产，有一次和北方朋友在一起吃饭，其中有一道菜就是慈姑烧肉，北人不识慈姑，竟问及此物是否长在树上，那个长长的尖芽是否可食，可见此物并不是举国皆知的食材。那个时代，慈姑是里下河低洼水田里生长的植物，作为生产队唯一的副业，它往往是销往盐城地区供销部门的抢手货。你说它是蔬菜也行，因为它常常被视为厨房里的配料和辅菜放在案板上；你说它是粮食吧，也不为过，因为那时的农民是拿它来当粮食的代偿品享用的，和山芋一样，它的淀粉含量高，用方言形容就是"面秋秋的"，是可以当饭来充饥的。

在那个饥荒的年代，慈姑的做法是各种各样的：首选的当数高档的慈姑烧肉了。注意！这与肉烧慈姑是有区别的，前者是乡下人一年到头难得吃上一回肉的做法，肉少慈姑多，除了过年，偶尔能够吃上一顿肉的机会就是谁家的猪得了"二号病（霍乱）"死后，大家在一起"打平伙"饕餮一顿，其烧法是多放慈姑，以慈姑充肉，填饱肚皮，否则光烧肉或少放慈姑，则会引来风卷残云、瞬间盆底朝天的结局，还没有尝到肉味，一场吃肉的大餐就终结了；后者是城里人的富有做法，肉多慈姑少，食者之意不在肉，是把浓浓的肉汁汤卤深深地沁入慈姑的骨髓之中，人家吃的是慈姑，而非那五花肉也。可见不同时空文化语境里的人，对待食物的需求是截然不同的选择。

除了慈姑烧肉外，那个时代乡间做慈姑最家常、最普遍的烧法就是将它与青菜一起烧，与其说是烧，还不如说是烀，因为那个时代是缺油的年代，一锅青菜只能用筷子伸进油瓶中涮下几滴油入锅的人家不在少数，那个烀出来的青菜烧慈姑能好吃吗？乡下人有句谚语：油多不坏菜。好吃的菜一定要油多。可是去哪里寻找食油呢？只有等到油菜籽上场后，人们才舍得多放一点油，品尝菜籽油入口的幸福。那么，用慈姑片炒胡萝卜、炒黄瓜、炒韭菜……无油都是不好吃的，说实话，一度我吃腻了此物，见了慈姑就会泛酸水。但是，有一位民国时期曾经在南京蹬过三轮车的农民美食者教给我一个做慈姑菜的诀窍，果然屡试不爽：买两块豆腐（每天清晨，卖豆腐的吆喝声都使我想起茅盾在流亡日本时期写的那篇《卖豆腐的哨子》的散文，在乡间，那却是一声具有诗意的"欸乃一声"的美食召唤）切成五六分见方、厚度两分左右的薄块备用，然后将慈姑在案板上生拍成炸裂的扁状，用葱和少许油（当然油多更佳，无奈那时油太金贵）将慈姑煸炒一下，放入沸水煮开后，只见汤色呈奶白色，倒入焯去黄浆水的豆腐，入盐后一滚即可食用了，我放了少许带下乡的味精，立马就成为那个舌尖上缺少美味的时期一道亮丽的汤肴，取名为"赛鸡汤"。我想，在如今美食遍野的都市里，我们吃过咸菜慈姑老鸭汤、慈姑排骨汤、慈姑鱼汤、慈姑鸡汤……但是，我们也许再也寻觅不到这样做法的慈姑汤了，食在民间的简单绝技随着饥馑的消失和时代美食的发展，也就飘逝而去，不知所踪了。

莲　藕

　　直到今天，莲藕这种水生植物仍然是宝应被称作天下第一食材出产大县的宣传商标，尤其是宝应的藕粉名满天下。我不是这一方面的专家，不知道这莲藕优劣的评价指标是什么，但那时生活在水乡之中，并没有觉得它是一个有什么了不起的东西，平时撅（当地方言读成que，动词）上一节，在河水里洗洗就啃起来，权当水果吃了。作为炒菜的食材，都是切片或切丝配以大椒或韭菜炒制，是下饭的菜，当然，少油就寡味了，但比其他菜而言，少油尚不是太难吃的。此物也是可以当饭来吃的，记得小时候在南京街头，尤其在夫子庙秦淮河边的马路上，都有挑着大铜锅担子，一边烧煮，一面叫卖糖粥藕的小贩，那泛着浅枣红色的黏稠稀粥中埋着一块块煮透了的藕段，一口咬下去，软糯清香中甜腻的口感，让人觉得这是粥中的上好小吃，那一口咬断的莲藕拉出了长长的细丝，仿佛是剪不断的情丝，诱你屡次回到它的身边。然而，这么美好的记忆却在那个饥饿时代被粉碎了，当莲藕作为一种粮食的代用品每顿都让你吃的时候,你纵有万般的厨艺,也不能改变你对它的厌食情绪,况且在一个少油而无各种各样烹饪调料的环境中,不管你用烧、煮、蒸、炖、炒、熘、煎、炸(哦,那时候乡下是没有炸的条件的,谁能用那么多的油去炸食物呢,除非他疯了)哪种手艺去做它,都未必能够吊起你的胃口。只听说宝应城里有一个饭店的厨师身怀绝技,可做一道送进宫里去的名菜,那就是传说中的"捶藕",据说这一道菜需要几十道程序,特点是糯软甜香,可呈拉丝状,乡下人说这是掌嘴都不丢的美食,可怜大家都是在故事传说中饱餐了"宝应捶藕"的,可惜我多次去宝应城里都没有觅到这道天下名菜。倒是十年前,南京马台街上开了一家"宝应饭店",寻迹而去,立马叩问有无"宝应捶藕",被告知大厨回家了,这道菜上不了,于是便怏怏而去,再后来,这家店铺关张了,是因为没有了这道名菜的缘故呢,还是这所谓的"宝应捶藕"根本就不入现代都市人的法眼?于是,"宝应捶藕"这道名菜就永远留在了我的记忆中,停在了我舌尖味蕾的幻觉之中了。

芦蒿与蒲菜

下面我要说的也是宝应水乡的两种特产,但是,在那个年代里,当地的农民从来就没有将它们列为餐桌上的菜肴,就因为它们是野菜,所以不可入席,即便是在春荒的时候,也没见过谁家进食这样的野味,叩问一部中国烹饪史,甚至鲜有记载蒲菜的制作法,这其中的奥秘究竟是在何处呢?

"竹外桃花三两枝,春江水暖鸭先知。蒌蒿满地芦芽短,正是河豚欲上时。"苏东坡的这首《惠崇春江晚景》诗让千百万的食客只追寻那鲜美的河豚去了,上千年来根本就忽略了芦蒿的存在,究其缘由,皆因历朝历代最多接触此物的农民视其为水边的野草,"我辈岂是蓬蒿人"中的蓬蒿指的就是芦蒿,此物如果没有肉或大量的油进行烹制,是无法下咽的食物,大约古代只有达官贵人才能在春天去享用这样的野味吧,但我无有考稽。到了近代,南京人却将它作为春天吃"野八鲜"的首选,这种风俗的形成在20世纪80年代使其成了大规模人工养殖的蔬菜,传到了中国大地的各个角落,甚至海外的超市中,但是它早已失去了原来的野味,连色泽都不一样了。蒌蒿,又名芦蒿或水蒿,是一种传统时令必食的野菜，主要分布在长江流域中下游地区。我下乡插队的20世纪60年代末期，与农民一起去河西砍草，就是去高宝湖割这些湖边的野草，那一船船运回生产队的芦蒿，草叶已经开始腐烂，而其茎却很挺拔，泛出紫红色的光泽，那才是真正的野芦蒿呢。我尽情地采摘那微微弯曲的嫩茎头，农民们十分惊讶，说这个东西怎么能吃呀？殊不知，倘若以此炒肉丝（咸肉丝更佳），多放油，无须添加任何辅料与作料，便是下饭的菜肴。如今大棚里出来的芦蒿，菜馆里炒制时添加什么香干、臭干或葱姜之物，纯粹是因为人工养殖的芦蒿已经寡淡无味了，如果是野芦蒿，加上这些辅料就会串味。野芦蒿其味之狂野，在齿舌之间形成的多层次的回味，绕舌三日，耐人长久留恋，那绝对是下饭和下酒的绝配菜肴。

那个时候我突发奇想，如果将这一船船的芦蒿运到南京城里去卖的话，那挣来的钱肯定能够抵得上大家在田里劳作一年的收入了，但是谁敢去做这种挖社会主义墙脚的投机倒把营生呢。眼看着一船船的蒌蒿草当作绿肥与河泥一起搅拌在人工挖出的大坑中化为一塘臭粪，心中不觉一恸。从此，我明白了一个最朴素的道理：人对食物的欲望和渴求一定是与其生活的条件相对应的。那满地的蒌蒿只有在改革开放后才能顺着肉和油爬进寻常百姓的口腹之中。

如今的蒲菜也进入寻常百姓家了，上汤蒲菜的确十分爽口，配以咸鸭蛋和皮蛋用高汤烹制，清淡滑嫩，吃时有一种雅趣。当然用它来做淮安软兜的辅料一起烹炒，也是一种荤素混搭的绝配菜肴，双滑入口，两种咬劲，一种是嫩滑中有脆，一种是嫩滑中有弹，是一道乡土的创新名菜。

在20世纪的六七十年代，还真未见有人吃过这种野菜，即便是如今吃蒲菜的发源地淮安，也没有吃这种美食的风俗习惯，我反反复复考虑过这个问题，为什么这么好的菜肴就不能进入寻常百姓家的餐桌上呢？是人们的智力不够，还是其农耕文明的风俗习惯所致？显然，是因为缺肉少油的生活环境限制了人们的想象力，不是厨师想不到，而是温饱的基本问题都无法解决，何以奢谈开发新的菜谱呢。

我插队的水荡地区的北面就紧挨着淮安的张桥和车桥，而那里的水面远不及我们这里浩荡。宝应水乡地区的副业只有四种：一是编蒲包，二是织芦席，三是编芦帘，四是织柳筐。这些编织物皆是送到公社供销社的收购站，他们以极低的价格收购,农民的赚头甚微,因此都是自用为主。这其中编蒲包的原材料就是蒲菜的嫩芽,与南京人春季常吃的荬儿菜口感相似,却根本就不是一回事。以此为食物和菜肴,是农民没有想到的,即便是远离其生长水域的城里人都不可能想到的食材,焉能进入厨房呢?即使是美食家的汪曾祺,对家乡一带的野菜描写也鲜有提及蒲菜,因为这个菜肴的开发是在改革开放的多少年以后了。

  这是人们的悲哀,还是那个时代的悲哀呢?

(原载《美文》2020年第2期)

盈盈尺素

◎ 梁鸿鹰

一切是从什么时候开始的呢？

我知道，你俩尽管小学、中学都在同一所学校，有接触却在高中毕业之后。有时是春节，有时是暑期。她从不单独见你，要么由一位两腮红润的矮个女生陪着，要么与其他同学一起。有次过年到你家，你忙前忙后，印证了你生活能力强的传闻。她学习成绩比你强，1980年高考顺利考入医学院，你则比她低了十几分，只得到外地补习，第二年才考到与她同一座城市的综合大学汉语系，学制比她的中医专业正好少一年。考入大学的那个暑假，你有天傍晚独自到她家串了一次门，扭扭捏捏地吃了一个梨，把吃剩的梨核扔在炉子里，她很难理解。

一

1982年，你俩全年无来往。

1983年上半年，国内外发生了好多有意思的事情，比如，1月16日，首例人工授精婴儿在卢光琇指导下诞生于长沙。3月23日，美国总统里根制订"星球大战计划"。4月1日，中国第一辆桑塔纳轿车在上海组装成功。4月22日，协和医院产科名医林巧稚逝世。5月9日，我国加入《南极条约》。而对她来说，这些都不要紧，重要的是5月初她参加了一次你不在场的中学同学聚会，席间大家关于你的无意闲谈，使她怦然心动。她果断采取行动，用的是最原始的方法——

林义敏同学：

你好！

最近与同学们见面，大家都谈到你，说你上了大学依然很好学，学习成绩突出。你果然成为咱们同学中的"能者",很让我佩服。功夫不负有心人,大家都羡慕你这样的人。知道你在N大中文系读书,十分羡慕。我也很喜欢文学,但不知从何入手,不知怎样才能提高文学水平,特别希望拜你为师,期待能够得到你的指导,我相信你一定会是我最好的老师。

  祝好!

同学:何丽

1983.5.10

  显然,这次春天的聚会发生在五一劳动节期间。"五月的鲜花,开遍了原野",五月的少男少女啊,怎能不思春?只是,她的这封信你并没有回。我猜,你也许是迟钝,也许对她不感兴趣,也许手足无措?一封信在同一个城市里来回需要两三天,第四天仍没有接到信,她便又写了一封:

林义敏同学:

  你好!

  最近很忙吧?我前几天到了N大,是去同学娜森家玩。她爸爸是蒙语系的老教授,哥哥是中文系的排球手,一家人都很爱读书,就她大大咧咧的。上了大学,大家都松了一口气,刻苦读书的人并不多,我从小就喜欢古诗词,一本小说拿在手里,一定要读完才放得下。我学的中医和中文有很密切的关系,我不想庸庸碌碌地混日子,想学通中文,学好中医,走出校门能够更好完成救死扶伤的任务。学好文学,我该读什么书?要不要订一些刊物看?相信你一定会帮助我的,对吗?

  祝好。

同学:何丽

1983.5.14

  两天后她就收到了你的信,只是这封信长达2056字,让她大吃一惊。抱歉,鉴于对你腼腆性格的了解,出于节省篇幅的考虑,我暂不公布这封信。我能透露的是,这封信一点也不居高临下,更不因有女生求教就沾沾自喜花言巧语,而是循循善诱娓娓道来。信中说:"文学真是个魅人的事业,你要学好文学的想法真是太好了,以它为业余爱好该是很有意义的。"完全符合你的书呆子气。让我没想到的,是你在末尾的这段话:"你想怎么开头?怎么打算?我可以给你搞个书单,书你可以借来看看。如有机会,还是面谈为好,一时我也说不清楚。"据我对你的了解,你少年老成不苟言笑,扑在学习上像扑在面包上一样,没想到居然这么不淡定,难道真的思春了?

她反应非常迅速,很快回信,语句极符合聪明女性缜密机智的心思——

林义敏:

你好!很高兴看到你的来信。

我唐突地给你写信,已经觉得很不好意思了,我怎么会怨你呢?给我写了这么长的信,一定花费了不少时间吧?你学习那么忙,时间对你永远是很宝贵的。为了我的"无理要求",还耽误你的宝贵时间,真的很过意不去。展开你的来信,心情非常激动,你的耐心而富有文采的描述很让我感激。我会按照你的指导,好好努力。(你)最好能帮我列出一个详细的书单,这样学起来就很方便了。我想买一些书,先从哪里入手好呢?我为了增加文采,习惯于背字典,这样好吗?

祝好!

何丽
1983.5.20

她看出来了,前面你那封被她评价为"耐心而富有文采"的信,不认真花时间精心写,断断不会这么精彩,这令她满意、兴奋且感激。

她回信很自然地去掉了"同学"这个称谓,说你学习很忙、时间宝贵,没答应见面(女生总要矜持一下吧),最后还索要"书单",等于鼓动你继续来信。

你果然不负所望,5月27日回了一封长信,主要是列书单,总字数倒没超过上一封,却是测验"魏晋六朝诗选"交卷后抓紧写的。你急切的心情溢于言表。为不多占篇幅,我就不披露这封五六页之长的信了。

不过,你在信的末尾主动说了自己的打算,说是暑假不回家,要在学校学习。

人家又没有问你，何必写这些呢，我看，你是越来越不淡定了——士别三日当刮目相看。

姑娘迅速回信，而且还是挂号信：

林义敏：

你好！

看了你列出的书，那么多，觉得真是任务繁重啊。我们中医学的书籍浩如烟海，文学类也很多，想要提高文学水平，真的是很难，只有脚踏实地，慢慢来。我想买最有用的书，从头学起。我校图书馆的书还是不少的，不过大多是医学书籍，包括西医和中医的，文学书籍较少。我想按照你讲的，尽量借书看。

我们的学习很紧张，每天忙于上课、背书。你可能不太知道医学生很苦，又大又厚的教材，课程总是排得满满的。很快就开始实习了，又兴奋又焦虑，兴奋的是可以把学的东西用上去，可以进行实际操作了，焦虑的是书本知识与临床还有很大距离，不知怎么应付疾病和患者。周末就在宿舍，睡觉，看看你书单上的文学书。也可能逛逛街。

祝好！

何丽
1983.5.29

姑娘心里明镜似的，顺水推舟。称呼方面，开头既没叫"同学"，落款也没署"同学"。她一面说自己忙，一面又说周末在宿舍，没啥事，要么睡觉要么逛街。你理解她的意思吗？

你回信速度不慢，是在六一儿童节，你生日（这个你倒没提）那一天。我算了一下，共计2759字，是到目前为止最长的一封，比第一封长七百多字，厚达八页纸。除了继续开现代文学、外国文学、古代文学书单，最后还说：

看看，书是不少，要花不少时间的。我以为你应该先看当代、现代的，后看古代的、外国的。先看短篇小说、中篇小说和散文，诗、词这些如果有兴趣，不如作为消遣或休息大脑的东西，随便看看、背背，从中也可能得到不少意外的收获呢。具体怎样安排，你自己看吧。

姑娘在上封信里就说"我们的学习很紧张，每天忙于上课、背书"，"又大又厚的教材，课程总是排得满满的"，你却继续给人家列书单，真是生命不息开列书单不止啊。粗粗数了一下，你先后共推荐了168部（套）书，具体多少本（册），我懒得数了，反正"四大名著"、莎士比亚、鲁迅、巴金等都在单子里，分明是一个小型中文系资料室的购书清单，你把人家当成等待审批购书计划的中文系主任了？还有，姑娘明明说她周末没事，你置若罔闻，净口若悬河地扯些没用的。从信的字里行间我看出，你那种"好为人师"的毛病有所抬头。信我不打算在此公布，太占篇幅。

姑娘回信是在十天之后，且言简意赅：

林义敏：

  你好！来信收到了。

  你帮我买本"古汉语"吧，既可以提高我的文学水平，又可以提高阅读古文的能力，这样对我学习中医古籍大有裨益。期末快到了，我们得考六七门呢，很辛苦。

  我经常见到娜拉，爱美而且穿衣讲究的她，现在终于开始努力学习了。我俩很谈得来的，周末经常一起聊天，一起上街。

  多注意身体！

  祝好！

何丽
1983.6.10

信一共不到150字，短，单刀直入，快人快语。短不见得没内容，可惜微言大义你没领悟到。她开门见山让你买"古汉语"是想拽住你，"很辛苦"，你不觉得是信写得如此之短的一个好理由吗？但既然"很辛苦"，怎么还经常和娜拉聊天、上街呢？显然，姑娘不理解你何以不来找她，迟迟不来见面，人家都没什么可聊的了，转而去和同学娜拉聊了。聊什么你就不用管了。

你以只争朝夕的速度回了信，鉴于姑娘此前有封信阙如，还是把你的回信公布一下，以便大家全面了解一下你此时的心思吧。

何丽：

　　你好！两封来信相继收到。

　　书看来是买不到了，学校里没有，我又托了位师院的同学去打听，一个礼拜了，还没有消息。"古汉语"我们这个学期结束，你可以借我的看，或者我给你从图书馆借，以后我想法子买。说到书，你们学校好借吗？方便吗？我希望你有什么需要帮助的直接说，这没有什么，上学两年以来，我也就有点书可夸耀。我总是无节制地买书，可后悔一通后还是改不了。

　　再过十几天就要停课考试了，三门专业课"中国古典文学""中国现代文学"和"古汉语"都考，其中后两门还是专业课。共同课"政治经济学"也考，外语我们只学两年，这学期就结业，要考。考不出个好成绩也说不过去。原来说要开半年的第二外语，由于不少人吵着说第一门还学不好，谁能学第二门，于是就不了了之了，真是怪事！老师那方面一旦撒手，就需要自己多下功夫。在一年多的时间还要再有大的提高，我也真有些犯愁。

　　信中谈到了你将来做"大夫"的感想，挺有意思。我的大姑和大姑父就是老"大夫"，那年我在杭中补习，就住在大姑家，他们的性格好、很慈祥。我觉得简直是世上最和蔼的人了。在那里我也见过不少因大夫的几句安慰而顿时振作的患者。

　　难道你真的需要我"督促"吗？居然是督促！你知道，我是把你学文看成对我的一大鼓励和推动的。相信你会学有所得的。

　　前些时高中时的赵强来过一趟，老同学相见当然是喜出望外，虽然时间不长，我却觉得很宝贵。他是和同学从包头骑车到呼市玩的，他说去过两次医学院，都没见到你们。赵强是因为性格（我认为是性格）颇招了些"清高"和"看不起人"的骂名，对此我很不平。难道人们的自卑感就那样强？仁者见仁，智者见智。我有时对这些很不以为然，有时又不得不显得能"随合"些。

我老是打着夏天好好锻炼、冬天好好学习的主意。身体倒还凑合，只是近两年视力不好，英汉词典上的字看得挺费劲的。这样一来腰弯得深，经常背疼。配镜子好吗？戴眼镜是不是还发展？但老弓着腰和背总不好，是吗？

啰啰嗦嗦瞎扯了不少，就谈到这里吧。

祝好！

你的同学：义敏
1983.6.14

老天爷！你是够啰嗦的，真服了你了，扯的都是些没用的，没一点遮掩，除了开书单和学习体会难道没有别的可说的吗？你以为人家真的愿意听吗？关于"大夫""赵强"占了信的一大半，最后还就配眼镜之优劣请教该姑娘，套瓷啊，我看你脸皮更厚了。而且，落款时你率先用了"你的同学"这个说法。"你的"不够肉麻吗？你没想到姑娘看到后会导致什么后果吗？猜不透你。

姑娘继续给你回信。

义敏：

你好！很高兴收到了你的信。

又给你添麻烦了，买不上没有关系，借你的更好，可以省钱呢。

赵强很聪明，擅长数学，中学时我们有时探讨数学题，我不认为他如咱们同学说的那样"傲气"，反而认为他待人礼貌、文明。这一点与你相同。

我把你的名字，用日语进行了拼写，希望你喜欢。

我假期要回家，我爸爸不同意我在学校，觉得不安全，而且认为我身体不好，假期应该好好调养一下。

祝好！

同学：何丽
1983.6.18

姑娘恭维你待人礼貌、文明，鼓励你保持写信的热情。此信里首次呼叫了你的小名，谈了对自己健康的担忧。她从小到大身体偏瘦，但跑得快、跳得高，精力充沛，从未患病住院，没有输过液，以为样样都能走在人们前面。刚上大学时学习劲头十足，成绩优异，第二学年一开始却被一场肝炎击中，休学一个月，到与你通信时肝功能仍不正常。她是学医的，明白自己很有可能终身带病，再不能也不敢像原先那么拼命了，她如同展翅高飞的雄鹰被折断了一翼，不得不重新思考未来。注意，信的最后姑娘并未迎合你，而是继续用"同学"这个称呼。

你知道她病过一场，但没放在心里，回信继续兴致勃勃地倾诉，告诉她，你开始和她一样学日语，"你说我是你的老师，那现在你也是我的老师了——日本语的先生。"最后还说，"如果决定了不回，欢迎你和小D暑假来玩。"小D就是那位矮个子双颊红润的女孩，和她同年考入同一所高校。落款你没有再署"你的同学"这个称呼，鉴于该回信充斥各种无聊，我不打算公布了。

姑娘的回信依然十分简约。

义敏：

　　你好！

　　很激动地收到了你的来信，看到你和我一样忙，真觉得不该打搅你呢。

　　由于我的缘故，你也开始学习日语，心里有说不出的感觉。心动的感觉。你那么善解人意、又刻苦努力，很打动我的心的。

　　繁重的考试很快就结束了，我一放假就回家，所以假期不能去看你了。你多注意身体！

　　祝好！

同学：何丽
1983.6.28

她只写了136字，空前的简约，不过，信里出现了时髦说法"心动的感觉"，有"很打动我的心"这样的句子，你注意到了吧，但她何以"假期不能去看你了",你明白啥意思吗?你向来粗心,此时是不是依然如此?你的回信如下——

丽丽:

  你好!

  来信收到了。这一段够忙的。还好,只剩一门了,但较费劲。不过,该玩还玩,该睡还睡,这样也许更好。

  我说了空话,《日语》第二册只学了两课就扔下了,即使抽空看看也不太用心。因为有考试忙的理由在。假期好好学,争取学到第三册。不过,这必然是个艰苦的过程,首先要多费口舌念、读。

  真遗憾,上星期六我们考"古汉语",我不是在最后一个座位坐,完全可以红红脸扣下一份卷,可我当时没想到这个,题做了一大半了,才想起题目出得不错,你也可以练习。考完试再问老师要,已经没有了。我向八〇级的留级生先借了一套王力的《古代汉语》,因为是我借,即使一、二年级他也不能不借给我。这样,我那一套你就可以好好的看了。时间也可以不考虑。钱随信给你寄回去。前一阶段"手头紧",还多亏了你这十几元钱给我买饭票。

  假期宿舍楼要大修,我想办法去新楼(2号楼)找地方住。看情况,以能学习、能看书为前提。实在不行也只好回家了。王智禾同学假期也想住一段,毕竟,他感到一点儿"学些东西"的必要了,这就给他的行动多少带了一点儿"浪子回头"的色彩。

  不多谈。

Remember ME to your father and mother, my respected teachers, and your brothers!

  没有特殊情况,我九号或十号抽时间到你那里。

  祝好!

义敏
1983.7.6午后

信里头一次用小名称呼姑娘,而且充满了各种日常生活细节。越具体越真诚,口气如此亲切,说明心思又有了变化,信里说到想为她搞一份卷子没有成功,你"手头紧"的时候还挪用了她买书的钱买饭票。全信很家常很不分彼此。你那句 Remember ME to your father and mother, my respected teachers, and your brothers!(代我问你们全家好!)颇有些炫耀,不淡定!最后列出前往看望的具体时间,更显露了你的心情,落款没有署"同学",释放的信息对敏感的人来说,是很强烈的。

二

与其说文学是年轻人的一剂迷药,不如说是一粒种子,会在富于幻想的人心田里,生根、发芽、结出惊人的果实。文学的热烈与丰富曾让她迷恋,名著中那些心惊肉跳的细节、令人脸红的坦诚,同样最让她过目难忘。从喜欢文学,到演化为喜欢接近学文学的人,是她勇敢地以求教为由跟你通两个多月信的重要原因。后来她这样告诉你。

事情怕没这么简单,我和你同样怀疑姑娘这种说法。哪个少女不怀春,哪个少年不钟情?物竞天择,胜者自胜,受荷尔蒙支配的她,是在有意识寻找自己的配偶,只是最初行动的时候并未明确意识到刚刚萌发的春情到底会带自己走多远,她响应直觉召唤,懵懂中瞄准目标,集中火力。这种受荷尔蒙主导的积极主动,是她平素争强好胜性格决定的,符合她的性格,完全沿自身逻辑路径行进,在她看来没有多离谱。

而你呢?似乎一切都不在自己意料之中,像是被牵着鼻子,一步步地走下去,越走越远,越滑越深,超出了自己的掌控。此时的你,一味闭着眼睛,塞着耳朵,向前走个不停,像是乐得坐享其成,于是放任自己,既不自我反省,也不扪心自问,或停下来左顾右盼一下。你告诉过我,内心不停躁动,除了等她来信,还很渴望读到情诗,有时管不住双腿,不由自主地去医学院找她。

这是恋爱吗?你反复问自己,还不想确认。你六七月间去找过她几次,不巧一次都没见到她。暮色中,医学院的女生一个个袅袅婷婷地从你身边走过,让你不免怅然,偶然抬头猛然发现与她身量相似的女孩,追上去却发现认错了人，返回后你的失落往往加重。

随着与你书信往来的增多，姑娘有些害怕了。很清楚，如此频繁的书信往来，那么急切地等待来信，早超出了正常交往范畴，就是恋爱。她自恃天资不错，聪明好学，各科成绩一直名列前茅，中学时对偶尔抛过来的倾慕眼神，根本不屑一顾，因为心里有"远大理想"，对所有分心的事情都避之唯恐不及。至于谈恋爱，此前她既向往又害怕，从未尝试。

对未来爱人的幻想或设想，她从小便有现成的参照，那就是自己的父亲——高大壮硕，英俊聪明。最重要的是聪明，有远大抱负。姑娘认为，你林义敏有志向又努力，能分享自己最热爱的文学，是不错的恋爱对象。只是你身体从小不好，很单薄，是很大的缺憾。她嫌你瘦弱，实在没道理，她自己就是个"病人"，自从得了肝炎，原有的自信、骄傲、开朗在减少，变得多愁善感，甚至像林黛玉般病态。爱人身体如若同样不好，怎么面对未来？

交往两个月后，她决定结束这段已萌芽的感情，于是有了这样一封信——

林义敏同学：

　　你好！

　　这些天以来，我把我们通信以来发生的事情都细细地想了想，常常陷入迷惘。

　　我是一个身体很不好的人，大学二年级的那场肝炎，差点导致我休学，而在你的家庭和你个人的生活中，最大的悲剧莫过于母亲的早亡。

　　也许我多虑了，我根本没有那个幸运，成为你心目中相伴终身的人，我不太相信自己有这个幸运，也可能是我自作多情了。

　　原谅我又使用了我们最初通信时对你的称呼，也许是不理智的，也许是过于理智了，不管怎么样，这几个月以来的一切，都将成为难忘的记忆，为此我都会很感谢你。

　　祝好！

同学：何丽
1983年7月11日

由我这个旁观者看，她的信相当敞亮、睿智和勇敢。她挑明，自己身体不好是致命弱点，你母亲早亡的教训，不能不记取。一定要冷静，她想与你"相伴终身"，又怕一场空，决定让过去的交往成为"难忘的记忆"，说得通。信里没有把她对你身体的担心讲出来，而是拿自己开刀，赤诚相待，毫不躲闪，词句既铿锵有力，又心怀感激，很有礼貌。

不料，或说意料之中，你的反应相当激烈！收到信后，你大中午顶着烈日骑了二十几分钟自行车来到医学院的另一个校区（比姑娘所在的中医系校区远很多），找到她之前信里提到的同学娜拉，退回了她写给你所有的信。当时对娜拉说了些什么，你还想得起来吗？娜拉落落大方，沉着冷静地听你说完，一脸的茫然。

她则羞愧难当，悔恨莫及。此后近十个月的时间，你再未与她来往。

不过，让姑娘难以理解的是，你为什么不把信退给她本人？你为什么不能面对面或写封信阐发一下自己的观点？除了让她感觉到你异常的愤怒之外，她捕捉不到更多理智的、合乎逻辑的，可以恰当回应她7月11日那封信的信息。你拒人千里之外的态度，令她痛苦和茫然。

转眼新的一年到了，五月也很快到了！"五月的鲜花，开遍了原野"。1984年五一国际劳动节期间，你们中学时期共同的同学在呼和浩特举行了一次聚会，叙谈、跳舞、吃饭，还合影。N大东门外的"塞外照相馆"师傅将三寸黑白照片上的题词"盛世待奇才"错写成了"盛世伺奇才"。

当你与她手握手地跳舞的时候，彼此才强烈感觉到双方情意未了。她爱你，她坚定地意识到你也爱着她，要不，你为什么主动邀请她，你为什么发抖，为什么手心出汗，最后，为什么你还骑自行车陪她返校——一路谈笑风生？

她不失时机，5月3日就给你写了封信；你未搭理，三天后她又写了一封，这是她书信中最声情并茂的一封，无论在风格、情意、文采，还是在思想、意识、理智方面，都令我叹服——

义敏：

你好！

我又给你写信了，你把相片送出去了吗？我真不该把相片送到你那里，添麻烦。

几年来，我在迷蒙的月光下寻找，白天黑夜，我寻找着我的同行者，我坚实可靠的肩膀。我常常设想着我划着小船在黑黑的大海里行驶，或拨开荆棘在秘密的森林中赶路，在无边的荒原上寻找北斗，这一切都有人与我同在。

上学期以来，我一直处在痛苦的煎熬中，阳光已不再令人喜悦，周围的一切都使我感到暗淡无光。我的心企图挣扎，"这是友谊"。可为什么有时心里会猛然升起一种透不过气来的煎熬感呢？我时时烦躁地解不开原因。其实很简单，那就是对他的等待。心里背负着这份儿看来没什么希望的等待。我想也许我伤了他的心，他再也不会理我了。我是多么不愿意失去他啊！也许误会了他。他会嫌我幼稚、单纯，嫌我才疏学浅？或者嫌我病疾缠身，或胸无大志，碌碌无为？我害怕，有一种危机感和不稳定感悬在我的头上，随时都可能落下来，把我砸个粉碎。我害怕他那深不可测的眼睛，像大海和原始森林。

人往往能在绝望中逢生，生活中常常会出现奇迹。我渴望着奇迹的降临。我梦见黑风恶浪把我们高高抛起，又狠狠扔下，船翻了。我的生命之船没顶了，我只有紧紧攀住这根坚强的桅杆。几年来，我所追求寻找的原来就是他呀。只有他才能把我带到安全的彼岸。

生活没有万能公式，像世界上没有两片相同的树叶一样，任何一个人也都可能用今天的脚步放正昨天的足迹。人总是往前走的，你说呢？

"不要说失落的将永远失落，迷途上的脚印，已幻化成耐渴的骆驼。我骄傲我信念的灯塔没有轰倒，奋斗依然是船，追求依然是舵。我知道如果没有给予，太阳也会结冰。鸽哨般响亮的芬芳，也不只是为了报答耕作。色彩和音符，早已在新的季节重新组合。为了那迷人的彼岸……失落的一切将重新得到。"——这是我所喜欢的一首诗（节选）。不知你是否喜欢？

祝好！

丽丽
1984.5.6

遇到如此严肃的事情，热烈而聪慧的姑娘显现出自己全部的才华，她的信调动了比喻、拟人、引用、人称变换等多种修辞手法，华美与真诚同在，深情与端庄兼具，不可理解的是，你仍未回信——不解，高傲，不屑，还是别的什么？

四天后，她再次修书倾诉衷肠，长达近千字，为节省篇幅，这封辞意恳切的信只好割爱。这次，你还是没有回复。

"分手"后的种种迹象表明，有段时间你很懊悔，关起门反复阅读她这几封信，数次到实习医院找她、等她，但始终未能见面。是不是去过信？我不知道。

总之，你有负她，更有负1984年的大好时光。

三

1985年到了，这将是你俩在一个城市里读大学的最后半年，时间在争夺你们，你在等什么？她呢？

年初你俩互发贺年片，春季研究生考试结束后才开始重新往来。

3月17日，她给你写了信，未见你回。据我所知，这年3月你写了大量日记，热情四溢，阳光灿烂，往往捎带着诗抄，你记下了到学校、实习医院找她，和她看电影、轧马路、闲聊的情形。

看来，你这一段时间与她的交往很富于热情，但有些举动莫名其妙，令姑娘很难理解。比如，有次你俩看日本故事片《闪光的时刻》，在影院坐定后，她大大方方地将自己的照片从小包里掏出来递给你，你起初不敢接，好不容易接下装在兜里，没过几天又随信退了回去，事后在日记里直嚷后悔。再如，她有次提出在实习医院儿科办公室学习，你一口回绝，事后又很懊悔。

我在你4月20日的日记里看到，这天晚上你和她从下午六点半开始遛弯儿、叙谈，直到十点多才分手，你们围着学校围墙转啊转，说不完的话，一点没感觉疲倦。

三天后你又去找她，当天日记是这样的：

儿科门诊成了我们幽会最多的地方。这次谈话是我们最热烈的之一，没有谈什么分配，什么工作，什么考试，也没有谈我们俩的事情，可感情却十分微妙地贴近了，是吗？我在这里录下顾城的一首诗"回忆并不总是甜蜜多于苦涩"，用以纪念这个日子："一千次/我读到分别的语言/一百次/我看到分别的画面/然而，今天/是我们——/我和你，要跨过/这古老的门槛/不要祝福，不要再见/那些都像表演/最好是沉默/隐藏总不算欺骗/把回想留给未来吧/就像把梦留给夜/把泪留给海/把风留给夜海上的帆。"

日记里的这首诗实际上是顾城的《赠别》。你由最初的犹疑、拒斥，到后来与她频繁往来，已陷入类似迷乱的情绪之中，自己的语言根本无法表达，澎湃的激情只能靠大段大段的诗加以疏解。

五月又到了。"五月的鲜花，开遍了原野"，想必1985年的五一国际劳动节你们是在一起度过的，月初她仍然有信，长短大多为一两百字。再过一个月，她的信里开始出现一些理智的分析，6月9日她来了封长达八百多字的信，谈了毕业的去留、父亲的忠告，等等。但没有见到你的回信。

不过，这些似乎已经不重要，你的日记表明，7月中旬假期之后，她曾在你那间宿舍里与你彻夜长谈，日光灯下的一晚，你连她的手都没有摸一下，真是个正人君子啊，恰如歌德评价《好逑传》里一对恋人时说的那样，"通宵被逼共处一室，也只以聊天消遣而不狎亵"。后来，机缘巧合，在炎热盛夏的一个午后，当你俩并肩躺在亲戚家年轻夫妇一对柔软的枕头上的时候，当你们羞怯地褪去身上所有的遮盖，当她裸体在你面前熠熠生辉的时候，向上帝保证，你依然无意冒犯她的身体。

分别的时刻终于到了。"执手相看泪眼，竟无语凝噎"，"梧桐树，三更雨，不道离情正苦"，"恨君不似江楼月，南北东西。南北东西。只有相随无别离"。

正如人们说过多少遍的，距离强化美化对彼此的想象，离别造成双方情感的剧烈升温。你这边在学校瘩寐思服，她那厢在家等待分配对你牵肠挂肚。

1985年8月8日，她来了一封情意绵长的信，开头是这样的：

亲爱的义敏：

我第一次这样称呼你，可在我的心里已经多次了。

昨晚上我又在梦中见到了你。刚下过雪的路特别滑，你骑着自行车让我上去，只隔一尺左右，我怎么跑也上不去。你只好停下车子，我坐好后你再骑车。我生怕掉下来，紧紧地抱着你。

　　你的影子怎么也赶不掉，无论白昼，我无时不在想着你。我终于发现我是离不开你的。我不知道失去你我将变成什么样。

　　她还很明智地告诉你："人应当正视自己的感情。我知道你是爱我的，我也一样。为什么要爱不爱得真诚大胆？你说你没力量，无非就是怕两地分居。担心我的病。我想你父母是管不了你的。你能够决定你的一切。""人生的路紧要处只有几步，我不知道我该怎样走下去。好的姑娘、男子的确不少，与我们又有什么相干呢？"

　　她用了"吻你"来结尾，落款是"想念你的：丽丽"。

　　就是这封信，让一切"尘埃落定"。

2020年2月27日改

（原载《上海文学》2020年第6期）

泰山成砥砺

◎范 稳

1985年夏季的山城重庆,空气灼热,大地发烫,万物仿佛都在一个炉子里燃烧。在大学校园里,这是青春燃烧的季节,也是一个即将决定许多人命运的毕业季,寒窗苦读十几载的莘莘学子将被一张派遣证分配到四面八方。那个年代的大学生除了爱情,国家几乎包办了你的一切,他们是80年代的新一辈、天之骄子。正如我所就读的西南师范大学(现在叫西南大学了),僧少粥多,你去哪里都有一碗饭吃。

关键是君欲何往。西师以培养中高等学校师资力量为主,兼及一些国家机关和文化事业单位。毕业分配自然是有高下优劣的,北京、上海、广州的单位,尽管那时还没有北上广的概念,但看着都让人眼热,是学生们眼里的"干饭",且还是带坨子肉的"好伙食",似乎只要搭上了那趟驶往梦想地的火车,今后必将光宗耀祖、前程远大。成都重庆以及一些高校、省级机关、文化单位的名额,是半干半稀的"伙食",发展空间大,也很令人神往。比较糟糕的去处是那些偏远的地方,达(县)涪(陵)万(县),甘(孜)阿(坝)凉(山),以及贵州云南甚至西藏。不过那里至少还有一碗粥喝,去填你显得很严峻的理想胃口。如果你在学校成绩一般,表现又不是那么积极,基本上是哪里来哪里去。对于那些不愿回到贫瘠、偏远家乡的学子来说,他们也想去繁华富裕的地方吃大肉、吃生猛海鲜,让自己的理想丰满滋润、肥得淌油。因此,那个年代虽然毕业分配国家包了,也基本不拼爹,但没有比较就没有伤害,凭什么我的人生道路要被人家来决定?凭什么那谁谁,成绩还没有我好,去的地方却比我好?怨也好闹也罢,永远的校园,流水的学子,你除了服从分配,基本上没有其他路可走。都说上世纪80年代是个纯情、纯真的年代,但遇上毕业季,就不是那么美好了。各种算计,各种谄媚,各种小动作,让同窗四载的同学忽然变得生分起来、仇视起来。我的一些同学,毕业了十多年还不来往,都是分配伤了一颗青春的心。那么单纯,那么脆弱,也那么懵懂无知。只有人到中年了,大家才"历尽劫波兄弟在,相逢一笑泯恩仇"。

我的家乡在川南的小城荣县,隶属于自贡市,我的各科成绩一般,也不想考研。主要原因是我在大二时就立志要当一名作家,对所有的功课都抱一种不以为然、及格为好的态度。我在学校只有两件重要的事情——写作和踢球,为此经常翘课。我在大学校园里肆意挥霍自己的青春,活得快活而单纯,多愁善感又自以为是。凭着小时候在少体校打下的底子,在我们中文系和年级的球队里还算是个不大不小的"球星"。大三后当系学生会的体育部长,也算个学生干部吧。因此在分配时我还是有一些选择空间,如果愿意,我能够留在重庆的一所高校当老师,或者去某个单位当个小干事,也可以回自贡再分配。但作家梦让我知道,要实现这个梦想,必须走得远远的,去见识外面更为广阔的世界,至少不要被家乡或校园的围墙所桎梏。多年以后,一个藏区的活佛告诉我,远离自己的家乡,是必须的修行。喇嘛们为什么要离家万里去朝圣?为什么要到高远的雪山上去闭关?你得断除亲情、离舍俗念,才可能有修为、有升华,成佛度人。但那时我并不明白这些高深的人生禅悟,我只是希望去见识广阔的世界。我在大学里默默无闻地写了三年小说,一个字都没有发表过。而一些同学已经成为"校园桂冠诗人"啥的,赢得了许多女生的青睐。我知道自己才华一般,更缺乏生活,我们这代"六〇后"基本上是从学校到学校的大学生,没有下乡插队、当兵进工厂的生活经历,比起我们学校那些阅历丰富的七七级、七八级师兄师姐来,我的作品不过是"少年不识愁滋味,为赋新词强说愁"类的学生腔写作罢了。在大学时读过著名的传记作家欧文·斯通写大画家梵高的传记文学作品《渴望生活》,看得我热血沸腾。做人就要做梵高那样有个性的人,哪怕过一种悲苦的人生。人生需要传奇,磨难是一笔财富。莎士比亚说,生活中发生的事情,超过任何一个聪明脑袋瓜的想象。生活无穷广大,如果你没有渴望的激情,没有投入到某种陌生的生活场景中去的勇气,你就只配拥有一种平庸的生活。即便你身处北上广,也只能"喝粥"。我那时特别羡慕海明威,他老人家今年在巴黎左岸喝着咖啡写作,明年又跑去西班牙参加内战、斗牛;或者要么在非洲看乞力马扎罗的雪,要么又跑到加勒比海湾打鱼。一个作家,就应该过这样的生活。

那个年代已经有一些有情怀和勇气的大学生自主择业。他们向往新疆、西藏这些宏阔辽远的新天新地。还在上一个毕业季，学校的广播站里会不时播送某某学生干部、学生党员自愿要去西藏，让人心生敬佩之情。可是等毕业分配方案一出台，你会发现那些喊得热闹的人都去了北京的大机关。老师的说法是因为他们思想境界高，所以重要的岗位更需要他们。记得我曾经动过要不要报名去西藏的念头，仿佛那时就隐约受到了那片土地的召唤。但我的一些师兄在毕业时玩的把戏让我不齿，一件神圣的事业被用来作为一张牌打，这游戏就让人敬而远之。多年以后我在拉萨见到一些在80年代自愿奔赴西藏的大学生，像马丽华、马原等人，他们才是真正热爱西藏的理想主义者和浪漫主义者。那个年代许多热血青年，似乎都有仗剑走天涯的浪漫情怀，他们相信好男儿志在四方。渴望生活、燃烧激情、奉献青春不需要喊口号，只是默默地行动。

  我最终选择去云南。这是因为有一个工作岗位让我充满向往——云南省地质矿产局宣传处。校方告诉我说，你不是不愿教书吗？你可以去和那些搞地质的一起爬大山，为国家找矿。这个到处跑的职业对我很有吸引力，尽管我对地质找矿一窍不通，但它可能正应对了我那骚动不安的青春激情。在后来我以写作为职业时，我才发现地质找矿和作家的深入生活、对历史与现实的发现和挖掘有异曲同工之处——都是在大地上寻找宝藏，只不过一个在地下，一个在地上；一个在空间里，一个在时间的纵深处。此乃上苍特意的安排乎？

  我记得去云南报到之前回了一趟家，我的母亲对我去云南不是很情愿。当母亲的嘛，总是希望儿子能留在自己的身边，况且我还是我们家的长子，连我的邻居和中学同学都不太理解，说这大学读出来有什么用呢，还下放到云南边疆地方去了。好在我的父亲是修铁路出身的，常年漂泊在外，见多识广，西南地区的几条铁路成渝线、成昆线、宝成线、黔渝线等，都曾留下过他的足迹。他才是个标准的天涯浪子。只不过是被动的，为生活所迫的。我父母一直两地分居，毕业那年我父亲还在贵州遵义工作，直到他退休，我父母才得以团聚。小时候我也是个比较逆反的孩子，我父亲说东，我心里一定想的是西。我立志要成为他的反面，做一个不听他话的"熊孩子"。他行事谨慎，严谨刻板，我从小就大大咧咧、不拘小节；他衣着整洁，头发一丝不苟，我则故意穿着随意，头发乱鸡窝一般。但我很认可父亲的一个观点，他说好男儿要志在四方，要干大事业就要舍得吃苦。因此父亲对我去云南实现自己的作家梦比较支持。父亲

1950年前在成都上过教会学校的高中,因为家庭成分不好才被送去修铁路接受改造,这一改造就几乎是一辈子。我考大学时复习英语,他还能蹦出几个英语单词来。父亲写得一手好字(我到现在都写不好字,这可经常要了我的命),还读过很多苏联小说,作为一个有文化的铁路工人,他知道作家是很受尊敬的职业,他的儿子要去遥远的地方为当一个作家而奋斗。这个远大的理想和抱负应该是让我的父亲感到欣慰并没有反对的理由吧?现在想来,如果他当年坚决不同意我去云南,我不知要付出什么样的代价。此刻,我也不知我的父亲和母亲在天之灵,能不能感受到儿子对他们的感恩之情。我是他们手里的一只雏鹰,他们慨然放飞了我,没有把我关在家乡温情的笼子里。

还记得我离开家的那个上午,只背了一个马桶包(行李都还在学校),走到院子大门口时,我回头对母亲说,妈,我走了哈。随意得好像我只是出门参加一个饭局或者同学的聚会。母亲倚在门框边,望着我说,要得,路上小心点哦。许多年以后,我努力地回忆这一生活中的真实场景,母亲眼里是不是有眼泪呢?可惜我根本没有留心看;我走出院子门以后,母亲会不会眼泪夺眶而出,我那时也没工夫去想;母亲的目光被我拉了多长,我更是永远也不会知道了。直到我也为人父亲,第一次在机场和妻子送女儿出国留学,眼看着她弱小的身影消失在安检通道后的人流中,她妈妈泪流满面,我的眼眶不觉间也湿润了。在经历了这些之后,我才会深刻地理解天底下上一辈对下一辈内心深处的牵挂之情、离别之痛。而在我们年轻时,这些人类最珍贵的情感、最深厚的爱,统统被忽略了。

就这样,一个愣头愣脑的学生哥匆忙间向四年难忘的大学校园告别,向1985年的火炉城市、山城重庆悄悄告别,向生活了23年的故乡四川告别。没有挥一挥手,也没有离别的眼泪,甚至连一些伤感和惆怅都没有。我要去做一个浪迹天涯的游子了,乡愁还没有在心底里培育出来,只有对新生活的好奇和神往。

于是,怀揣着一个梦想,怀揣一张大学毕业分配派遣证,带着一包行李和一纸箱书,我从重庆挤上火车,逃难一般逃离了那座仿佛人人都在汗流浃背的城市。欢送我的只有山城的热浪,让人像狗一样张大嘴喘气。时为八月下旬,同学们都早已奔赴自己的工作岗位,有的同学在来信中说已经领到一个月的工资了,这着实让人着急。我差不多是最后离开校园的毕业生。一个人孤独地离开,也算是一种凄美的诗意吧。即便在今天,我还应该为当年自己的勇气点一个赞。人生中最重要的一步,当你跨出去的时候,尽管狼狈,但不要回头。

那趟驶离故乡火车的终点站,是一座过去只在明信片和风光图画中见到过的城市——昆明。那个年代的挂历上都会有一些风光摄影画,从天堂苏杭到长城黄山,它们就是彼时的"诗和远方"。我记得家里的墙壁上曾经挂过一幅关于昆明的风景画,西山睡美人,烟波浩渺的滇池,古色古香的筇竹寺,翡翠般的翠湖,以及昙华寺湛蓝天空下的梅花和玉兰,这些景色看上去犹如天堂。还记得在念大三的时候,有个四川诗人戴安常先生来搞讲座,即席朗诵了他刚刚完成的诗作《啊,西山睡美人》——

> 是睡着美还是站着美
> 啊,西山睡美人
> 起来吧,西山睡美人
> 不要痴迷虚幻的太空
> 渴求遥远的爱情
> 云,是漂浮不定的游子
> 周游世界的狡猾商人
> 星,眨着诡谲的眼睛
> 向你邪恶地调情
> 月亮用冰冷的嘴唇
> 吻去你脸颊上的红晕
> 太阳对你虽然爱得热烈
> 但热烈并非就是爱的忠贞
> 雷和闪电,是天上的一群恶棍
> 它们私设审判爱的法庭
> 只有滇池在默默地爱着你啊
> 用柔波洗翠你的青春
> 醒来吧,西山睡美人

走出缥缈的梦境……

那是一个文学的纯真年代,一首诗的力量,可以撼动一个民族。我还记得那个晚上阶梯教室里为争座位,低年级的同学还和高年级的同学打过一架。戴诗人朗诵完后掌声雷动,像一个英雄被学生们包围并崇拜。许多年以后我都还能背诵其中的一些诗句,我的一些在外地工作的同学也能背诵。在相聚时他们会不无羡慕地问我,西山睡美人醒来了吗?但在我只身来到云南高原时,西山睡美人还只是个诗意的朦胧意象,正如滇池、翠湖、大观楼以及昆明这座充满未知的城市。

火车驶进云贵高原时,切割纵深的高山峡谷令人瞠目。火车这样的钢铁巨龙在群山中蜿蜒爬行,不过是一条可怜的大青虫,给人某种严重的不踏实感。不踏实的还有我的一颗漂泊的心。沟壑无言,大山冷峻,用幽深的山洞将火车吞噬,高悬的桥梁让人感到火车像在钢丝上骑自行车。前途未卜,生命无畏,这年轻的生命将去拥抱一个崭新的世界,将去接受锤炼、砥砺、打击,去获取生活的奖赏和磨难的惩罚;去爱和被爱,去结交新的朋友和敌人,去成为一个奉献者和索取者,去逐步成长为一个男人、丈夫、父亲。全新的异域生活从此将在他的面前次第展开,这是一片人生的新大陆,陌生、偏远、荒凉、孤独。经历了一些风雨后我才会明白,人生是一条很漫长的路,陌生感是培养勇气的温床,也是打败懦夫的敌人。新大陆只接纳那些勇敢的人。未来是否充满诗意,云南高原是否接纳一个渴望成为作家的游子,一切都是未知数,一切又充满了希望。

时光飞逝,倏忽间三十余年。今天我还能清晰地看见当年那个走出拥挤嘈杂的昆明南窑火车站的家伙,形单影只,满脸青涩。高原城市明亮的阳光晃得他几乎睁不开眼,空气清凉,是那种没有凉风的凉、透彻入肺的爽。天空湛蓝,就像被海水冲洗过,这是盆地人久违了的颜色;白得发亮的云层堆积在城市的上空,形状生动,充满质感。这是他在家乡看不到的云,这是异乡的云,"是漂浮不定的游子",像他一样四处飘荡。但它们不一定都是狡猾的商人,云也许应该有自己的家,"白云生处有人家",云飘到哪里,家就安在哪里。

那时昆明火车站外只有一条柏油马路通向城里,路两边是高大挺拔的白桦树和翠色的田野，蓝天白云下树枝摇动，碧绿的树叶泛着白光，分外生动，一些马车响着叮叮当当的铃声，在公路边行走得怡然自得、理直气壮，而赶车的老倌似乎还在打瞌睡。公共汽车没有他刚离开的那座城市重庆那般拥挤，当年在重庆乘公共汽车就像一场战斗，许多时候你必须在车滑进站台时，像铁道游击队员那样飞身上去吊在车门上，否则你永远只有等下一趟。年轻人惊讶的是，即便是在火车站这样人来人往的地方，上下公共汽车原来并不需要摩肩接踵、挤挤攘攘，人们慢腾腾地上下车，井然有序，不急不慌。昆明城这种慢生活的节奏，那时让人还颇不适应呢。对一个刚刚走出大学校门的学子来说，他希望生活是迪斯科的节奏。迪斯科的喧嚣，迪斯科的刺激与梦幻。而迪斯科在那个年代，似乎就是刚刚开放起步的中国社会应该有的步点和律动。

但生活绝不是一场迪斯科。我进城后立马去单位报到，一分钟都不想耽搁。云南省地质矿产局在白塔路，是昆明城中心地带。一栋巨大的土黄色大楼临街而立，宽阔的楼道，朱红色木地板，办公室宽大幽静，窗明几净。一个严肃的中年男人接过我的派遣证，脸上五官舒展开来，说，啊，你终于来了，欢迎欢迎，我们局第一个学中文的大学生。旁边有人介绍说，这是我们的李处长，是他亲自把你要来的呢。

办完报到手续，就这样算是进了单位的门，但一个学中文的大学生怎么去为国家找矿呢？且莫慌，处长说，今年我们局接收的大学生都要下派到基层地质队去锻炼两到三年，你就去第一地质大队宣传科吧。那是我们的功勋地质队。你先去局招待所住下来，等两天他们会来人接你下去。

后来我才知道，那一年省地矿局机关分来了十几个大学生，他们都来自北京地质大学、成都地院、武汉地院、长春地院等专业地质院校，也都被下派到各地勘单位实习锻炼，其中还有一个是省长的儿子呢。搞地质的人四海为家，大多来自五湖四海，我的处长也是成都人，"文革"前毕业于成都地院，虽说是干地质的，但写得一手好字，书卷气十足。我不知道我将去的那个地质大队会是什么样子，我只有服从命运的安排。锻炼就锻炼吧，年轻人不接受锤炼，又何以成长？那个年代国家分配给你一个工作，你就得去这个岗位窝着，似乎是天经地义的事。干得好干不好，完全看个人。如果你拒绝，就得去当个体户。难以想象你读了十几年书，光荣地大学毕业，却不要国家安排的工作。而一些个体户虽然率先发家致富了，成了不得了的"万元户"，但仍然没有社会地位，仍然被人瞧不起。一个大学生再穷再苦，他的头上还是有顶社会认同的光环。

三天后第一地质大队宣传科的陈科长来接我，这是一个壮实的湖南汉子，说略带湖南腔的云南话。我的尚未开箱的行李书籍等，被搬上一辆破旧的通勤客车，中午出发，夕阳西下时，那通勤车才驶入第一地质大队的队部基地。从大门到队部机关大楼，是一条一公里长的笔直大道，路两旁是墨绿色的松树，树下荒草蔓延。队部机关大楼是三层红砖楼房，面对那大道，看上去还有些气派。基地位于一片旷野之中，被高大蜿蜒的围墙所围绕，孤立在一座平缓的山坡上。周围没有城镇和村庄，举目四望，很冷清，很空旷，也稍显荒凉了。

我在心里对自己说：这是我的荒原。

我先被安排住在队部招待所，第二天一上班，陈科长说，我带你去领劳保吧。劳保是什么？对一个学生哥来说很新鲜，但绝对让人充满好奇。登山鞋、防雨服、地质双肩包、宽边地质帽、野外可加热的饭盒、固体燃料球、压缩饼干、午餐肉，等等。现在看来，都是些户外装备啊，哥们儿在那个年代，就当"暴走族"了。

几天后分到一间土坯房，大约有七平方米。所谓土坯，是指没有经过烧制的泥砖，太阳晒干以后直接垒砌成墙，也就是我们过去在书上、电影里看到的"干打垒"。这种房子带有临时性特征，土头土脑，极易残缺，日晒雨淋后，墙面花里胡哨，透着苍凉破败感。房间里一张木板床，外加一书桌一凳子一盏悬在屋子中央的白炽灯，再有就是我的一纸箱书和一木箱衣物了。第一个晚上，屋子外狂风猎猎，龙吟虎啸。在四川盆地，我从来没有领略过这样大的风声，这是高原的风，既浑厚又尖锐，像汇聚了无数厉鬼的千军万马，在夜空中呼啸着浩荡而去（后来我才得知这里还有一个称谓——小西伯利亚）。木头窗框和土坯墙之间一些连接处的缝隙，宽到可以塞进一根食指，那些风之厉鬼便锐利地杀了进来。虽然还是八月，但我感受到了那风里的刀锋。

我想家了，也想我的大学、我们美丽的校园。我的那些在大城市工作的同学，他们此刻正在林荫道上挽着女朋友的手轧马路吧？或者在迪斯科舞厅狂欢，在火锅店里喝啤酒，在图书馆里做学问。而我怎么会到这里来了？

唉，怕个锤子。新生活才刚刚开始，年轻，就是本钱；挺住，意味着一切。

住进土坯房的第一个晚上最适合用来写家信。我至今还能感受得到写那封家信时眼眶里泪水的温度。"烽火连三月，家书抵万金"，彼时虽然没有烽火连天，但也山长水阔，去家千里。年轻的心刚刚学会盛满的乡愁，一不小心就倾泻出来了。

爸爸、妈妈：
你们好！
儿已经到云南省第一地质大队来报到上班了。这个地方离昆明有一百多公里，在寻甸回族自治县。儿一切安好，勿念。

可能爸妈要问：不是说分到局机关的宣传处吗，怎么会到地质队了？我是被派下来实习锻炼的，时间两到三年。人们说这是为培养后备干部做准备，今年分到地矿局机关的大学生都是这个政策。其实我很感谢这样的机会，它能让我尽快地接触到社会，熟悉这个行业的工作。第一地质大队是一个县团级单位，有近两千名地质队员，哪里的人都有，北京天津的，上海浙江的，湖南广东的，四川辽宁的，真正的五湖四海。感觉这里的人都很朴实，对我也挺好的。他们还没有见到过中文系毕业的大学生，于是把我当成个青年才子看。下午就有个大妈拉着她的孩子来看我，说要向这个哥哥学习，好好考大学。其实地质大队是个专业性很强的单位，里面有许多高级知识分子，好多人都是"文革"前的大学生。只是工程师、总工程师看上去跟一个乡野老汉差不多，也许和他们常年在野外找矿有关吧。我现在暂时分在大队部的宣传科工作，领导说以后还会让我下野外地质分队去锻炼，跟着那些地质队员爬大山。我想我可以凭此感受到云南的山山水水，长很多见识。我喜欢这个工作。

云南的天气很好、很凉快，只是太阳大、风大。想想在重庆的夏天，要有一丝风吹来是多么惬意的事情。在这八月的天气里，我一天都没有出一滴汗水。等明年夏天，我安定下来了，就接爸妈到云南来耍。

在野外地质队的待遇不错，比在昆明好。我领到很多劳保，每月还有八盒午餐肉罐头。我们的队部基地在离县城十一公里的地方，像一个独立的军营。国家有条政策规定，基地离县城以外十公里的，每天有八毛钱的野外生活补贴。因此我每月可以多领二十多块钱。如果下到野外地质分队，补贴更高，据说是每天一元二。我现在可以拿到八十多元的月薪呢，在我的同学们中算是高工资了，他们大多只拿五十多块。等到月底领到工资后，我会每月给家里寄二十元钱回去，以尽儿子的孝心吧。

爸妈请放心，这里生活和四川差不多，队部食堂伙食还行，只是味道淡点。我今晚打了两份肉吃，不会像当学生时经常瘪肠寡肚的了。我在这边会好好干的，一切都很新鲜，我会慢慢熟悉情况，包括看一些地质找矿的书籍。工作上的事情，等下封信再向爸妈讲吧。

春节我就可以回家探亲了，还有五个月吧。

颂

夏安！

儿　敬上

我想我是一个男人了，再不是父母身边老是长不大的孩子。我要像一个男子汉那样去面对生活。从繁华的重庆来到这荒郊野岭，从热闹非凡的大学生宿舍住进这冷清得只有风声的土坯房，从天之骄子成为一个奔前程的上班族，我得学会很多东西，还得学会忍耐、学会坚强、学会乐观、学会坚守信念。我认为我的家信应该让父母放心。但后来听我姐姐说，我的母亲看到信就哭了，因为我精明的父亲一眼就看穿了我的境遇。他老人家南征北战修铁路，什么世面没有见过啊。父亲说，国家给那么高的补贴，说明这工作相当艰苦了。野外咋个回事，我最晓得。秋天来时来自家乡的包裹不断，毛衣、线裤、围巾、毛背心，还有家乡特产，腊肉、麻辣兔、米花糖，甚至连花生米都寄了一袋来。儿行千里母担忧，说的就是这个吧。

其实，我去地质队时，干地质的人后勤保障已经有很大的改观了。过去他们是哪里有矿哪里安家，大山深处的帐篷、活动房、干打垒或者老乡的猪圈牛圈，就是他们的家。一个大型矿山从普查到详查，从初步勘探到给国家提供完整的地质资料，一般要干一二十年，甚至更长时间，老一辈的地质人是真正的大地上的流浪汉，他们踏遍青山，四海为家，一会儿湖南广东，一会儿四川云南，国家需要什么矿，你就去把它找出来，哪个地方有矿，那里就是你的人生下一站。第一地质大队里就有许多地质队员参加过攀枝花铁矿的勘探工作。他们去到的地方多是荒山野岭，走后就有一座矿山城市矗立在大地上。所幸80年代国家改革开放起步，地质部门也搞专业化属地化改革，将地质队和探矿队区分开来，并建设队部基地，以解决地质队员们的后顾之忧。第一地质大队的队部基地从前是云南农业大学的校址，建于70年代，那是为了响应号召，要把大学办到农村去。但到了"文革"结束后，大学恢复招生，谁愿意到这不毛之地来读书呢？农大在80年代初及时搬回了昆明，留下这一片陈旧破败的楼房和一排排像兵营似的干打垒宿舍。地质队也许是最合适的接盘单位，大家都往城里搬，而他们的工作性质就是跑野外的，有一个生活基地，对许多习惯了四海为家、天当被来地当床的老地质队员来说，无异于一步跨进了天堂。地质队搬来后也搞了一些建设，生活设施几乎一应俱全，学校、邮局、医院、派出所、电影院、篮球场和足球场，以及食堂和街子（小小的农贸市场）。基地除了队部机关和总工办、实验室、绘图室等业务部门外，还是地质队员们的家。春天到来时，地质队员们收拾好行装，背上地质包，告别家人，出发到各野外地质分队，大山深处才是他们真正的工作地。到冬天来临，雨雪交加、寒风四起、道路阻塞时，地质队员们才会像候鸟一样回到队部基地，回到他们温暖的家。这种生活不是一般人可以理解的。有一次我下野外，在一个钻探分队，身边钻机彻夜轰鸣，我们住在活动铁皮屋里，围着一个火塘喝酒瞎聊，打发漫漫长夜。有个毕业于成都地院的助理工程师，又黑又瘦，戴个眼镜，和我特别谈得来。酒到酣处，他对我说，他有件很遗憾的事情是，不知道自己的妻子穿裙子是什么模样。

　　作为一个刚刚走出校门的学子，我不知道一个大男人、大丈夫，一个80年代毕业的大学生，为什么还没有见过自己妻子穿裙子的模样。我没有见过我的母亲穿裙子，因为那是在"文革"年代，女士穿裙子会被视为小资产阶级思想。现在都什么时代了，大街上红裙子白裙子黄裙子随风翻飞，争奇斗艳，有什么稀罕的呢？可是那时我太年轻、太稚嫩，典型的少年不识愁滋味。直到他从黯然神伤，忽然到泪流满面，我还是没有明白，一个胡子拉碴的大男人，哭什么哭啊？

　　干地质的人大都有一股豪迈之情、浪漫之心，但也有某种深刻的孤独、淡淡的忧伤。直到我干了几年地质之后才能慢慢体悟出这种职业情感。它是粗犷广袤的、面向大地的，高山大河，雪山峡谷，都在脚下；它又是深厚细腻的、穿越时空的，地下几千米洞若观火，震旦纪侏罗纪白垩纪，从千万年到上亿年的时间了如指掌。他们眼中的时间，就是地球的历史。所以这是一群爱得很深的人，我很荣幸成为他们中的一员。

我的第一份工作是参与编一份队部机关小报，八开四个版，印两百份左右，这张报纸在全局系统里是做得最好的。这报纸出笼也很特别，因为印数太小，不可能送到正规的印刷厂去排版印制。我们先把文章请打字室的人打印出来，然后用剪刀将一篇篇文章剪下来，正文、标题、副题、内文都用复印机放大或缩小成不同的字体，再用胶水贴到一张画好版式的白纸上，是为拼版，再加一些照片、花边图案，一个版面看上去至少不单调了，再送到复印室用复印机复印。我的同学有分到出版社、报社、文学刊物当编辑记者的，我们通信时谈到各自的工作，我总是很自卑，觉得自己是个不入流的编辑，我羞于启齿自己编的报纸。可是在现实中，我还是干得很起劲。我们的报纸除了刊登局里、大队的时事要闻、领导讲话和主要工作外，每期还留一个版或半个版来刊登地质队员们的诗歌和散文。地质队里也有个文学社，我们给它取名为"山谷风"，语出在地质系统的一首行业歌曲，"是那山谷的风，吹动了我们的红旗"。文学社聚集了十几个喜欢文学的青年，写诗的居多，他们也知道北岛和舒婷，知道朦胧诗，但写得更多的是一些充满山野激情的为国找矿诗。那个年代似乎到处都有这样的文学社团和朴实无华的文学青年，无论是在城市还是乡村、在高校还是工厂。缪斯女神如此高贵，文学的梦想却遍及乡野，让我这个学中文的人，似乎不去当一个作家，都对不起自己的祖宗。

我初到地质队时做的一件让人不可理喻的事情是，每到星期天就去爬周边的大山，否则那么多的荷尔蒙怎么消耗？我背上地质包，里面有两个馒头或压缩饼干、一些糖果、一壶水、一台半导体小收音机、一副望远镜和一部120黑白相机。我独自穿过田野，穿过村庄，沿着山脊线往山顶爬。山都很荒凉，只有一些草坡和低矮灌木，爬到山顶，方圆几十里起伏的大地尽收眼底，却没有"会当凌绝顶，一览众山小"的气概，因为还有更高的山，苍苍茫茫地蔓延在远方，让人真正体会到云南高原的山，山山相连，山外有山，一辈子也爬不完的大山啊！但每次登顶的那种感觉还是很豪迈、很激动，有小小的征服欲、自豪感。尽管我回到队部基地时，人们会笑着说，今后有你爬的山呢，爬到你哭。

的确，干地质的人就是爬大山的料。按他们的说法，把自己的脚底板高过群山。尤其是那些搞地质普查和地质填图的地质队员，那是真正的"爬山匠"。给你一张1∶50000或1∶100000的地图，上面标好经纬线，你就迈开双腿走去吧，逢山翻山，逢水过河。在一些原始森林里，你得用砍刀开路。一个搞区域地质调查的地质队员告诉我说，他有一次在西双版纳的密林里，要翻过一根横亘在前面的巨大枯树，他实在翻不过去了，就想先靠着那根布满青苔和各种不知名的热带植物的枯树，抽一支烟、歇一会儿。等他烟点燃后，忽然发现枯树的上面部分动了起来，再仔细一看，原来是一条大蟒蛇伏在枯树上啊！刚才他还把胳膊搭在那家伙冰凉的身上呢。这蟒蛇足有人的大腿粗，他吓得屁滚尿流，滚下了山涧，好在茂密的次生林没有让他摔得更远。他还遇到过熊，手上只有一把地质锤，他们相隔二十来米，对视了两分钟，熊自己一摇一摆地走了。这哥们儿说他差点尿裤子了，汗水湿透了全身。

我短短五年的地质生涯中没有这些传奇经历，也没有想象的那么辛苦。我下野外地质分队时，爬的大山也不算多，远没有到爬到哭的地步。那时，每个野外分队都配有一辆八人座的北京吉普，有点像我们看的老电影《奇袭》中美国佬的那种中型吉普车。地质队员叫它大屁股吉普，它在乡野里也挺威风的，开到村寨里很招姑娘们的眼。要知道那时县委书记还只能坐五人座的北京吉普。在一些偏远的地方，我们经常被当作上面来的大干部，被老乡们拉着说事儿，要救济粮、化肥种子啥的。有些地质队员也挺油的，把自己装得像一个能办大事的干部，骗老乡们把陈年老火腿割一块下来喝酒。他们是大山的浪子，知道到什么山头唱什么歌，但他们绝对心地善良，不过是饱一饱口福、过一点嘴瘾。有时假戏真做，把人家姑娘哄到手了，那是一定要娶回家的。地质分队里有专职的指导员，像部队一样对思想政治工作抓得很严。

有一次在一个小山村，我们在村长家吃饭，一个姑娘清纯黑亮的眼睛让我想起了我的初恋，令我有些不能自持。那姑娘似乎对我也有些感觉，给我盛饭时左一勺右一勺的，压得饭碗堆成一座小尖山。身边的兄弟们看出了异样，便趁机起哄，把朦胧中的美好感觉昭然于天下。这下好了，当我们上车走人后，在山路上绕了几个弯，猛然发现那姑娘还站在山头上。她头上的红色头巾是那样的引人瞩目，那样的让人羞愧。我们其实连一句话都没有说，人家叫什么也不知道。那个晚上我是被分队里的苞谷酒搞翻了。

平常大屁股吉普给地质队员们运送给养，也把出野外工作的人们送到公路能达到的地方，没有路了，大家再下车爬山。这种帆布篷的吉普车不关风，在山间土路上摇摇摆摆地行驶，拉出漫天的尘埃，夏天时尘埃呛人，天冷时寒风在车里到处乱窜。地质队的司机都是一等一的驾驶高手，再陡的山路他都上得去，半个轮子悬在山崖边他也敢开。我后来跑藏区采风体验生活，什么样的路都敢走，也跟在地质队里练出的胆量有关吧，包括野外生存经验、什么地方可以扎帐篷、什么地方可能有水源、风雨中如何升起一堆篝火，以及遇到蛇、蚂蟥、马蜂、跳蚤之类小生物该如何应对和防护，等等，我认为这些就像人生必修的课程一样，你必须掌握。

我跑过的一些野外地质分队，有找煤田的、找黄金的、找铅锌矿的、找磷矿的，等等。野外分队的兄弟们把我当他们中的一员，告诉我如何看地表露头、看地质年代、看地层断代。人们根据大地上隆起或切割的高山峡谷，确定地表形成的地质年代，从地质年代推断可能潜藏的矿藏，从地层断代或地表露头（也叫矿苗）观测它是什么矿种，然后挖一个探槽解剖地表，这探槽就像战壕一样，有可能绵延数里长；当探槽工程摸到矿脉的大体走向时，他们会沿着矿脉再打一个探洞，进一步摸清矿藏丰富与否。在黄金野外地质分队，我曾经进过一个金矿探洞，地质队员们沿着金矿脉往大地深处掘进。那矿脉粗的有人胳膊大小，细的仅如人的一个手指。而且就是这样的矿脉，三克吨（也即每吨矿石里蕴含了三克黄金）就够工业开采品位了。一克黄金，要经过多少人的努力，才能从大地深处提取出来啊！想想你手上的金戒指、脖子上的金项链，应该就不会抱怨它为什么那么贵了。找矿的最后一道工序是，如果发现某处矿藏有勘探价值，那就上钻机。几台十几台钻机布下去，将地层深处的岩芯提取出来，再送到化验室解剖分析，地下世界的秘密就昭然若揭了。

多年以后，在我成为职业作家搞田野调查时，我便不自觉地采用了当年地质队员们找矿的这种方式。我在大地上行走，穿州过县，走村串寨，不同的民族文化、不同的人文特色，观察、学习、比较、鉴别，我寻找最适合于我写的那个题材。当某个地方的人文历史让我怦然心动，当我发现某个村庄蕴含着丰沛的写作素材时，我就会像发现了金矿一般"上地质手段"了。从外到内，由表及里，从社会表象的解剖到人文、历史，再向宗教信仰、文化文明的深度挖掘、勘探。功夫如果能做到这个地步，再写不出好作品来，那就只能怪自己的才华有限。

我相信天地宇宙间有一些命中注定的东西，我也相信所有的经历都是有价值的。地质队员的生涯开阔了我的视野，塑造了我的性格，让我眷恋脚下的这片土地，热爱它，敬畏它，走向它，阅读它，书写它。我成了一个不在大地上行走就很难写作的作家。"读万卷书，行万里路"，一直被我奉为圭臬。当我站在某一个海拔三四千米以上的雪山垭口，遥望眼前连绵的群山，像凝固的海浪，一浪高过一浪，层层铺排到天边。天高地厚，思绪苍茫。我会感受到这颗蓝色星球上的宏大叙事，感受到大地深处的脉动，感受到有股氤氲之气，在滋养我的灵魂，培育我的灵感。一个作家，就该是这样炼成的吧。

"泰山成砥砺，黄河为裳带"，这个世界如此丰沛多姿，却如一个无言的大师，教我们一步步成长。在我成为一个地质工作者时，我并不确定自己将以写作为终生职业，只是怀揣一个美好的梦想；当我成为一个职业作家时，我却常常怀想干地质时的那些青葱岁月。古人云："到处皆诗境，随时有物华。"青山踏遍，人生如寄。无论是寄存于故乡，还是寄存在高原，旷野中认准的一条路，一直走下去，总会找到属于自己的矿藏。正如有一次我在山林里迷了路，天已向晚，恐惧随着黑暗一层层地压来。我以为自己到了绝境，但昏天黑地中其实有一条路就在我的脚下，你只需勇敢地走下去。这世上有的人是探路者，更多的人是在走前人走过的路。大地上的道路千万条，贵在发现。你只需有一双慧眼，再加上无畏的勇气。

（原载《青年作家》2020年第2期）

我要用余下的全部生命,来寻找你

◎范小青

我不能写,心底里的痛,是写不出来的。

可是我要写,文瑜在等我,我想,他希望我跟他说说话。就像过去了的无数个日子一样,他的电话来了,先说一说要说的事情,或者甚至根本就没有什么正经事要说,就是想说说话了。然后他开始调侃我几下,我出了小说集,他说是女巴尔扎克,我离开《苏州杂志》到南京工作,他一直说我是改嫁的母亲,两头放不下,等等。

当然我也不是省油的灯,也不好惹,我会回敬他的,我特别喜欢跟文瑜绕嘴皮子,用苏州话,如果苏州话不足以表达了,就用苏州普通话,甚至用网络语言,反正是无所不用其极。因为如果在嘴皮子上胜了他,那是多么有成就感啊。

或者,他怕我在开会,就发个微信来,多半是他截屏朋友圈的一段内容,他的一幅字,或者一首诗,有多少人点赞,他会毫不谦虚地问我,我阿牛?

我嘲笑说,牛。

如果我没有及时回复,他就不管我开不开会了,电话就追过来了,范老师,你看了没有?

我说,我在开会。他说,哦,那你等会儿看一看,我牛得不得了。

别以为这就是我和文瑜的全部日常,我们也有生气翻白眼的时候,不过多半是我惹他生了气。有一次他筹划着他的隆重的书画展,问我时间,某个周六行不行?我一算,这个周六正在开一个漫长的会议,我说不行。那就定下一个周六,我又算了一下,下一个周六应该散会了。于是那一次的陶文瑜书画作品展就定的那一个周六了。

结果,我闯祸了。我没有料到这一次会议比往年多了两天,到周六没有散会,我心中还偷偷希望,希望他激动于书画大展,把我忘了。哪能呢,电话已经到了,我赶紧"哎呀"了一声,憋出十分讨好的声音对他说,今年会期长,会还没散呢。可是已经来不及了,他的声音顿时僵掉了,冷冰冰地说,那就这样吧。电话就断了。

我这人,做了坏事不自知,所以我并没有以为他生气了,当他在朋友圈里显摆书画展成果的时候,我肯定是要上前凑热闹的,结果没有受到搭理,碰了个冷脸。然后我又私信他,再表祝贺,他礼节性地回复了恐怕是他和我的无数通信中最简短最干巴巴的,也是从来没有用过的两个字:谢谢!

再麻木如我,终于知道他生气了。有好长时间不理我了。万一在什么场面躲避不开,碰到了,他那脸就涨红了,真是十分的尴尬,十分的好玩。我在心里偷偷地笑。

没事没事,不会长的,但是我得先讨好他一下,这一点我完全做得到,分分钟都做得到,因为我的生活和生命中不能没有文瑜的存在。

于是我们又和好如初了。继续我们的日常的不算太多的电来电去,信来信去,偶尔呼朋唤友去吃个饭,偶尔乡间去采个风,跟他掼蛋的时候,把我气得喷血,他一边学,一边就把我们打个三比零。因为实在奈何不了他,我就称他为"阿爹上身",因为他说过,他的爷爷,是喜欢赌的。

有文瑜的日子,我的心一直是踏实的,虽然我母亲走得早,我父亲也在十年前离开了我们,但是我的心不空,我的心是完整完美的。

来日方长。

人到了一定的年龄,就会想到"老",就知道要老去了。但我不怕。我不怕老,不怕老了无聊,不怕老了寂寞,因为有文瑜在。我们可以到《苏州杂志》的院子里或者其他的任何地方,坐坐,喝茶,三两好友,像从前的许多日子一样,下雨的话,我们坐在走廊里,看雨,谈风花雪月,谈家长里短,或者谈小说诗歌,或者东拉西扯,老不正经,这都是我为自己以后的日子所作的想象。

文瑜在我心中,就是这样的一个人,一个世界上我最依恋的人,他像我们的父母一样爱着我们,给我们温暖。12月4日,小海对我说,昨夜我仿佛成了孤儿。

是的小海,我也成了孤儿,好多人都成了孤儿。

没有来日了。

文瑜和我哥小天是挚友,他俩情深嘴凶,斗嘴是他们交往中的常事、乐事、不可缺少之事，经常斗得不可开交，胡言乱语，互相讨便宜。我父亲还在的时候，有一次他们竟然让我父亲做评判，好我个父亲，不假思索，就指着文瑜说，你，是他（小天）的精神父亲。

小天一跳八丈高，大喊，我才是他的精神父亲。

哥啊，你若不要这个精神父亲，我要。

哥哥啊，你知道，我知道，你我兄妹，今生能与文瑜相遇，是多么的幸运和开心，让我们寡淡的人生，变得那么有意思有意义。

只是如今，留下的只有悲痛和空。意思在哪里、意义在哪里啊？

从前有一次文瑜突发奇想，跟我父亲说，我这辈子没有大哥，我认你做大哥吧。我父亲即刻回答，不，还是我认你做大哥吧。一个老顽童，一个小顽童，就这样让欢声笑语不断地在我家回荡。

已经记不太清文瑜和小天最早是怎么结识的，牢牢记得的是，我在自己的房间，埋头写作，两耳不闻窗外事，他们在另一个房间下棋，忽然之间，就听得"哗啦"一声巨响，两人中的不知是谁，愤怒地掀翻了棋盘，摔门而去。

不要紧，不要紧，过不了一天，甚至过不了半天，一两个小时以后，他们又在一起下棋斗嘴了。

几十年来，文瑜就是这样，把他的所有的好，善良，天真，厚道，智慧，幽默，才华，温暖，体贴，一切的好，带到了我的家。渐渐地，让我们越来越离不开他。

就在昨天，我知道了最后的晚餐是在12月7日的晚上，是文瑜自己给自己安排的最后的晚餐，我的心顿时纠痛起来，有一个早就定好的活动，我需要在7日下午出发，可是7日的晚上，我不能缺席。

我碰到难题了，那一瞬间，我忽然想应该打个电话问问文瑜，然后，猛然惊醒。

一直就是这样的，有什么大难题小问题，打个电话问问文瑜，已经成为我的习惯。虽然我不一定会听他的建议，因为他经常会有很馊的主意，但是我习惯了依赖他，依靠他。

可是文瑜生病了。

文瑜早就生病了，十年来，他每周要做三次透析，每次四到五个小时，其中的辛苦难受，只有他自己体会。我能够做到的，就是在每周的周一周三周五的下午和晚上，再大的事情也不打扰他，并且告诉所有能够告诉的人，请他们也不要在那个时候打扰他，其他，还能为他做什么呢？有时候他自己反倒坚挺，做完透析还给我打电话，我说，你嗓子哑了，今天不说，休息，明天再说。

现在文瑜又生病了。生了更重的病。他，要走了。

在查出病症的前一阵，但凡有人到杂志社去办什么事，他几乎见人就说，你到《苏州杂志》来工作吧，你到《苏州杂志》来工作吧，他这是要干什么？年初的时候他就跟张黎说，想年底出本诗集，如果我不在了，就给你写个出版遗嘱。

文瑜啊文瑜，难道冥冥之中，你已经得到什么暗示？你只是不肯告诉我们，你只是不想让我们为你难过。

文瑜，你一定看得见，朋友圈里，都在读你的诗，都在说你这个人。是的，你很牛，你太牛了，正如你自己在生命最后的日子里跟我们开玩笑说，你和江姐差不多，明知来日无多，还在一针一线绣红旗。文瑜啊，听你在电话里这么说，你让我怎么回答你啊。我只能强行地笑出一声，说，你就好好绣红旗吧。文瑜开心地笑了。

文瑜，我真的没有想到，你有如此之大的勇气，死亡也不能夺走你的高贵，你就这样昂首挺胸地走了过去，你也害怕，你也恐惧，但是你的高贵，战胜了它们。

文瑜，真的真的没有想到，我一生的挚友，调皮的文瑜，竟然如此英勇。

但是，但是，但是，如果能够重新来过，我宁可你孬一点儿，不要你那么高贵，不要你那么高傲，不要你做英雄，只要你活着。

但是你不会听我的，你就是你，你还是你，你在生命的最后一刻，仍然在关心着他人。

11月29日上午，文瑜还主动为了我的家事，给我发了截屏，说，你自联吧（你自己联系吧），我不行了。他真的不行了，多两个字也写不动了。

同一天，他给小天发信，希望小天"和自己及亲人互相温暖"，小天说，他在离开世界之前，却是牵挂我。

治疗用药，快速地损害了他的身体，用药的第二个月，他已经难以承受药的打击了，只要哪天一停药，他的精神头又起来了，他又要绣红旗了。他打电话给我说，医生吩咐每天都要吃，但是他想吃吃停停了。我怎么办啊，我怎么回答啊，我既怕他离去，又怕他痛苦，我跟他讨价还价，我说，你根据自己的情况，要不，吃五天，停两天？他说不，我吃四天停三天。

11月28日，他给我打电话，说，这一次真的不行了。他已经无力行走，无力起床，甚至一点也不能动弹了，病魔残忍凶恶地将他"抽丝剥茧"。再次入院后，仍然每隔一天要送到透析室做透析，需要几个人把他抬上担架床，到了透析室，如果各项检查达不到指标，不能做透析，再推回来。

如此折磨。他迅速果断，决定放弃治疗。11月29日那个周五，他不再做透析。

他是很清楚的，以他的身体状况，只要停一次透析，就会出现什么情况，但是他已经决定坦然地接受。

可是文瑜，我们不知道呀，我甚至不太知道他的"放弃治疗"是什么意思，我一直以为是停止使用靶向药。即便如此，我们都觉得，还会有一段时间的。

可是已经没有时间了。

11月29日下午我去了并不算太遥远却感觉无比遥远的驻马店，30日晚上急赶回来，没有音讯，我有不好的预感，因为时间太晚了，我没敢给周曼珍发信。

第二天起来我赶紧问曼珍情况怎样，曼珍说，今天早上有点迷糊，现在好一些了。

12月2日上午，我正准备去医院，手机来电了，一看是陶理的电话，我心里"咯噔"了一下，赶紧说，陶理啊？那边却是文瑜的声音，他用儿子陶理的手机，给我打了他生命中的最后一个电话，他用非常微弱的声音说，你今天空吗？（我真不是人啊，我有那么忙吗？）我说，我这几天都在，过一会儿我就来看你。他说他不行了，又说了说出书的事情。然后他让我看微信，用他自己的手机，给我发了他生命中的最后一条微信，那是一个截屏，是11月30日晚，他发给曹后灵市长的："我已放弃治疗，就这两天了，麻烦你关照院方认真做好我的临终关怀。谢谢。朋友一场，就此别过。"

我看了这个信，立刻回电过去，他抢先就说，你看到了？我说看到了，我马上过来看你——电话忽然就中断了,我等了半天,一直没有声音。我的撕心裂肺的文瑜啊!

过了几分钟,陶理打电话给我,说爸爸电话打到一半,昏迷过去了。

我立刻赶到医院,在病房门口看到里边有很多人,我稍稍站立了一会儿没有进去,文瑜的妹妹看到我了,赶紧出来喊我,说,现在还有点清醒,你快进来看看。

我进去,拉住他的手,他有感觉的。人已经不行了,还能说话,他说,要随时喊医生,不要让我痛苦。我告诉他,你安心,医生都在这里。

这是他说的最后的一句话。

片刻之间他又昏迷了,这是12月2日上午,他第三次昏迷。他是在昏迷中醒来的那一点点时间里,给我打了最后的电话。

我哭了。我哭得无法停止。

一直到现在,仍然无法停止。

他没有再醒过来。

我守到傍晚,回家后一夜心神不宁。12月3日,起来先问陶理,情况怎样,陶理说情况还是那样,昏迷,上午我急着赶一篇稿子(该死的稿子),匆匆吃过饭急急忙忙赶到医院。

他的呼吸已经很微弱,生命即将耗尽,我默默地坐在他的床前,过了一会儿,忽然听到他重重地呼吸了一声,我顿时心生奇想,会不会有奇迹发生了,这么想着,我看了一眼监护器,就是那一瞬间,心跳停止了。

时间永远停留在2019年12月3日下午3时53分。

荆歌说:失去了才知道他的重要,我们永远没有他了。没有人再会对我们这么好。

小海说:今夜我仿佛成了孤儿。

费振钟说,文瑜去世是今年最大痛事。

北北说,这个人死出骨气和诗意了。

有多少人在为文瑜流泪,无眠,叹息,包括无数的并不认得他的人。

小菲说:我好喜欢他,字里行间都是亲切,体贴,安慰,温馨。

杜怀超说:虽无缘谋面,可哀恸,沿着这些柔软而透明的文字之岸,潮来。

可是我只有一个字：哭。

哭文瑜。

哭永远没有了的文瑜，因为下辈子是不会再见的。

我一直在想，文瑜你回来吧，你回来，绘声绘色地给我们讲你和死神搏斗的经历。

文瑜不会回来了。

大家说他的诗好，他却一直想出一本小说集，11月26日，他去世前一周，把十六篇小说发给了我，说，"没写好，不入法眼的，你全权做主，不行就不出了"。

文瑜，一定会出的，只要是你的心愿，我一定做到的。

"面对任何人，他是一律如常地插科打诨，消解富贵者的那份妄自尊大、道貌岸然，消解贫困者的那份窘迫局促、手足无措。"（小海语）

那些不良的世风，在文瑜的至情至性面前，是那么的猥琐不堪。

"这诗不是写出来的，而是活出来的。你没有活到他的纯净和透彻，你没有活到他的这份赤子深情，你没有活出他对生死大事的举重若轻，哪里可以写出这等好诗来呢?!"（小海语）

那些装模作样的文字，在文瑜的诗文面前，又是多么的无趣无聊。

文瑜，虽然你不会回来了，但是你始终没有离开，你一直就在，你永远都在。在我们这里。

文瑜活着的时候，我没有喊过他文瑜，要么是喊陶文瑜，要么是跟着别人喊陶老师、陶主编，要么是跟着我儿子喊他师傅。

我希望，他能看见我写的字，如果写得不如他意，他还会跟我生气，不理我，他如此的热爱生活，热爱生命，他是舍不得离去的，但是他无惧无畏地面对了。

文瑜平日私信聊天，或者发朋友圈，不怎么多用表情，几乎从来不用拥抱的表情，但是在最后的日子里，他用了很多拥抱的表情。他想抱住世界，抱住大家，直到他抱不住了。

文瑜，我还想看到你貌似骄傲其实厚道的笑脸，我还想听到你得意扬扬却又有点害羞地对我说，我阿牛？

对不起，我不能再写下去了。我很凌乱，我语无伦次，我很痛，我撑不住了。

文瑜，我以后还会写，再写，再写，一直写。因为我还有太多太多的话要和你说，我还有太多太多的事情想跟你聊，我还有太多太多的心思要向你倾诉。

附：陶文瑜诗一首

我要将身边的你
打发到很远的地方
并且
忘了你的地址

我要将所有的积蓄
换成一张车票
不久以后
所有城市
每一个路口
都有我张贴的
寻人启事
我要用余下的
全部生命
来寻找你

这时候思念
是我的唯一行李

我要在风烛残年
喊着你的名字
倒在异乡的小旅店里

（原载《苏州杂志》2019年第6期）

贺州见闻·蛙事

◎贾平凹

贺州见闻

一

从桂林往贺州去，一路都是山。这山很奇怪，有断无续，散乱着全是些锥形，高倒不高，人却绝对上不去。山还能长成这样？想着是上天把一张耙翻过来的吧，满是耙齿。

据说这里曾经是山与海争斗之地，厮杀得乌烟瘴气，至今人们还习惯多吃姜蒜，而现在作为特产的黄蜡石，可能也是那时凝固的血。后来，海要淹没山的时候，海气竭而死，山也只残存了峰头。

高速路就在这样的山中穿行，偶尔到一处了，山突然就躲闪开来，阔地上便有了楼房屋舍，少的就是村镇，多的则为县城了。而躲开的山远远蹲着，好像是栽了桩要围篱笆，也好像是狗在守护。

我还纠结着那场山与海的战争：多大的海呀就死了，水原来也是一粒一粒的，水死成了沙子?!

二

贺州有许多古镇，我去了黄姚。黄姚是在一个山湾里，河流又在镇子中。水在曲处有桥，桥头桥尾有树。桥都很质朴，巨型的石板相互以石榫接连了平卧在水面，树枝却向四面八方的空中张扬，且从根到梢挂满了菟丝女萝，在风里似乎还要飞起来。桥前树后都是人家，街巷便高低错落，弯转迂回，从任何一处进去也能游遍全镇，而走错一个岔口了，却是半天不得回来。

街巷里货栈店铺很多，门面都有小造型，或挂了幌旗，或吊上灯笼，布置了真花和假花，甚至一根麻绳拴了硬纸片儿就在门环上："只做你爱吃的味道"，"女人不可百日无糖"，"老地方今夜有梦"，"我有酒，你有故事吗？"老板或许是文艺青年，招揽着小情小调的顾客，觉得有些花哨和轻浮，想想这也是时代风尚，便浅浅地笑了。

但那挑着担子叫卖的油茶、用竹签扎着吃的菜酿，以及小摊上的山稔子、黄荆子、野百合、五指毛桃，使你知道了这里的特产和特色。更有街巷里的黑石路，千人万人走过了，已经漆明油亮，傍晚时闪动着辉，它是一直在明示着镇子数百年的历史。

我在那里故意滑了一跤，用手去抚摸像皮肤一样细腻的路面，我知道，路面也同时复印了我的身影。

三

在乡下人家院里，见墙边放着数个带孔的陶罐，陶罐里养着蛙，问其缘故，回答是：防贼的。先是不解，蓦地明白，拍手叫好。一般防贼都是养狗，狗多是在打盹，要是有贼，它就扑着叫，而蛙平常爱说话，贼一来，却噤声了。世上好多不祥事，总有人抗议，也总有人沉默，沉默或许更预警。

四

走潇贺古道，顺脚进了一个村子。村东头是座戏台，台柱上贴了张青龙神位的纸条，摆着个香炉，村西头有间屋楼，楼檐上贴了张白虎神位的纸条，也摆着个香炉。在村巷中转悠，怪石前有香炉，古树下有香炉，碾子、酒坊、石井、磨棚都有香炉。到一户人家里，上房、厢房、厦屋、后院到处敬的是菩萨、天师、财神、灶王，还有祖宗牌位，还有关公钟馗的画像，甚至那门上钉着个竹筒，里边插了香，在敬门神。我们一行人正感叹：诸神充满！就见一个老者走过来，面如重枣，白胡垂胸，但个头矮小，肚腹硕大，短短的两条胳膊架着前后晃动。我说：咦，这像不像土地爷？同行的人看了，都说像。

五

贺州人长寿，眼见过几十位都是百岁以上，考察他们的养生秘诀，好像并没有什么，只是说早晚喝油茶，顿顿有菜酿。

这油茶不是那种茶树籽榨出的油，也不是用炒面做成的茶羹。而是把老姜和大蒜切成碎末和茶叶搅和一起在鏊子里炒，炒出了香，就用小木槌捣砸，然后起火烧锅，还要捣砸，边添水边捣砸，不停地捣砸，直到汤汁煮沸，捞去渣滓，油茶就做好了。菜酿的酿原本是一种面皮包馅的蒸煎烹煮，但这里不产面粉，就豆腐、辣角、冬瓜、鸡皮、桃子、香蕉、猪肠、萝卜、兔耳、瓜花、茄子、豆芽、韭菜，没有啥不可包上肉馅、菇馅、花生馅来酿了。

我是喝第一口油茶时，觉得味怪怪的，喝过一碗，满口生香，浑身出汗，竟然上了瘾，在贺州的那些日子，早晚要喝两碗。菜酿也十分对胃口，吃饱了还再吃几个，每顿都鼓腹而歌。我说我回西安了也试着做油茶菜酿呀，陪我们的朋友说那不行的，这里曾经有人去了外地开专卖店，但都因味道变了失败而归。这或许是有这里气候的原因、水的原因、所产的食材的原因，或许也是天意吧，只肯让贺州人独受。

那么，我说，要长寿就只能以后多来贺州了。

蛙　事

世上万物都分阴阳，蛙就属于阴，它来自水里。先是在小河或池塘中，那浮着的一片黏糊糊的东西内有了些黑点；黑点长大了，生出个尾巴，便跟着鱼游。它以为它也是鱼，游着游着，有一天把尾巴游掉了，从水里爬上岸来。

有两种动物对自己的出身疑惑不已，一种是蝴蝶，本是在地上爬的，怎么竟飞到空中？一种是蛙，为什么可以在湖河里又可以在陆地上？蝴蝶不吭声的，一生都在寻访着哪一朵花是它的前世，而蛙只是惊叫：哇？哇！哇?！它的叫声就成了它的名字。

蛙是人从来没有豢养过却与人不即不离的动物，它和燕子一样古老。但燕子是报春的，在人家门楣上和尾梁上处之超然，蛙永远在水畔和田野，关注着吃，吃成了大肚子，再就是繁殖。

蛙的眼睛间距很宽，似乎有的还长在前额，有的就长在了额的两侧，大而圆，不闭合。它刚出生时的惊叹，后来可能是悟到了湖河或陆地的许多秽事与不祥，惊叹遂为质问，进而抒发，便日夜哇声不歇。愈是质问，愈是抒发，生出了怒气和志气，脖子下就有了大的气囊。春秋时越王勾践为吴所败，被释放的路上，见一蛙，下车恭拜，说："彼亦有气者？！"立下雪耻志向，修德治兵，最终成了春秋五霸之一。

谐音是中国民间的一种独特思维，把蝙蝠能联系到福，把有鱼能联系到有余，甚至在那么多的刺绣、剪纸、石刻、绘图上，女娲的造像就是只蛙。我的名字里有个凹字，我也谐音呀，就喜欢蛙，于是家里收藏了各种各样的石蛙、木蛙、陶蛙、玉蛙和瓷蛙。在收藏越来越多的时候，我发觉我的胳膊腿细起来，肚腹日渐硕大。我戏谑自己也成了一只蛙了，一只会写作的蛙。

或许蛙的叫声是多了些，这叫声使有些人听着舒坦，也让有些人听了胆寒。毛泽东写过蛙诗："独坐池塘如虎踞，树荫底下养精神。春来我不先开口，哪个虫儿敢作声。"但蛙也有不叫的时候，它若不叫，这个世界才是空旷和恐惧。我在广西的乡下见过用蛙防贼的事，是把蛙盛在带孔的土罐里，置于院子四角，夜里在蛙鸣中主人安睡，而突然没了叫声，主人赶紧出来查看，果然有贼已潜入院。

虽然有青蛙王子的童话，但更有"癞蛤蟆想吃天鹅肉"的笑话，蛙确实样子丑陋，暴睛阔嘴，且短胳膊短腿的，走路还是跳着，一跳一乍远，一跳一乍远。但我终于读到一本古书，上面写着蟾蜍、癞蛤蟆都是蛙的别名，还写着嫦娥的名字原来叫恒我，说："昔者，恒我窃毋死之药于西王母，服之以奔月。将往，而枚占于有黄。有黄占之曰：'吉，翩翩归妹，独将西行。逢天晦芒，毋惊毋恐，后且大昌。'恒我遂托身于月，是为蟾蜍。"

啊哈，蛙是由美人变的，它是长生，它是黑夜中的月亮。

（原载《人民文学》2020年第5期）

公 园 记

◎ 彭　程

来到北京后,到过的第一个公园是紫竹院公园。

那是四十年前,1980年的9月上旬,入学后的第一个周末。从学校门口乘坐332路公交车,在白石桥站下车,走几步就到了公园的门口。同学们站成一圈,听班上的团支部书记介绍这次活动的具体安排。

这是第一次校园外的班级活动。

初秋时分,正是北京最好的季节,暑热已经稍稍减退,蓝天白云,阳光明亮,树叶熠熠闪光,清新得像被水洗过。今天时常袭扰京城的雾霾,那时还没有踪影。

团支书是一位北京女同学,端庄大方,一口好听的普通话,微笑着提示大家游园的注意事项,一点也没有我刚刚告别的家乡中学里的女同学们那种扭捏羞涩的样子,让我有一种新鲜的感觉。

类似的感受,其实这几天中已经反复出现过了。当时入学刚刚一周,除了住在同一宿舍的,大多数同学相互之间还叫不出名字。一帮十七八岁的少男少女,来自全国各地,在一个陌生的环境里开始了自己的新生活,看什么都新奇,兴奋活跃,还有几分懵懂。

这次班级活动也是如此。一进公园门就是大片的竹林,茂盛浓密,我还是头一次见到这种植物。往公园深处走去,小路曲折纵横,经过树林和小丘,长廊和亭台,眼前是一大片辽阔清澈的水面,微微泛着波浪,水岸边荷花绽放,远处湖面上小船摇晃……这些景观,是当时刚刚从小县城里走出来的我从来没有见过的。半天转下来,眼花缭乱,没有记住一处具体景点的名字,一路看到的那些风景画面,相互叠加起来,铺展开来,在脑海里交织成一大片跳荡的色彩,形成了一个鲜艳葱茏而又缤纷繁复的印象,让我眩晕。不久后,我有机会观看法国印象派画家的作品时,产生的也正是这样一种感受。

这种微醉般的情绪,还有另外一个更重要的来由。

在那时，一个人考取最高学府的荣耀感，今天难以想象。当时还是计划经济时代，高考几乎是青年学子拥有美好前景的仅有的可靠途径，因此竞争远比今天激烈。那些有幸考上的，都会被视作天之骄子。戴着白地红字的校徽，走在街上，迎面投来的都是极为羡慕的眼光。得意也好，虚荣心也好，对于当时还不满十七周岁的我来讲，这无疑是一种极大的满足。相信不少同学也和我一样，尽管努力装得若无其事，但时时会意识到左胸上方衣襟上那个长方形小铜牌的存在。

因此，今天回想起来，对于1980年秋天的我来说，来到京城后第一次走进的这个公园，就仿佛是他彼时生命的一个隐喻，存放了快乐和满足、梦幻与向往等等，虽然那时自己还不能意识到。一个小地方的懵懂少年，因为幸运，一脚迈进了首都，进入了一种全新的生活，这种生活的魅力就像早晨天上的霞光一样闪耀。在这个秋天，他的生命刚刚绽放自己的春天。

那个年龄，正是最容易将可能性和事实混淆的年龄。我不知道也不曾想过，将来的生活会怎样展开，会是什么样的面貌，却深信一切都会十分美好，就像此刻映入眼帘中的风景，阳光明亮，绿意葱茏，碧波荡漾。这种信念甚至不是一种意识，而只是一团感觉。

我当然更不会想到，将近四十年后，我会频繁地走向它，在它的林间和水畔徘徊，被它的气息环绕裹挟。它将成为我的人生后半场的一个主要的陪伴者和见证者。

想象从这个地方拉出一条线，向东南方向延伸，穿过众多的街衢巷弄，止歇于陶然亭公园。它是第二个给我深刻记忆的京城公园。

这段距离其实并不算长，十公里出头。但我的脚步到达那里时，已经是四年之后了。

毕业参加工作，单位的大楼是一座建于20世纪50年代的苏联风格的建筑，与对面的前门饭店、斜对面的工人俱乐部、东边的友谊医院（最早名为中苏友谊医院），成为一组风格相近的建筑群，在以平房为主的平民集聚区的南城，是一个特异的存在。站在报社六层的楼顶上，俯瞰远近广大区域内一片连绵的平房屋脊，喧嚣的市声仿佛尘土一样飘浮上来。

单位距公园不远，15路公交车坐两站就到它的正门东门，但我更喜欢步行。更多的时候是穿过纵横交织的小胡同，从它的北门走进公园。这个过程持续了将近五年，一直到成家搬离集体宿舍。算起来，它应该是我去过次数最多的公园。那几年主要上夜班，晚上九点多钟开始工作，第二天凌晨一两点钟下班，白天有大量的时间可以自己支配。这种日子隐约有着某种虚幻的特质，连我自己有时都能感觉到，仿佛飘浮在这个城市的上空，与周遭的生活若即若离。

这样的状态，正适合在公园里置放和展开。

清代康熙年间，这里是南城外的郊野荒凉之处，一位朝廷官员在建于元代的慈悲庵旁，修建了一座亭子，命名为陶然亭，源自白居易的一联诗句："更待菊黄家酿熟，共君一醉一陶然。"此后便成为文人墨客聚会之所，因而各种诗文题咏留下了很多，我曾经有意识地搜集过一些，记在小本子上。像这一副楹联："烟藏古寺无人到，榻倚深堂有月来"，是光绪皇帝的老师翁同龢书写的，题写在陶然亭正面的抱柱上。还有几位不记得名字的诗人的和韵诗里的句子，如"萧萧芦荻四荒汀，寂寂城阙一古亭""斜日西风浅水汀，芦花如雪媚孤亭"，等等，很能渲染出一种孤寒荒僻的氛围。

到了民国时代，这里依然是外地来京文人们的必游之地。在俞平伯的名篇《陶然亭的雪》中，它还是那么荒凉，旷野之上，到处是累累的荒冢，被茫茫落雪覆盖。而郁达夫在《故都的秋》中，谈到"陶然亭的芦花"时，是与"钓鱼台的柳影""西山的虫唱""玉泉的夜月""潭柘寺的钟声"相并称的。

当然这都是过去的事情了。今天这里已经是热闹异常，晨昏时分，许多周边居民来此运动健身。公园中亭子众多，山丘上，湖水边，走不多远就会遇到一座。记得当时一处名为"华夏名亭园"的园中园刚建成不久，汇聚了全国各地的历史名亭，完全按照相同的样式和大小建造，有兰亭、沧浪亭、醉翁亭、独醒亭、浸月亭，等等。在它们之间行走，我时常会感觉到自己遁入了时间的深处。

与那些亭子上的楹联所透露的萧瑟气息相比，镌刻在20世纪30年代的年轻革命家高君宇墓碑上的文字，则完全是另一种精神气质。墓地位于将湖面分隔为东西两部分的湖心岛上，锦秋墩北麓的小松林旁侧。"我是宝剑，我是火花，我愿生如闪电之耀亮，我愿死如彗星之迅忽。"这一首他剖白心志的短诗，被石评梅刻在墓碑上，同时也刻上了自己的心声："君宇！我无力挽住迅忽如彗星之生命，我只有把剩下的泪流到你坟头，直到我不能来看你的时候。"因为悲伤过度，她不久后也撒手人寰，被安葬在高君宇墓旁。这一对恋人生前未能合卺，身后始得并葬。两座方锥形的大理石墓碑，紧紧相邻，仿佛两条伸出的手臂，向苍天指认他们的爱情。这样纯粹的、贯穿生死的爱，正适合那个年龄对于爱情的理解，又因为每次去岛上都要从墓地旁走过，因而对这个地方的印象也最为深刻。

但对于我来说，最真切的撞击来自那些刻在墓碑上的语句，它们激烈而悲壮，仿佛具有超越死亡的力量。某个时候我想到，他们的事迹固然可以镌刻于青史，但倘若不曾留下这样的文字，很难想象会有现在这样感人至深的效果。与这一理解同步，让自己的生涯与文字建立起关联，是那个时候开始逐渐明晰起来的信念。

我记得很清楚，那一年的春末夏初，坐在西湖北岸、澄怀亭东侧的一条长椅上，头上是一棵枝条披拂摇曳的垂柳，我读完了当时出版的沈从文的全部作品。眼前湖水潋滟的波光，让我的思绪飘向湘西，飘向那一条流入洞庭湖的、"美得让人心痛"的千里沅江。那么多残酷而美丽的故事，发生在这条河流的水边和船上。正是从这里，少年行伍的作者开始用自己的眼睛观察和体味这个世界，阅读"人生"这部大书。

那个年龄有着不知餍足的好胃口，域外同样也进入了我的阅读视野。印象最深刻的是两位俄罗斯作家的作品，帕乌斯托夫斯基的《金蔷薇》，还有蒲宁的《阿尔谢尼耶夫的一生》。这两部作品鲜明的感性风格启发了我，一向混沌粗糙的感受仿佛骤然间被磨亮了。在两个漫长的夏季，我仔细观察大自然的种种表现，涉及光和色、声音和气味，感官能够触碰到的方方面面，并记在一个本子上，期望将来某一天以此为素材，写出一本书。"夏天的美丽"——我甚至连书名都想好了。

那时社会上已经开始了向市场经济的转型，周围一些机灵活泛的同事和朋友，开始议论下海之事，甚至有所行动。但一种自我封闭同时也是不切实际的秉性，却让我对这些视而不见，而沉湎于某些看起来虚无缥缈的事物，自得其乐。对于这样的气质，在种种可能的诱引中，文学显然极具优势。

来去公园的路上，经常会从中央芭蕾舞团的门口走过。这一间高雅艺术的最高殿堂，却是一座毫无艺术色彩的老旧楼房，矗立于一片杂乱的平房屋顶之上，让人不免有一种错位感。那些挺拔美丽的姑娘走过时，像一道阳光，瞬间照亮了逼仄黯淡的小巷，梦幻一般。在我那时的感知中，文学与生活的关系，就仿佛她们和这片街巷的关系一样。

玉渊潭有比陶然亭更为开阔的水面。

第一次来这里，是参加工作后不久。大学同宿舍的一位要好的同学，按照当时的政策，被派遣参加单位讲师团赴山西吕梁一年。临行前相约来到这里，租了一条小船划向湖面深处，一边吃着面包、火腿肠，喝着北冰洋汽水，一边交流工作以来的感受，勾勒未来的打算，一些今天看来充满理想主义色彩的梦想。事先向单位同事借了一台相机，拍照留念，照片上的自己清瘦黝黑，一头乱发，胡茬好几天没有刮了。

再次来到这里，已经是几年后了。那时已经成家，住在西城区百万庄，妻子家提供的一间房子里。每天的生活轨迹，变为在城区西北与东南之间的往返。百万庄离玉渊潭公园不远，婚后头两年，没有拖累，时间充裕，因此每到周末，经常两个人结伴骑车来这里。

游泳是最主要的目的。这里水面阔大，没有障碍，吸引了众多野泳爱好者，一年四季都有他们的身影。和陶然亭公园一样，这里的湖面也被分作东西两部分。我通常是在东湖的北侧码头一带下水，每次游上大半个小时。有几次独自游到靠近湖中间的位置，平躺在水面上，肚皮被水草轻柔地摩挲着，十分惬意。四顾茫茫，空旷无际，感觉身体与水和天融为了一体，整个城市似乎都变得遥远虚幻。也曾经到什刹海游过泳，但在那里显然没有这种感觉。坐在岸边石头上等待的妻子担心了，站起身来摇晃手臂，要我游回去，身影望上去缩小了许多倍。

后来有了女儿，再来这里时更多是带她玩耍，与水有关的活动也改为坐鸭子船了。去得最多的地方，是东湖南侧码头后面的坡地，那里有一个儿童游乐场。年龄相仿的年轻爸爸妈妈，领着孩子爬滑梯、骑木马、荡秋千，表情中混合了开心骄傲和担心牵挂。

在这里我遇到了一位大学同学，另外一个系的，但有几门大课是一同上。一次坐在一起，交谈中得知彼此籍贯相邻，属同一地区，在那个渴望乡情慰藉的年龄，倍感亲近，此后多次去对方宿舍聊天。毕业后头两年还时常通个电话，后来联系就少了。上一次见面，还是几年前在琉璃厂秋季古籍书市上，记得各自都抱着一摞民国版万有文库丛书的散册，有些已经卷曲缺损，发散出一股霉味。这个细节之所以记得清楚，还因为这正是他的专业范围，当时围绕这套丛书他说了很多，神情陶醉。如今在这个场合见面，当然是出乎意料，互相问问工作和生活情况，相约多联系，但此后再无消息。又是近三十年过去了，不知他近况如何？

我们彼此成为对方人生中的过客。青年时期的那一抹记忆，很快被新的经历覆盖，如此层层叠叠，几十年时光呼啸而过。曾经鲜明的画面渐渐模糊漶漫，甚至踪影全无。生命旅途中遭逢的绝大多数的人和事，其实都是如此。

这个地方又被经常称为八一湖。据说周边部队机关较多，20世纪60年代清理湖中淤泥，他们贡献巨大，使环境大为改善。当时受最高领袖畅游长江影响，部队经常在公园中最南边的那个湖上进行游泳训练，它因此被命名为八一湖。曾经读到过一本部队大院子弟们写的回忆文章的结集，好几个人都写到小时候在这里游泳、打群架、摸鱼捉虾的往事，如今他们中最小的也已经步入花甲之年了。他们隔了多年后走进公园，觉得既熟悉又陌生。时光缓慢而不动声色地改变了许多，这里添加一点，那里抹去一点。

从西三环路上的公园西门到西湖北岸，有一大片樱花园。20世纪70年代初，中日关系解冻，当时访华的日本首相田中角荣，向周恩来总理赠送了上千株樱花，其中不少就种植于此地。其后数十年间又陆续引进了二十多个品种，树木多达几千株，成为公园的特色和亮点。每年的三月底四月初，在春天明亮的阳光下，盛开的樱花闪耀着梦幻一般的光彩，如同晴雪浮云，轻盈而灿烂。树下是蜂拥而至的游客，摩肩接踵。

樱花绚丽，但花期短暂，旬日之间即告凋零。一个有心人望着樱花飘坠，也许会想到这些：乐极生悲；热闹的事物难以持久；美的极致总是临近了毁灭；最炽热的爱让人窥见死亡的面容……天道与世情、物理和人心，原本相通相证。当然，赏花的人们大多数不会这样想，他们正忙着摆出各种拍照的姿态，表情夸张，笑声连连。天气已经有点热了，额头上很快就沁出了一些微汗。

这一座公园也是有历史的。它始建于辽金时代，是金中都城西北郊的游览胜地。《明一统志》这样记载："玉渊潭在府西，柳堤环抱，景气萧爽，沙禽水鸟多翔集其间，为游赏佳丽之所。"数百年间，一代代的游客走过，然后消失。那么，如果依照博尔赫斯的观念，眼前这热闹非凡的景象，从本质上讲，也不过是同一幕场景的无数次再现之一，而今后这一过程也还将继续重复下去，无尽无休。

20世纪90年代中期之后，从公园中的任何地方向西面望去，都可以看到西三环旁边高耸的中央电视塔。它是整个西部城区的地标，也是当时北京城最高的建筑，有着一种慑人的气度。清朗的日子，它投进湖水中的倒影，它后面更远处西山山脉灰黛色的影子，都在印证着这座城市雍容端庄的气质。

又过了十几年，北京地铁9号线开通，有一段就从东湖中间位置的地下穿过。单独地看，樱花、电视塔和地铁，这些数十年间次第出现的事物，当然都新奇而富于魅惑。但如果把它们放置在广漠的时间背景上看，对于这座自辽金时代就蹲伏于此的园林来说，这些变化，也无非是加在一大幅画面上的一道线条，一笔晕染。

不算不知道，又有好几年没有走进这座公园了，虽然每天上下班都要驾车经过西三环，望得到通往八一湖的昆玉河的粼粼波光。我还可能再回到东湖游泳吗？

这好像不是问题，只要我愿意。也没有听说过那里近来严格禁游。但肯定不会与二十多年前一样了。不仅仅是哲学意义上的"人不能两次踏入同一条河流"，更主要的是心境不同了。当年，我很佩服一拨六十岁上下的老人，每次去游泳时都能看到他们，言谈中有一种不服老的豪迈，而今天的我也很快就要是他们的年龄了。

我想象我可能遇到的情形。我仿佛看到，某一个年轻人，得意于自己充沛的体力，更为等待在前面的无限丰富的日子而隐隐激动。他用一种尊敬但略带怜悯的目光，看了正在做热身动作的我一会儿，然后转身跃入水中，向着湖心处游去。他的身体犁出了一道波浪。

十五年前，单位搬到了东北方向两公里外的地方，邻近著名的天坛公园，于是得以经常走进这座明清两朝皇家的园林。出单位门口，穿过马路，走上不到十分钟，就是公园的北门。

　　与前面几个公园相比，这座园林的功能决定了它的特殊气质和气势。进门后，沿着笔直的中线甬道向南边走，穿过或绕过北天门、皇乾殿、祈年殿、丹陛桥、成贞门、皇穹宇，一直走到圜丘坛。走过这段一千多米的漫长道路的时间，正是内心的敬畏感迅速产生和积聚的过程。这种效果，足以表明仪式的重要性。

　　祭祀皇天，祈祷五谷丰登，一代代专横暴戾的帝王只有在这里才稍稍显出些许谦卑虔诚。核心场所祈年殿、圜丘坛中的各种建筑，其数目都是九或九的倍数，象征着天的至大至高。世界上最大的祭天建筑群，世界文化遗产……这些桂冠不是轻易能够得到的。置身这样的地方，显然有助于获得对传统文化的具体而形象的认识。千百年来，与这座园林密切相关的许多知识和规制，其实是或显或隐地作用于每一位国人的生活的。

　　这些感慨更多是属于昨天的功课了。许多年前，曾经有几次独自或者陪同外地亲友来公园游览，为了不虚此行，仔细阅读过有关资料。但今天做了邻居朝夕相对，心情就变了，懒得再去思考它承载的意义，而更愿意将其当成一个日常生活的巨大容器。

　　天至高至大，祭天的场所自然也不能狭小。整个公园面积广阔，将近三百万平方米。被南北轴线贯穿的建筑群落两侧，是一望无际的草木区域，规模之大让人惊叹。这么多年中，我每次来公园，都是进门后不久就拐向右边，沿着围墙内的第一条小路，走向西北园区的树林和草地。随着脚步迈动，游人越来越少，景观越来越清幽。

　　不像其他公园中的植物，一看就是经过了人工规划，天坛公园的树木明显呈现出自然的样貌。它们连同其下的杂草，都按照各自的物性滋生蔓长，茂密或疏朗都是天然的姿态，让人不由得想到了在乡野的阡陌田垄间的所见。这并非是园林工人失职，而依然与承袭了历史文化传统有关，有意识地让其自然生长。历史上的祭祀大多在郊野中进行，故而有"郊祀"之说。

　　公园中有众多古柏树，树龄超过两百年的就有两千五百多棵，都挂着标牌，标注着各自的年份。而总的植物种类，据说超过三百种。在这里，我开始学习辨识一些草木，并有了不菲的收获，能够部分地读懂一本基础的植物分类学书籍。以树木为例，侧柏、圆柏、水杉、油松、银杏、粗榧、胡桃、枫杨……这些树种与这块土地一样古老，让我想到诗经里的吟诵。它们属于大自然，但是当转化为文化的符码后，也是其中最具美感的部分。

作为一名有些资历的养猫者，我的脚步总是被栖息在这片区域里的流浪猫拖住。这是一个数量庞大的群体，从品种到花色都称得上丰富。它们安心地享用着这一处皇家园林，不愁吃喝，总有游客给它们送来，更多的是住在附近的居民。它们大多都养得胖胖的，多了一种慵懒闲适，少了一份对人的提防。猫也和人一样，你会看到各种的模样和性格。

一年年过去，这些猫们已经换了多少拨。家猫可以活十几年，它们不能比，不过应该比别处无人喂食的流浪猫要好一些。时常会觉察到，某一只熟悉的猫某一天看不见了，此后就再无踪影。或许是去别处了，但也可能是死掉了。比较起来，植物界的夭亡最不引人注目。多少年来，这里的灌木、杂草连同它们的生长姿态，好像都是一个样子，没有丝毫变化，但实际上已经历过多少次的枯荣了。

其实，人间的消息也是如此，如果不是刻意关注，很可能觉察不到那个熟悉的舞台上，已经几度幕布暗换。单位工会一年会组织几次活动，大都是来公园竞走，距离不长，时间不限，只要走到终点，就会得到一件纪念品，譬如一件运动衫，一双旅游鞋，实际上是变相的福利发放。这种活动带有娱乐性，也是不同业务部门的人之间不多的交往场合之一。记得有两三次，我意识到某一个人好久不见了，一打听，原来调到别的单位去了，或者已经退休几年了。

离开那些正在舔毛或者打盹的猫们，往西走然后再向南折，就看见公园的西门了。出门右转，紧挨着的就是北京自然博物馆。陈列在里面的那些巨大的恐龙骨架和小巧的鸟类化石，动辄以数亿、数千万年为标记单位。面对它们，无形的时间骤然具有了沉甸甸的重量，意识也在一瞬间变得既尖锐又邈远。

不免又要胡思乱想了：按照这样的尺度，这座公园悠久的历史，也不过是时间长河中的一刹那罢了。越来越觉得，商周秦汉，这些望过去云雾缥缈的朝代，其实也并非十分遥远。就说商代，起始于纪元前1600年，距今3600年了。

如果按照常见的说法，以30年为一代，这段时间相当于人世的120代。以自己如今的年龄算，也不过是六十多度的递嬗轮回。这样的数字真的会让人惊诧吗？这种念头有些荒唐，也许还可笑，但却无端地让我感到受用。

因为史铁生的一篇《我与地坛》，地坛公园成为一处文学的胜地。但我每次读它时，脑海中却总是固执地浮现出天坛公园的画面。也许他描写的那个地方的整体格局，树木和草地，光线与气味，与这里有不少相似处。史铁生曾经设想有一位园神，与每天坐在轮椅上的他对话，开导他。我不妨也借用一下这个想象：如果此地的上方也有一位神灵的话，在它的视野里，在这片广阔的园林中或走动或歇憩的人们，该和一群群的蚂蚁差不多，倏忽来去，不留下丝毫的痕迹。

我通常在午后造访，寻找一种放松的感觉。结束了上半天的工作，来这里随意地走上大半个小时，在树荫下的长椅上坐坐，比窝在办公室里的椅子上打盹效果更好。阳光和煦，微风轻拂，树木投下淡淡的影子。这幅景象正适合映衬当下的中年心情：哀乐难侵，波澜不惊，很少再有大悲大喜的感觉。

如果哪一天提前到上午，我会在走出公园后，来到对面的街上，找一家饭馆解决午餐。与御膳饭庄、便宜坊烤鸭店等高档次饭店隔不多远，就是经营炸酱面、包子炒肝、卤煮火烧、白水羊头等民间小吃的馆子，无意中构成了这座皇城的一个隐喻：金碧辉煌的紫禁城周边，就是寻常百姓的穷街陋巷。贵胄和平民，当然差别巨大，但有时也就那么一点儿的距离。实际上，每当王朝覆灭时，都会有一些皇亲国戚流落民间，隐姓埋名地生活下去。王谢堂前，乌衣巷口，这样的东晋故事，数百年后在这座城市也曾经一遍遍地上演。

世事浮沤，人生飘萍，在感知到幻灭的同时，内心深处却也品尝到了一种从容淡定。

与初次见面相隔将近四十年后，我开始频繁地走进紫竹院公园。

出小区门口，沿着昆玉河的支流双紫支渠，向东走到西三环辅路，跨过紫竹桥立交桥南边的那一架人行天桥，再向东不远，就是公园的西南门了。全程走下来一共十七八分钟。

十五年前，我就搬到了现在的住处，但这么多年中只来过寥寥几次。这两年有了充裕的时间,一个月中走进公园的次数,超过了过去十几年的总和。

这座公园,可以说是我京城生活的一个起点,一处生命梦想最初绽放的所在。四十年后,在接近退休年龄的时候,又回到了这里。首尾相衔,这让我想到了一个圆环。这里是开始,但也很可能是结束——如果没有不可预期的事情发生。而我现在看不到这种迹象。

记得当年读美国作家厄普代克的小说,对其中的一句话大感惊愕:那些二十四五岁、生命中已经没有多少可能性的人。在我当时的观念里,这个年龄生命的大幕才拉开不久,精彩还在后头呢。又过了多年,遭遇了一些坎坷蹭蹬,认识到许多乐观的期盼不过是一厢情愿时,回想起厄普代克的这句话,觉得理解了。是作家敏锐的洞察力,让他做出这样的判断。的确,年轻时固然可以描画关于未来的无穷想象,但真正能够实现的并没有多少。

阳光被树冠筛过后变得细碎,落在地面上,有轻微的晃动。新换的运动鞋透气性好,走起来轻便舒适。多少年不曾有这样酣畅的体验了——悠然,平静,没有牵挂,也无所羁绊。在卸除了职责名分等一干事务后,生活原来可以这般惬意。除了家人,不再需要别人,也不再被别人需要,更不觉得需要被别人需要。

荷花渡、菡萏亭、青莲岛、斑竹麓、箫声醉月、澄碧山房……我开始熟悉并记住了一个个景点的名字和位置。公园大致还是当年的样子,一些建筑和设施的增加与更新,并未影响到整体的格局。

但外面的世界就截然不同了。公园正门外那条中关村南大街,当年叫作白颐路,南北两端分别连接了白石桥和颐和园。路的两边有几排高大粗壮的钻天白杨,被一丛丛灌木间隔开,浓密的树荫将地面遮蔽得严严实实,颇有几分乡村道路的模样,下雨时走在下面也不会被淋湿。20世纪末,对道路进行大规模改造,几排大树被砍伐殆尽,为一条宽阔的城市主干道提供空间。道路两边飞速矗立起连绵的楼群,彻底隔断了往昔的记忆。

那么,这些曾经存在过的事物,只能指望依稀留存于当事人内心了,譬如曾经一同在那个秋日踏进这座公园的同学们。和我一样,当时他们自然不会想到这样的变化,也无从预知自己生命未来的方向。那位团支书女同学,毕业几年后就出国了,现在的身份是加拿大联邦政府税务局的高级电脑专家。她每年都会回国探望父母,在京的同学们有时也就借机见面——这也几乎是如今聚会的最主要的理由。这样的场合,每次的谈话总是散漫随意,但大致都会说到当年的校园往事,具体内容取决于餐桌上的某个随机的话题或疑问。她还会想起当年在公园门口,自己向陌生的新同学们所做的介绍吗?应该不会。记忆也是有选择的,在那些浩如烟海般的往事片断中,一个人只会记住些许对自己有意义的。

我走在湖边的小路上,努力把头脑放空。说不定在某个时刻,忽然间,会有某一件往事的影子浮现在脑海里,触动它的可能是映入眼帘的一个风景画面,飘进鼻孔的一种气味,树林深处练习声乐的人的一句歌声。在那个瞬间,过去和今天叠加在一起,带来一阵轻微的晕眩。

沿着湖边走路的人们,或顺或逆,有着各自的时针方向。有一天我忽然意识到,我的目光更多是投向那些迎面走来的年龄相仿的中年同性。这与在陶然亭公园时瞩目年轻女性,在玉渊潭公园时留意别人家的孩子,大不一样。目光在进行比较,心情也随之波动。有时得意,因为感到自己要比对方显得健康年轻;有时羡慕,因为对方的体魄活力明显超出自己。这让我越来越相信一个说法:我们的情感和思想,不过是身体状况的曲折表达。

第一次遭遇至亲的死亡,也与这里有关。那个春天的傍晚,正行走在湖北岸,接到母亲带着哭声的电话,正在看电视的父亲忽然不省人事。匆匆赶回家,叫了急救车送到医院,确诊是脑溢血,马上实施手术抢救。但终因卧床时间过久得了并发症,导致多个器官衰竭,在住院五十天后,父亲离开了人世。

父母在,人生尚有来处;父母去,人生只有归途。对这句话中的沉痛悲凉的意味,我开始有了深切的体会。死亡是以最鲜明和最悖谬的面孔,显示时间的存在。于是自那以后,在公园中游憩时的感受中,又加进去了新的成分,有了某种隐约的急迫感。仿佛一个贪吃的孩子,嘴里一边含着,一边数点兜里的糖果还剩多少块。

生老病死,成住坏空。最初,它是我们需要加以理解的事物,然后,它成为我们置身其间的日常状态,最后,我们又用自己的生命,完成一次对它们的阐释和印证,虽然并无新意,也没有人关注。

不过眼下更应该做的,还是仔细品赏一番眼前的秋色。又到了北京一年中最好的季节，尽管雾霾已经给它打了不少折扣。我从公园西南门走进来，沿着湖南岸一直向东，经过拱形的梅桥，又顺着中山岛南边伸进水中的白色石桥，走到南小湖北侧，望着湖中间那个被高大纷披的树木和灌木丛遮掩的袖珍小岛。小岛周边的水面上，长满了荷花和睡莲，风景极为清幽。

一只鸭子带着一群毛茸茸的小鸭子，看上去不足一个月，在荷叶下穿梭觅食，这里看看，那里啄啄。有一只扑棱着翅膀，竟然跳到了一片低矮的荷叶上，弄得荷叶摇晃起来。下面是睡莲的圆圆的叶子，密密麻麻地紧贴着水面，有成群的小鱼儿探出头来，唼喋有声，荡出微小的涟漪。

我盯着它们看，不觉忘记了时间。

（原载《北京文学》2020年第3期）

带回兰花草

◎刘 琼

阳春三月,莺飞草长,山里的兰花开了。

"我从山中来,带着兰花草。种在小园中,希望花开早。一日看三回,看得花时过。兰花却依然,苞也无一个。转眼秋天到,移兰入暖房。朝朝频顾惜,夜夜不相忘。期待春花开,能将夙愿偿。满庭花簇簇,添得许多香。"

信手打出这段歌词的同时,旋律也哼了出来。17岁的少年好奇地看了我一眼。一代人有一代人的音乐,他还不懂。

一个地方也有一个地方的植物。生态环境差异造成生命形态差异。

台湾大量栽种兰花。兰花草似是从大陆流入台湾的叫法。在皖南,我们甚至就叫兰草。皖南山里有兰草,很不起眼,成片成片地混住在灌木丛里。兰草属于多年生草本。春天到了,小草抽出长长的花葶,远远地看,蝶飞蜂舞,走近了,清香飘来,三四牙花瓣,淡玉色,竹叶形,纤细、优美、结实,偶尔透红,大多透着绿,由浅入深,以致花叶分不清爽。兰草的好处是叶形美,叶繁不乱,俯仰有致,才会有"看叶胜花"之说。兰香特殊,花香清雅,是清香,是香与不香之间的香,用行家的话是有层次的香。记得小姑娘的时候,大家永远在争论一个问题:茉莉、米兰、栀子、兰草这四种,到底谁的香味最好闻?米兰刺鼻,茉莉和栀子各有千秋,兰草最优雅,大家都爱兰草。

因为爱,也试图把山里的兰草栽进自家的花园。野生的兰草栽到漂亮的花盆里,日日精心侍弄,闻到花香了吗?印象中成功率是零。首先,从山里挖兰草就不容易。这世间,越是细致的东西,越有骨头。兰草看起来纤弱,实际上"蒲苇纫如丝",这大概是生物的自我保护本能。山里的兰草长期生长在自由的荒野里,纵横交错,根深蒂固,抓地如铁。根系既茂且长又深,费了老大的劲才能挖完整,还要带上原土,小心翼翼地捧回家,不敢有丝毫擦碰。平日浇水也特别用心,说要八干二湿。总之,是"一日看三回",可能都不止了,春天也过去了,山上的野兰早开谢了,花盆里的兰草还是徒生叶子,丝毫没有抽葶开花的迹象。

家住一楼，有小院子，沿墙砌了个长条形的花台。我对园艺持久的爱好大概始于彼时。园艺的探索，当然不止兰草这一种。皖南山里还有一种众所周知的花，叫映山红，对，就是著名的杜鹃花。大朵儿，跟兰草开花时间差不多，也是清明前后，漫山遍野都是血红、杏红、紫红，所以叫映山红。又因为皖南山区在抗日战争和解放战争中都死了不少战士，"映山红"这个名字似乎拥有了象征意味。以"映山红"为名，有一首流传很广的歌曲，非常抒情。歌词写得好，是典型的民歌比兴手法，形象，生动，接地气，"夜半三更哟盼天明，寒冬腊月哟盼春风，若要盼得哟红军来，岭上开遍哟映山红，岭上开遍哟映山红，岭上开遍哟映山红"。特别是最后一句，反复吟咏，一唱三回，轻快悠扬。如果有歌队在场，可以加个多声部合唱，那就更美妙了。这首歌的作曲家傅庚辰后来当了中国音乐家协会主席，擅长写歌曲旋律，《地道战》等电影插曲都出自他的手。我曾不止一次亲耳听他本人说，一生作曲虽多，最喜欢的还是《红星照我去战斗》和《映山红》。这两首歌都是电影《闪闪的红星》的插曲。老电影了，电影《闪闪的红星》首映时间是1974年10月1日。那年我已四岁，正伴随父母在宣城敬亭山脚下居住。那个地方叫桃村。宣城全境都是当年新四军活动的重镇，桃村也不例外，著名的九连山也在宣城境内。父母工作单位当时属于军队建制，《闪闪的红星》上映时，官兵在露天大操场上集体观看电影的情景，成为我这一生最早的清晰的记忆。

我与《闪闪的红星》有缘。若干年后，在北京，一个特别要好的朋友说起童年参演潘冬子的情形。这个"潘冬子"，后来读了北京电影学院导演系。

电影好看，歌好听，映山红可不好养。"忠州州里今日花，庐山山头去时树。已怜根损斩新栽，还喜花开依旧数。赤玉何人少琴轸，红缬谁家合罗袴。但知烂熳恣情开，莫怕南宾桃李妒。"唐朝诗人白居易成功地把映山红从庐山山头移植到自家花园，喜不自禁，写诗留证。一花一世界，人亦如此。陶渊明性情散淡，自然喜欢淡菊。在唐朝写得好的诗人中，白居易无论写诗，还是做人，都比较平民化。映山红色彩鲜艳，花形烂漫，呈现出蓬勃的现实生命力。酷爱映山红，大概也是诗人个体情志的一种投射。当然，栽种映山红，白居易不是第一人，唐贞观元年，就有映山红成功栽培的记载。

从宣城搬回芜湖后，清明前后，我们还是习惯去九连山踏青、扫墓。来回的路上，每一辆缓行或疾驰的自行车上似乎都插着映山红。年年清明，年年如此。鲜花虽美，毕竟不能持久，于是有贪心者会把映山红连根带叶带花，带回院里栽种。中学同桌的母亲在百货公司做保管员，性格特别活泼，喜欢唱歌、唱戏，喜欢跟小孩子说话。这样的长辈不多，于是，夏天的傍晚，天还亮着，常常三五人约着去她家看花。记得就有移植成功的映山红，还有一茬茬不断开花的大山茶。同桌的父亲好像比母亲年长许多，是一家烟草公司的经理，瘦小，近视，总是坐在院子里的藤椅上，一支接一支一声不吭地抽烟。与母亲的活泼正相反，父亲特别严肃。不过，这些美丽的鲜花都是这位令我们畏惧的父亲的杰作。同桌是老大，叫鸿雁，说是出生时父亲从牢里来信起的名。妹妹叫云燕，也是长翅膀飞的小鸟。为什么坐牢？同桌说与父亲原先在军队做的情报工作有关。

在汉语里，有些词是约定俗成的美好。比如"兰心蕙质"，这是我少年时期从一个冰雪聪明的女性朋友的笔下学到的最难忘的词之一。现在想想，与"兰"有关的词，仿佛都是好词，比如兰章、兰友，等等。这些美好的词的形成，有赖于我们老祖宗对于兰的集体有意识的偏爱，并形成流传有序的文化传统。与兰相反的词则是艾，比如兰艾之交，意思相当于云泥之别。汉语中还有些词，属于敏感词，自带神秘气质，比如"情报"。同桌嘴里的"情报工作"，让我肃然起敬。无名英雄，永不消逝的电波，成为我们这代人成长时期的一种具有浪漫色彩的价值标杆。这是英雄主义革命传统了。一代人有一代人的理想或命运。革命传统对我的直接影响是，高考时径自在提前投档志愿一栏填报了"解放军洛阳外国语学院"。笔试过了，口试过了，身高不够，刷下来。这才上了中文系，做了几十年跟文字有关的媒体工作。"情报"两字的余波，是迄今尚存的对于谍战题材和侦探小说的爱好。

即便是这位神秘、富有专业技能的父亲，当年也不曾驯服兰草。可见，兰草栽培的难度比映山红要大得多。也许有人会说不对吧，梅兰竹菊作为四君子，挂在中国人家的厅堂里时，梅兰竹菊应该早就是前庭后院的密友了，否则，怎么会有"宁可食无肉，不可居无竹"这样的诗句出现？否则古人怎么会说"芝兰之室久而不闻其香"？不是因为它们已经登堂入室、比比皆是、可以广泛栽培了吗？这些疑问确有道理。只是，此兰非彼兰，"芝兰之室"的兰花，是区别于野生兰草、可以家养的兰花。兰花在中国的栽培历史悠久，有各种资料表明，最早恐怕要追溯到两千多年前春秋末期越王勾践时期。勾践真是个了不起的人物，大可安邦宁国，小可种花莳草，无怪乎西施美人会为了他的江山以身侍敌。绍兴城南有兰渚山，相传是勾践树兰之地。山下驿亭，也即著名的兰亭所在。历史已经过去四五千年了，勾践活跃的时期，还没有纸张和大规模的文字书写。倒是明朝《绍兴府志》对此记得详细，"兰渚山，有草焉，长叶白花，花有国馨，其名曰兰。勾践所树。兰渚之水出焉"。明代的《会稽风俗赋》《绍兴地志述略》包括书画家徐渭的《兰谷歌》，对此也有记录。明朝的记录应该是由南宋《续会稽志》而来。《会稽志》成书于南宋嘉泰元年，由施宿等撰写，共二十卷。南宋宝庆年间，张昊又续写八卷，称《续会稽志》，宁波天一阁今有其藏本。据《续会稽志》称，"兰，《越绝书》曰'勾践种兰渚山'"。《越绝书》属于我爱看的一类书，杂七杂八，是杂记，不同于西汉《史记》的体例，倒像东汉的《淮南子》之类。有人说《越绝书》是地方志写作的鼻祖。内容以春秋末年至战国初期吴越争霸为主干，兼及这一历史时期吴越地区的政治、经济、天文、地理，条目分类相对清晰，今天的学者大多认为其最早成书时间是东汉初年。《越绝书》的可靠性不论，人们之所以愿意相信勾践兰渚山树兰这个传说，其实还是借古喻今，表达对美好的人物和人格的向往。这个美好的人格比如坚韧、专注、博学等等，十分可贵。说得多了，说得久了，传说便也成了真事。绍兴人家至今有树兰遗风。在今天的绍兴兰渚山下，柯桥边，有个叫棠棣的地方，号称"兰花村"，不仅家家户户种兰花，兰花甚至成为全村重要经济来源。两千多年来，在会稽即今绍兴这块雨水丰沛、四季分明的土地上，兰花种植从传说，发展成产业了。

兰花能成为产业，是因为有民众审美基础。兰花品相素洁，符合中国古典审美标准。古典的美，追求有内涵和韵致的低调的美，或者叫简约、朴素。栽培历史既久，渐渐地，兰花的品种也栽出花样了，大致形成春兰、建兰、蕙兰、墨兰、寒兰五大类。小类还可细分。这五大类，从植物学的角度，统称为中国兰。所谓中国兰，就是原生地为中国的兰花，是中国古人诗词绘画里的兰花。

既有中国兰，就有洋兰。洋兰的通俗和普遍叫法，是热带兰。热带兰，艳丽，大朵，重瓣。今天市面上常见的君子兰、蝴蝶兰等都属于热带兰。顾名思义，原产地是热带，跟中国兰不是同一科属。冬天的北方颜色暗淡，随着物流便捷化，热带兰这些年在北京非常流行。摆在屋里，与萧瑟的屋外相对照，的确养眼。可惜热带兰没有香味，它的高调和鲜美是现代做派。热带兰和中国兰放在一起，每每让我想起张爱玲的《白玫瑰和红玫瑰》。爱玲女士的意思是各有千秋，但在我这样老派的中国人看来，中国兰的好处是无法替代的。

中国兰品相可人，香味号称"国馨"。所以，尽管《淮南子·缪称训》称"男子树兰，美而不芳"，我虽然也老拿这句话打趣热爱养花的男同事，但心中始终存疑。从历史记载看，最早的兰花栽培者大多是男性，兰花流传至今，不仅没有"不芳"，而且还馨香动人。中国兰的馨香沁人心脾，黏合力强。《孔子家语·六本》之所以有"与善人居，如入芝兰之室，久而不闻其香，即与之化也"这类借物喻人的表述，依据的就是兰香的"影响"和"熏染"本义。意思是与德行美好的人交往，如同进入种满芝兰的房屋，不知不觉间会被美德同化和感染。"与不善人居，如入鲍鱼之肆，久而不闻其臭，亦与之化矣"，同样的道理，恶人也具有强大的负面影响力，长期与他们在一起，自己的三观也会受影响，所以"择邻处"很重要。孔夫子说什么，都会比附到修养层面。在论述芝兰之香和鲍鱼之臭的基础上，提出了"近朱者赤，近墨者黑"这一观点，强调环境对人的影响。成语"孟母三迁"说的也是这个道理。汉唐以后，儒家思想成为中国社会主流。儒家提出"君子"观，重视个体精神和道德情操的修养，以此为标准，讲求修身养性，甚至重精神轻物质，"清高"一词应运而生。唐代诗人刘禹锡在《陋室铭》开篇提出"山不在高，有仙则名。水不在深，有龙则灵。斯是陋室，唯吾德馨"，直接推翻了一般性评价标准，提出行为主体对"美"和"好"的重塑。今天看来，这种思想有早期人本主义色彩。写过"前度刘郎今又来"的诗人刘禹锡，本身也是哲学家，写过一本具有唯物主义思想的哲学书，叫《天论》。在有哲学视野的诗人眼里，人和外部世界的关系是辩证、变动、普遍联系的，有什么样的人便有什么样的环境。由人及物，梅兰竹菊，便也着了君子相，为君子所好。

如今市面上可以随便购买的中国兰纵有百般好处，也还不是我说的兰草。

我们皖南山里的野兰，只叫兰草，从来不攀附"兰花"之名，应该就是侧重其野生和草本一面。当兰花普遍和广泛栽培后，山里的兰草更加珍贵了，数量少、获得不易的缘故吧。其中，身价最高的是"幽灵兰"。所谓兰有多种，"素心为上"，指的便是这种美得不可思议的幽灵兰。这个品种的兰草基本生长在林地沼泽，繁殖条件苛刻，现存数量极少，被列入《濒危野生动植物种国际贸易公约》。主要分布地在美国佛罗里达州南部。前些年有旅行者在喜马拉雅山发现了幽灵兰稀罕的花影。幽灵兰属于附生型，叶片完全退化，靠气根获取养分和水分。也有人叫它鬼兰，我更愿意叫它幽兰。花开的时候，洁白的花片像精灵一样在风中摇曳。看看它，就知道什么叫"空谷幽兰"了。

栽培也好，野生也罢，从人类生存发展这个角度，植物自始至终都是友邦。对于人来说，植物除了提供生存必须的各种营养，通过光合作用提供人类须臾不可或缺的氧气，提供各种生产生活资料，此外，植物还提供和生产人类的审美对象——这也是栽培的意义之一。因此，探讨生物演化，如果换个角度，植物其实要比人高级得多，人对植物的依赖要远远大于植物对人的需求。当然，这个事实很残酷，人可能不愿承认。人有思维惯性。这几百年来，在达尔文进化论影响下，人类中心主义思想广泛存在。站在人的角度，从思维惯性出发，往往以人为中心，不能科学、平等、客观地认知人和周边世界的关系。人和自然的关系，包括人和动物、人和植物的关系，是人和周边世界关系中最重要的部分。人和动物的关系有多重要，正面不说，负面影响，看看去冬今春让大家谈之色变的新型冠状病毒肺炎，应该就知道了。人和植物的关系同样如此。植物因为不会言语，比动物更容易受伤害。"头顶三尺有神明"，人类伤害了大自然，大自然对于人类的报复不是在眼前，就是在未来。比如沙尘暴、水土流失，等等。不禁又想到这个冬天的禁足和禁食了。禁足和禁食之后，人们包括专家能够开出的药方基本上都与植物有关，比如"莲花"。疫情猛如虎。"植物总是在不经意的时候，提供适时的帮助。"这是圈在家里百无聊赖时，从一个日本生化博士的论文里看到的一句话。在人和自然的关系中，日本这个民族应该比我们得到的教训多，体验也丰富。经验和教训养成了敬畏的态度。博士在论文里大段地论述了红茶和普洱的抗疫功能，认为这两种茶叶中所含的茶黄素（tf3），不仅能够形成漂亮的颜色，也能够阻止冠状病毒的复制。这是一种参考。日本人治学态度认真，打一口井，一定会打到底，掏出泥，得出意想不到的结论。

当然，人类毕竟聪明，也高级。花卉栽培，是花卉成为人的审美对象之后的事。人有意识地结合需要，创造性地改造客观存在，比如把植物从野外的自生自灭中请到院子里和花坛里大规模地栽培。栽培是选择性行为。栽培蔬菜，这是人作为生命体的基础需要。栽培花卉，这是人的精神审美活动的需求。被栽培的兰花身价也不低。去年夏天，有朋友从绍兴快递来六小盆三星蝶。这是兰花里的新品种。三星蝶，三枚叶片，玲珑有致，像振翅欲飞的蝴蝶，颜色也好，是偏深的橄榄绿。三星蝶如此精巧，仿佛苏州园林里巧夺天工的太湖石，只是过于精巧，看得久了，匠气难免滋生。从简单到复杂，是不是一定是进化？收藏界的共识是简约的明式家具，其价值要超越繁复的清式。单从形式看，明家具的特点是简约、线条好看，清的特点是细节讲究、雕刻精巧。有人认为清代家具最大的败笔恰在于过度雕饰和无谓装饰，多了冗杂，少了留白。估计许多木匠师傅都不能理解为什么做工复杂、用料更费的家具反而不被看好。这是美学问题了，而且是高级的美学问题。能够透彻地理解这个问题，这个木匠师傅就能成为大师，成为齐白石了。

美学问题是复杂问题。中学课本里有清代诗人龚自珍的文章《病梅馆记》，病梅是被疏枝后掰弯、凹了造型的梅花，虽然玲珑剔透、曲折有致，但在作者眼里已经生病了，不美。美来自自然。美来自单纯。或许，正是从这个角度，而不是从市场价格层面，人们更喜欢山野里的兰草，喜欢花草不分，喜欢猝不及防飘来的幽香。

喜欢归喜欢，寥寥几笔，画好兰草可不容易。自古以来，画兰的人很多。手头有本《芥子园兰花谱》印刷本，这是入门级教材，曾经拿毛笔跟着描了几笔，不像样，遂放弃。笔墨带意，油画可以修修补补，国画要一笔画成，呈现的是一日三课的童子功，童子功无法找补，这也是画国画和画油画的区别。中国画和中国书法一个道理，入门容易提升难，间架结构起落笔，招招式式是学问。老年书画社开办，往往许多人都去选修国画，当作爱好怡情养性，当然可以，真要学好可要下功夫。在皖南的方言里，"功夫"也是"时间"，比如问"你现在有没有功夫"，意思是"你现在有没有时间"。可能有人会说工笔画需要童子功，大写意应该不需要吧。这是误会。绘画中的大写意和书法中的草书，恰是在基本功掌握得比较扎实，笔墨自由后才能进入的高层级。最近在看张次溪整理的《白石老人自述》一书，收录了国画大师齐白石治艺的第一手经验，也佐证了这个观点。齐白石流传至今的作品以虾为最，此外，各种小动物、花蔬以及人物造像均有传神作品。早期工笔好，脱离了匠气后的写意尤其好。工笔是隔着一层透明玻璃的写实，写意则是加了丰富滤镜后的创造。中国画的滤镜，往往内含创作主体的审美移情和哲学观念，是具有美学自洽的笔墨表达。

笔墨最终投射的是人。这个春节，因为新型冠状病毒肺炎疫情严峻，被长时间圈在家中练习厨艺时接到画家刘晖的两个电话。刘晖是屯溪人，做过黄山画院院长。二十年前，因为"屯溪"改名"黄山"，愤而出走北京。早年以画松出名的刘晖，寓居北京的这些年，箪食瓢羹不易志，在宣纸上依旧画着徽州，画着故乡，画着松树，以及兰花。正是前些年在他位于北五环那个简朴的画室里，我看到了古人的兰花，也看到了今人画的兰花。今人的兰花，主要是刘晖的兰花。被称为"黄山松王"的刘晖，果然不是普通的北漂艺术家。人民大会堂正门的那幅国画"迎客松"便出自他之手。这么一位大画家，长得也眉目清朗，一开口，却还是一口屯溪方言，做派也完全是山里人的淳朴厚道，没有丝毫艺术家的花头。寓居二十年，极少见他抛头露面。七十多岁了，底气却很足，巨幅松树一气呵成，就连书法落款也完美无缺。画松树是刘晖的拿手活，早在1985年，荣宝斋就给他出了《黄山松》画册。这些年，远离黄山的日子，刘晖主要画兰花，写榜书。兰花是小品，刘晖画室里的兰花，比古人细致，比今人古雅。结构尤见用心，是我熟悉的徽州山里的兰草，柔、韧、朴、健，叶叶不同，叶花不分，灵动自然，"王者之香"仿佛可闻。

刘晖的电话第一次响时，我正在厨房里认真研究百合蒸南瓜。这是久违了的兰州百合，师弟年前刚从兰州寄来。与象征着美好爱情的百合花同名同源，美丽的花朵可供欣赏，地下鳞茎可以食用。上海人会吃，记得本帮菜里喜欢用百合做食材。本帮菜用的多为南方百合，清香中带点苦尾子。植物中凡可清热解毒者，大多性平味苦。有经验的人知道，百合有止咳平喘、清热解毒功能，是中药里一味常用药引子。全国唯一的甜味百合，产地在兰州。与南方百合不同，兰州百合是食盘里的珍馐，色泽洁白如玉，甜香软糯。20世纪80年代中期到兰州上大学，第一年寒假，在有经验的学长指点下，背了一大包鲜百合回南方过年。洁白的百合，还有家在山西农业大学的下铺从太古寄来的金黄色的小米，谁也不知道怎么吃。家里人都开了眼界。这是三十年前。现在，据说在兰州，冬天要吃到正宗的鲜百合也不大容易了。因为土壤要求特殊，产量少，每年冬天也就是春节前夕上市。北京的超市里偶尔能碰见真空包装的兰州百合，看起来也不错，应该是大规模栽培后的成果了。

栽培改变了植物，栽培也保护了植物，包括物种。纯粹自然的条件下，许多植物大概都会断代。

曾做过北洋政府财政总长和国务总理的熊希龄，一生娶妻三次，前两个妻子因病而死，最有名的第三任妻子毛彦文，号称"民国奇女子"，后来做了香山慈幼院院长。熊希龄与毛彦文结婚已经是1935年的事了，婚后两年熊希龄病逝。此前大概是1921年，熊希龄在香山正式开办慈幼院后的第二年，胡适前去游玩。这时候的熊太太是熊希龄的第二任妻子，老师朱其懿的同父异母妹妹朱其慧。朱其慧诗词歌赋俱佳，被誉为熊希龄的事业伴侣。据说熊希龄在这个太太面前还有点不自信，也正是在优秀的太太的压力下，他精研经史学问，中了进士，点了翰林，做了京官。当年，胡适在西山玩得很尽兴，带着主人家夫妇赠送的一盆兰花草回到城里，欢欢喜喜照顾了很久，直到秋天，也没有开出一朵花来，于是写了一首叫《希望》的小诗。又过了将近半个世纪，这首诗的第一节被陈贤德、张弼这两个台湾人修改并配上朗朗上口的曲子。这就是歌曲《兰花草》。

胡适是皖南绩溪人，热爱兰草的情结可想而知。

（原载《雨花》2019年第3期）

中流划来放筏人

◎任芙康

中国文坛不爱寂寞,总愿天天有喜事。近来好些年,"重走长征路",有声有色,蜂飞蝶舞,令人欣慰甚多。曾经的雪山、草地,昔日的遵义、延安,从淡忘中回来,再度成为顶礼膜拜的圣地。才郎雅女的仰头瞻仰、拉旗合影、举臂宣誓、动容抒情,无一不锦心绣口,别有惊艳。我仿佛回到学童,喜乐交加,又毕竟年已老迈,便有浅浅惆怅无以言表。

小时家住厂区,我七岁发蒙,上了附近农村学校。这是一所乡级中心小学,黄桷树上挂着老钟,两座二层砖楼,是民国初年的建筑。到了三四年级,工人子女与农民子女,在一些芝麻小事上,彼此较劲儿,为争个你输我赢,时而还会诉诸拳脚。每日放学,校长与值班老师,必是立于校门高岗上,监视两伙乳臭未干的斗士,在岔路口作鸟兽散,才放心转身。

这一天,一场打斗,见血见肉,两边"头目",被传进校长室。校长素来安静,对学生从无责骂、推搡,反令学生敬畏。她久久直视着两个孩子,掩不住的怜惜,让她出口的话,倒像母亲训儿子:"晓不晓得,你们是六亲不认啊。你的大爹,"校长用食指点点其中一个,"是老红军。"她又转过脸,点点另一个:"你的二舅,是老红军。"校长说着说着,眼眶红了:"你的爹妈做工,他的爹妈务农,这又有什么不同?莫忘了,打断骨头连着筋,你们都是红军的后人。"突然,一个孩子开始抽泣,另一个忍不住,亦跟着哽咽起来。

两彪人马,仿佛一夜懂事,就此偃旗息鼓。农民妈妈炒的蚕豆,匀你吃;工人爸爸做的铁环,让他耍。桃子、李子熟了,约厂里的同学去;周末看戏、看电影,邀乡下的同学来。呼朋引类,互为知己,直至毕业。

其实,我本就知道,周围不少人家,都跟红军沾亲带故。厂里就有"老革命"数人,只是不曾觉出他们的特殊。后来听说,校长的大哥,亦是红军。这才明白,她是有爱憎的,所以能将话说出那样的急,说出那样的痛。

十三岁,我考进达县第一中学初中部,全县小学拔尖五十名。高中部设班四个，遴选全专区十一县的初中考生。这所完中，1906年创办，曾走出不少红军、国军的名将，其中就有国防部长张爱萍、台湾海军"总司令"黎玉玺。开学那日，大开眼界，同班有三男一女是红军子弟，四人均着改裁合身的老式军装，洒脱又有礼貌，聪明而无戾气。

达县建城一千九百多年，乃地委、专署所在地，盖有两处红军干休所，接收回归故土的老人。军队下来的，住西郊永红村；地方下来的，住城内红星村。每家一幢方方正正的西式平房，房前屋后，遍植花草、果树。五十多年前，万山丛中一座小小古城，竟能有官方与民间的共识，对这些九死一生的功臣，反哺多少亦不为过。良善涌动，实在是血脉相承，便有民风的淳朴、慷慨与高贵，氤氲出老区的人世美好。

我跟高我两个年级的谢姓同学交好，成为红星村的常客。头一次去时，便很惊诧，他爸爸，以及满院的叔叔，说的都是巴山话；而他妈妈，甚至满院的阿姨，操着一口外省腔。俗语道，一方水土养一方人。大巴山的水土，怕是天下少有，山高水长，盛产红军好儿郎。谢同学母亲是河北人，爱包饺子。当然这算不上阿姨的优点，她的优点是喜欢让我陪吃。而我的优点，则是善解人意。去得多了，便生出庆幸之心，叔叔们转战南北，功勋卓著，他们没有错过英雄美人的浪漫，实在是天地有情、功德圆满了。

中学第二年，一个秋雨天，在小城新华书店，我随手翻开一本诗歌集。那时买书，已学到一点路数，先读序言。序言作者严辰，后来知道，严诗人乃现代文学史上的诗坛名流。他在序里推荐大巴山，非常抒情，让人有飘起来的轻盈；又非常写实，让人有沉下来的饱满。字里行间，散发一种不曾有过的诱惑。我无犹豫，掏出五角八分，携书而回。此书小小开本，文字不多，价钱不低，能抵我住校三日的饭钱。

诗集在手，自是亲近，最喜书名《山泉集》。"在山泉水清，出山泉水洁。细流入大江，大江喷白雪。"一个"喷"字，好生了得，全是川陕苏区的朗朗乾坤，全是红军战士的壮志凌云。不少诗篇的末尾，标注着完稿之地：通江、南江、巴中、平昌、宣汉、达县……通通是大巴山里的县名。我去过的不说，没走到的地方，亦无不耳熟能详。一份熟悉，一份感动，一份亲切，一份温暖，叫人只觉这书好，且好到无边无际。

不到两百页的薄薄诗集，一时成我枕边书。生我养我的故乡，见惯不惊的老兵，第一回在《山泉集》的诗行中，在活蹦乱跳的文字里，给人新异的感觉。每个词语，每行句子，带出浓浓乡音。那些毫不陌生的风物、人情，迎面而来，重新回味，陷人于春阳灿灿的喜悦。

不可思议，人居然可以这样容易被左右。《山泉集》像一位令人信赖的老师，领着学生，去走更多的路，读更多的书。我本少不更事，又明知与功课无关，却偏偏想弄明白，大巴山的红军，先从哪里来，后上哪里去？老苏区的百姓，历经怎样的苦难，有过怎样的觉醒？

上世纪30年代初，天下大乱。工农红军第四方面军，选定三省接壤的大别山，创建鄂豫皖苏区。可惜立足未稳，数度遭遇围剿，兵败西撤，辗转千里。出人意料，生死一发之际，剑指大巴山，四方面军竟获峰回路转。土豪打了，田地分了，政权建得威武，买马招兵亦霸气。单说后一项，原先的万余人马，雪球般滚出十万之众。山里山外，瓦房、茅屋的门上，皆堂堂正正，贴上恢宏的对联："斧头劈开新世界，镰刀割断旧乾坤。"问世仅年余的川陕苏区，异军突起，令四海瞩目。自古以来，天下起事，都像干柴烈火，然此地迅猛，又如火上浇油，燃烧出石破天惊。

大巴山穷乡僻壤，为何就是红军的福地？又拿什么来答惑释疑？其实用风水可以，用科学可以，用道理可以，若用事实更可以，只因事实牢靠。

一个社会，万不可把人搞到万念俱灰。九十来年前，四川、陕西两省交界处的闭塞穷困，实难用言语形容。总之，民不聊生到了极致，百姓既无生之快乐，亦无死之畏惧。远处哪怕惊雷滚滚，传进山来，如风飘过，无痛无痒，至多留下几句闲言碎语。即或是家族间的红白大事，亦只在周边传扬，远不出前山几条河，高不过后山几面坡。难怪红军到来，只消几袋旱烟工夫，讲一番打土豪的道理，即可群情激奋；喊几句分田地的口号，便能谷应山鸣。

又有众多石匠站出来，他们手艺好，愿意为红军效劳。当义士们的身影腾跃起来，大山里凡具规模的崖壁上，皆回荡开"土地革命""扩大红军"的呐喊。《劳动法令》《十大政纲》，錾上不少场镇的巨石，这多半是粗通文墨的雕刻师傅，辛苦十天半月的杰作。就是这些刻上石头、刻进人心的千金一诺，脱离文字本身的无色无味，让识字不识字的山民，荡漾起吃饱穿暖的希望。川陕根据地的石刻宣传，系传播形式之一种，表面看，并无创意，但就鼓舞自家士气、瓦解敌方斗志而言，艺术构思的气派，除旧布新的决绝，堪称全国苏区之最。

《山泉集》里，从南江县，到通江县，穿越峡谷关隘的古道两旁，山岩上的革命口号，将几百里石板路，铺陈出一条红色走廊。石刻标语"赤化全川"最为著名。一座峻岭悬崖之上，硕大、工整、遒健的书法，云雾消退时，沟外数十里，可一睹真容。

川中多阴多雾，山区潮湿更甚，故有蜀犬吠日的俗话。然苏区老乡心里，天天是云开雾散大晴天。白日上坡，去新近分配的田地里劳动，晚上举着火把，远远近近，凑拢座座院落。东屋的男人抽烟、识字，西屋的女人纳鞋、唱歌。一天天无忧无愁，别致如游戏。别轻看这样太平无事的快活，实在算得顶级的歌舞升平。

谁料好景不长，忽一日，红军要出发。并未听说有仗要打，队伍为啥要走呢？大人慌起来，细娃哭起来。有见识的老人却说，红军横竖都是有章法的，一跺脚就走，必有开拔的缘由，三年前进山，不也莫得一丝风声嘛。

没着没落中，许多人山前山后通通气，竟打着同一个主意，索性跟着队伍，当红军去啊。《山泉集》里，登高一呼，应者云集，便是"扩大红军"的生动写照。说到这里，似乎有些绕不过去，捎带一点我们家族的往事吧。故乡渠县赵家坪，一时间，是否跟着红军走，成为每家的话题。终于有一天，水落石出，有人经父母同意，有人悄然离家，一下走了三四十，好似个个都不甘，要完成从凡人到豪杰的蜕变。我的三爹和五爹，在一个夜里，兄弟牵手，双双随红军消失而去。

《山泉集》中的《望红台》，描写亲人走后，苏区父母妻小、兄弟姊妹的思念之曲。从前奏到尾声，杜鹃啼血，全是牵挂和祝福："红军的人马哟，你哪年回乡？你几时转来？"

许多年前，曾读过老作家曹靖华的散文，今已忘掉散文标题。里边一节内容，仍旧记得。文中拟乡亲相问，仿红军作答。一位红军战士不忍问者失望，口齿间生出宽慰的豪气：很快回来，三五年吧。这个"三五年"，便成了老区民众念兹在兹的思念。先以为是三年，三年到了，不见红军；又以为是五年，五年到了，仍不见红军；再以为是三年加上五年，八年到了，依旧不见红军。但人们坚信红军的许诺，始终不放弃"三"与"五"的组合。又用三年乘以五年的等待，十五个年头过去，红军回来了。

凯旋的军队当然不是驻扎当地的原班人马。岁月不甚太平，还得熬过世道初变的春风秋雨，但民间的"莲花落"已带出喜色，扬眉吐气是肯定的了。

又过了两年。这一天，赵家坪老家的院坝里，锣鼓喧天，里三层外三层围满了人。回乡探亲的老红军，我五爹赵佛山回来了。五爹随行数人，并偕我五妈张林芝，军中文化教员，说一口脆生生的承德话。而我的三爹赵荣山，则已牺牲在战场。前山后岭当红军走的，有名有姓数十人，时至今日，除了我五爹，个个无音信。五爹命大，雪山草地，西路军，抗日战争，解放战争，抗美援朝，很多场败仗，很多场胜仗。五爹面相好，集善良、正派、聪慧、坚毅于一体，有形有样的军装，增添逼人的英气。警卫员挎着相机，来回帮我们家人和乡亲照相。时年我两岁，对五爹省亲一幕，本无任何记忆，但手头存有的几张留影，可以还原当时的盛况。如今，我的上一辈亲人，几位叔叔、婶婶，生父赵志康、生母刘德珍，养父任昌荣、养母赵碧山，先后全都离世，这些老旧照片，似乎传来欢声笑语，成为隔世沧桑的物证。

三爹已永远不能回家。奶奶朝着北边，他当年走去的方向，独自遥祭，大哭几场。五爹在家半月，奶奶总是抓住他的手，又常会笑出声来。我爷爷则内向，讷口少言，几十年苦难，几乎天天连着身家性命，使他顾不过来，荒废了很多张嘴的机会。但他讲过一句话，老少都有记忆："我家五儿还在，就算老天开眼。"

那年红军走后，一切的好，一切的坏，全都翻转重来。凡当了红军的家庭，都获得一顶"匪属"帽子。我家一气儿走了两人，自是双料"匪属"，遂备受凌辱，变得谁都可以欺负。又过了些年，日本人打来，前线战事吃紧，后方官僚"紧吃"。兵荒马乱中，我生父被抓壮丁，送到云南，成为远征军中亡命人。先去印度，飞机失事，侥幸活命。后在中缅边境，爬出死人堆，用数十天的昼伏夜出，将几个省的路，一步步丈量过来。在一个太阳出山的早晨，走回赵家坪，走进奶奶正为他祈祷的堂屋。

1949年之后，因三爹和五爹，我家墙上挂上"光荣烈属""光荣军属"两块匾。奶奶格外看重匾牌的洁净，三天两头，总会叫人取下来。老人家拿在手里，轻摸细看，有时喃喃自语，又让人无从听清。在奶奶眼里，这是护身符呢，护卫全家，又重点庇佑她"历史复杂"的幺儿。她的幺儿就是我的生父。我两岁抱养给我姑，离开老家，此后一直叫生父为幺爹。两块匾牌也真是仁义，没有辜负奶奶的愿望，让她幺儿一生福禄平平，但多子多寿，历经社会巨变，却有惊无险。年逾九旬，无疾而终。

屈指算算，一本《山泉集》，到手五十五年，始终跟着我，或者说，我始终跟着它。搬家十数回，仍盘踞书橱显要处。有一天，闲来乱翻，又打开这本书。从里到外的黄，泛出岁月悠悠，让人心头一动：去趟重庆吧，拜望它真正的主人。

《山泉集》的作者梁上泉，与我有三十多年交往，但这回距上次相见，已隔十年上下，真不觉得这么久呢。而今人们碰杯，总爱感叹"日子太快"。当我走进重庆南岸区滨河公寓梁宅，见到的老朋友，全然没有八十八岁的老态。川音龙门阵，摆谈出往事件件。老汉思维敏捷，只是耳朵稍背，说到快乐处，仍是朗声大笑，让人跟着高兴。在山城的街道上，领我上坡下坡。看我喘气不匀，安慰道："你没事哈，常来重庆逛逛街，就惯了。"接着又粲然一笑，笑出个孩子模样，"你不觉得重庆人一身肌肉，大胖子少吗？"

并非重庆人的梁上泉，祖籍达县碑庙，十九岁成为部队专业创作员，当过全国人大代表，现为重庆市专业作家。亲属中多人参加红军，无一活着回来。从醒事开始，大巴山便被他认定为梦绕情牵的故土。可以说，梁上泉的创作，从川陕苏区起家，亦从川陕苏区扬名。《山泉集》之外，我后来又买到他的《红云崖》，同样是讴歌革命老区的名篇，壮怀激烈，弥漫史诗大气象。

握手梁夫人蒲心玉，热情、周到如昨。一样样钦点菜单，保姆应命而去，灶间很快传出案板的欢唱。大姐典型的巴山妹子，达县城内长大，从小能歌善舞，重庆歌舞团招牌演员。而今八十五岁高龄，仍时时活跃荧屏。一部百集连续剧播过之后，饰演主角的大姐，成为山城名人"周幺婶"。如果出门办事，必须口罩掩面，否则街头碰上签名、合影，往往会令正事泡汤。

二老的儿子梁芒，舞文弄墨深受父亲影响，在年轻人眼中，又俨然比他父亲更有影响。诗人、音乐人、作词人，多种名号在身，如今誉满京城。1983年夏天，奇热，梁上泉领着少年梁芒，从东北边境"采风"返渝，在天津逗留两天。我迎回家中，熬出一锅绿豆稀饭，用花椒油浇上一盘泡菜、一盘涪陵榨菜丝。这是老家流行的夏食，土气，但口惠又实至。蝙蝠牌电扇吹出习习凉风，身穿跨栏背心的梁上泉，边吃边与我聊天，而俊秀的梁芒不言不语，埋头吃饭，待搁下筷子，连呼三声"安逸"。

这回在重庆，我问梁上泉："你的《山泉集》与你的名字，有关系么？"他一摇头一摆手："凑巧而已。"如此心态，看着洒脱，做起来难。不少成功作家的创作谈，挖空心思，编造各种由头，将渊源之类的索引，搞到天花乱坠。而梁上泉概无兴趣。诗人的直朴，已经多年，竟一直延续到今天。

无独有偶，纠缠般热爱老苏区的巴山籍作家，还有一位，是我结识三十多年的王敦贤。敦贤仅长我两岁，工龄却长我十年，在南江县一个叫下两河口的乡场上，小学毕业，被招入县川剧团当艺徒。从业余爱诗到专业创作，直到一级作家，四川省作家协会秘书长、副主席，中国作家协会全委委员。著书、编书数十种，拳拳心意，全在川陕根据地。他的文名自然不小，但又以另一种"身体写作"见长。他有他的盘算，一个人的笔墨终归有限，不妨邀约更多文朋诗友进山，让他们五彩缤纷的感觉，交汇各自的生花妙笔。几十年来，这几乎成为一种人生"工程"，让王敦贤亢奋不已。

南江县桃园一带，海拔两千米以上，山险林密，是昔日国民党嘴里的"匪窝"。我上桃园两回，都是听令王敦贤的召唤。第一回，上世纪80年代中期一个秋天。山下尚单衣，山上已飘雪，我们见到了巴山民兵队队长。红军北上，民兵队五年坚持，弹尽粮绝，归于流散，却留下无数传说。就像山歌传唱："金梭银梭金银梭，红军走后故事多。"队长带我们登上当年激战的河谷，摸进夜里栖身的岩洞。老人家说话简洁，腿脚硬朗，唯晚上应请与我们吃南江黄羊时，甚是拘礼，不肯落筷。我们越是帮他夹肉，他越加推辞，甚而脸红。

那次上山，同行有甘肃高平、湖北丁少颖和省内梁上泉、何永康及省作协一干领导。之后王敦贤又将马识途、周克芹、吉狄马加诸多文人带进山中。时隔二十年，新世纪初，一个夏天，再上桃园，正是避暑好季节。原先大嚼黄羊肉的队部周围，已成街市，家家客栈、足疗店排列两旁。多处革命"遗迹"，近年打造出来，做旧手艺逼真，令纷至沓来的访客激动不已。民兵队长已谢世，导游姑娘口齿伶俐的解说,"重现"苏区当年,头头是道,反令人心生恍惚。

这回仍有梁上泉、高平,而蒋子龙、吴泰昌、舒婷、陈世旭、李霁宇等人,均属初来乍到,亦都真心诚意,盛赞此地优于别处,"红色"与"绿色"好生了得,值得大书特书。

去年去成都看望王敦贤,再次享受他夫人张秀龙的厨艺。秀龙厚道,二十多年前来天津,我请她下过馆子,此后见一次她念一次,而她做的饭菜,我不知吃过多少回。秀龙贤惠,王敦贤每次进山,家里老老小小,琐碎诸事,就靠她一人照应。秀龙温婉,知书达礼,人见人敬。她看王敦贤的眼神儿,全然那种喜欢做正事的男人,正表明她是丈夫身后的支撑。

这天饭后喝茶,我问王敦贤,几十年来,全国有多少写作人,被你"拐"进大巴山?他快乐一笑:"我逐次都有记载,数字很壮观呢。"

梁上泉有《放筏》一诗,其中几句,我早已倒背如流:

> 天色没有山色青,
> 山色没有水色深。
> 水色泛起一抹银,
> 中流划来放筏人。

大巴山,连绵起伏,广阔无边。大小江河众多,便有无数放筏的水手。这些人身手不凡,激流险滩,如履平地。在山民眼中,个个英雄,唱山山应答,吼水水倒流。水手嘴里的放筏号子,唱出他们自家的种种喜乐,般般哀怨,亦唱出山里人的排遣、抒怀与寄托。回想几十年,梁上泉、王敦贤与我时近时远,但读他们写的书,想他们做的事,文如其人,人如其文,威武、豪迈、正派、无私,始终就是我心目中的"放筏"高手。他们竭尽全力,将人生智慧悉数付出,且以二人有同有异的方式,用深情的号子,咏唱心中的至爱。"出口成章惊太阳,太阳徘徊不愿走。首首随水入大海,化作飞云又回头。"梁上泉的诗,水墨丹青,就好似他们二位的画像。

在梁上泉、王敦贤看来,生逢其时的这个现实世界,庞杂、斑驳、变幻莫测,但在苏区后人的内心世界里,不可以消失从前的大巴山,不可以忘记人民的老红军。两人几乎养成同一个习惯，七十岁之前的几十年，每年必定离开家居的重庆、成都，三趟两趟地"钻"回巴山深处，重温饥一顿饱一顿、热一阵冷一阵的感知。他们爱看的树叫青杠，爱听的鸟叫阳雀，爱喝的酒叫包谷醇，爱摘的花叫映山红。而他们喜欢结交的伙计，便是放筏人。他们掂量自己，尚有笔墨的优势，尚有经历的优势，亦尚有心愿的优势，就得竭尽所能，在时下与当年之间，搭建用料诚实的桥梁，供人们放心通达。生于老区的文化人，如果丢弃这份心肠，丧失这份本分，只顾安享都市，那就纵然住有舒适、食有可口，无非酒囊饭袋，亦等于一贫如洗。

二位行者，进山下乡，不是上峰的交办，不是金钱的驱使，不要行吟诗人的浪漫，不含套取素材的功利。他们难以割舍的，正是一代忠臣良将的家国情怀。

于我个人而言，实为幸运，得他们耳提面命的引路，一年年一步步走进苏区腹地，触碰其脉搏，领略其精魂，便多了些明白，少了些糊涂。山野静寂，能听见前辈的呐喊，呐喊怆然，似有种种不甘；江河奔腾，让人感悟岁月的流逝，流逝沧桑，仿佛无尽悲欣。依我自身体会，如此"回归"，灵验无比。现实得以小别，虚幻聊作解脱，登高必可望远，神闲就能气定。有梁上泉、王敦贤在前，我巴望有生之年，继续东施效颦，在立国安邦的高山大川之间，知晓一点点沉稳，再陶冶一点点豁达。

此刻，我在北国，遥祝上泉、敦贤天天快乐，身体安康。晚年的宁静属于你们，而"放筏人"的劳作，应该交棒了。放心吧，二位老哥，你们经年不息的呼号，早已荡起大巴山的回音。后生可喜，编织继往开来新故事，自有更高远的境界更青春的人。

（原载《广州文艺》2020年第3期）

人生难得一诤友

◎陈歆耕

常言"人生难得一知己"。知己固然难得，而诤友更难得。知己是诤友的前提或基础。因为相知之深，才有可能将诤言说到痛点上，就如中医的那根针，扎到对症的穴位上。诤友难得，还有一层难度，那就是对方一定在某些方面长于你、高过你，否则他虽有坦诚相"诤"之心，但未必能有助于你。

诤友是在你火气正盛时，给你泼冷水的人；是在你走路时，提醒前面有坑的人；是在你倒霉喝水塞牙、精神忧郁时，给你提气的人……

人生如有一二诤友，乃人生幸事。老子云："知人者智，自知者明。"但在现实生活中，成为智者、明者难度系数都很高。于是我们多见这类现象：把某人当人才引荐，后来才发现"人才"原本是"庸才"乃至"歪才"；有人自我感觉良好，而在别人眼中其实"蠢物"一个。情感、酒肉之交等因素，通常会左右对他人的观察力；而贪慕虚荣、纠缠功利，则会迷失对自己的认知力。人性的一大弱点是，总喜欢往身上裹一件时尚光鲜的外套，给他人营造虚幻绚丽的假象。

在品读有关苏东坡的作品和史料时，常常心生这样的感慨。

不要期待你的身边也会有苏东坡这样率性而又智慧超群的诤友。这样的天才人物几百年一遇，又恰好被你碰上，这种概率太小。但我们只要待人以诚，只要以谦卑的心态尊奉身边的高人贤达，结交一二诤友的可能还是有的。因为，诤友难得，还难在我们是否有敞开的胸怀，接纳友人的诤言，倘若一听诤言就浑身不适，甚或疏远其人，那就真的是一辈子难得一诤友了。

在苏东坡的诸多友人中，王诜算是与他交往最密切的友人之一，除了聚会饮宴、诗词唱和，还有许多更私密的交往。王诜，字晋卿，北宋最重要的画家、收藏家之一。他的代表作《烟江叠嶂图》现藏上海博物馆，是国宝级的珍品。苏东坡称赞其画："风流文采磨不尽，水墨自与诗争妍……郑虔三绝君有二，笔势挽回三百年。"他还有一个特殊身份：驸马都尉，皇帝的女婿。妻子是宋英宗的女儿。因这特殊的身份，他的日子肯定要比苏东坡好过得多，因此苏东坡生活中常常得到他的接济。东坡嫁外甥女,还曾向他借钱200贯。"乌台诗案"的有关史料载有此事,并称"未还"。我想并不是东坡不想还,而是腰包空瘪,拿不出钱来。

王诜爱好收藏,也因他的特殊身份,有条件结交当时顶级的艺术大家和收藏家,获得艺术珍品的渠道自然也就多。他将收藏品集中存放在一栋小楼里,命其名曰"宝绘堂",请东坡为之作《宝绘堂记》。通常这类文字,应友人之邀而作,即便不极尽赞美之词,也应多加褒奖,赞其趣味如何高雅,鉴赏其藏品如何珍贵稀有,但东坡却将其写成一篇劝诫式的艺术论。

开篇即直奔主题:"君子可以寓意于物,而不可以留意于物。寓意于物,虽微物足以为乐,虽尤物不足以为病。留意于物,虽微物足以为病,虽尤物不足以为乐。"君子可以欣赏美好的事物,但不宜沉溺其中而不能自拔。抱着欣赏的态度对待事物,很小的东西也可以给自己带来快乐,即使是非常珍贵的东西,也不会使自己沉溺而丧失对人生更重要目标的追求。相反,如果沉溺其中,微小的东西,也会给自己带来害处,再美好珍贵的东西,也不会给自己带来真正的快乐。

然后引用了历史上一些因沉溺宝物,导致害人害己害国的案例:"凡物之可喜,足以悦人而不足以移人者,莫若书与画。然至其留意而不释,则其祸有不可胜言者。钟繇至以此呕血发冢,宋孝武、王僧虔至以此相忌,桓玄之走舸,王涯之复壁,皆以儿戏害其国,凶此身。此留意之祸也。"钟繇为此而盗墓,被世人所唾弃;宋孝武帝与王僧虔因此而相互猜忌……沉溺其中,真的是害人不浅啊!

东坡又以自身经历为例:"始吾少时,尝好此二者。家之所有,唯恐其失之;人之所有,唯恐其不吾予也。既而自笑曰:吾薄富贵而厚于书,轻死生而重于画,岂不颠倒错缪失其本心也哉?自是不复好。"年轻时自己也非常喜爱书画,一度沉溺其中,家中已有的,唯恐失去;看到别人的好东西,也想据为己有。后来发现,这样的心态——放弃大的人生追求而重书法,轻视性命而看中图画——岂不是本末倒置?后来就变得洒脱了。

东坡在文末告诫:"恐其不幸而类吾少时之所好,故以是告之,庶几全其乐而远其病也。"东坡先生显然已经看出了王诜在书画收藏方面,已明显存在过于热衷的问题,因此提醒他不要犯自己年轻时曾犯的过错。

王诜收到此文是什么心态呢?

苏东坡的另一位朋友王巩,转达了王诜的意见:"贤兄与他作《宝绘堂记》,内有'桓玄之走舸,王涯之复壁……此留意之祸也',嫌意思不好,要改此数句。"东坡断然回绝:"不使则已。"意思是:想用就用,不想用则弃之。至于修改就不必了。(张荣国《王诜"烟江叠嶂图"研究》)

东坡并不因王诜的地位特殊、二人友情的深厚,就轻易改变自己的"诤言"而刻意逢迎。而王诜也未再提改文之事。两人之间的情谊并未因此而受到影响。难能可贵的是,两年后"乌台诗案"发生,在御史台官员即将派人拘捕苏东坡时,王诜获悉消息,立马派人提前密告苏辙,让其转达其兄。而王诜因犯泄密罪而被勒停两官,移放外地。

苏东坡待友之真诚、率性,不仅仅表现在与王诜关系的处理上。有一则逸事,可看出他在处理与大艺术家李龙眠关系时也如此。某日,黄庭坚、秦少游、李龙眠等在某馆舍雅聚,黄庭坚出示李龙眠绘画新作《贤己图》供众人观赏。此图画面为数位贤达友人在一起玩一种类似于博彩的游戏,众人皆列于盆边,人物形态皆曲尽其妙。一人"倾盆疾呼,旁观皆变色起立",观者皆赞叹李龙眠用笔构图之精到。此时东坡从外面进来,观图后问:"李龙眠天下士,顾乃效闽人语耶?"众咸怪,请其故。东坡曰:"四海语音,言'六'皆合口,惟闽音张口,今盆中皆六,一犹未定,法当呼'六',而疾呼者乃张口,何也?"真该叹服,东坡先生的那双眼睛真够"毒"的,一眼就看出破绽:画中那位惊呼者的口形与语音不一致,虽"惊呼"却不必"张口"。李龙眠笑了笑,表示接受东坡的质疑。李龙眠是中国艺术史上大师级的画家,他的白描人物尤为独步,他能够笑纳东坡的批评,证明其人有气度。

因此说人生难得一诤友,难在不仅仅友人须丢掉情面、敞开胸襟、真诚待友、敢于直言,还难在被批评者须有笑纳诤言的雅量。人都知道"良药苦口利于病,忠言逆耳利于行",但落到现实生活中,有几人真正喜欢逆耳之言呢?当然,诤友有不同层次,诤言也未必全对,那就要看你朋友圈是些什么人了。

"良药"是否对症,也须你自己去感受、判断。

(原载《解放日报》2020年7月26日)

人类何以永续

◎郭文斌

2020年1月2日,《记住乡愁》第六季第一集"平遥古城"再次以同时段全国纪录片收视率第一的佳绩喜获开门红。至此,此档节目累计收看观众规模超过170亿人次。对于这项工程,中央领导同志多次提出表扬,高度肯定其为弘扬中华优秀传统文化、坚定文化自信做出的积极贡献,中宣部部长评价称"《记住乡愁》是弘扬社会主义核心价值观最接地气的精品力作"。

2013年12月,习近平总书记在中央城镇化工作会议上提出,要让我们的居民"望得见山,看得见水,记得住乡愁"。为落实总书记的要求,中共中央宣传部联合住建部、国家广电总局、国家文物局共同发起,由中央电视台中文国际频道承担制作大型纪录片《记住乡愁》项目。节目通过挖掘传统古村、古镇、老街、古城中的中华优秀传统文化基因,来实现用传统文化涵养社会主义核心价值观的宗旨。《记住乡愁》自2015年1月推出,先后制作播出了第一季、第二季"古村系列"120集,第三季、第四季"古镇系列"120集,第五季"历史文化街区系列"60集。2020年1月2日中文国际频道首播"古城系列"50集。

《记住乡愁》节目每年在中央电视台4套中文国际频道首播,中央电视台1套、9套以及各省级卫视频道重播,并先后翻译成英语、法语、西班牙语、阿拉伯语、俄语、朝鲜语、粤语、闽南语等十几种语言和方言,在各外语频道以及美国、泰国等国家和中国港澳台地区播出。2017年,《记住乡愁》项目被中办、国办联合列入"中华优秀传统文化传承发展工程"重点项目,成为对中华优秀传统文化创造性转化、创新性发展的重要成果之一。

今年,《记住乡愁》从进入第六季筹备开始,中宣部文艺局就高度重视这一季的相关工作,联合各部委共同发文,要求各地加强配合,并多次组织召开看片会、研讨会,与摄制组的同志们一起就如何在古城、历史文化名城中,深入挖掘传统文化核心,如何创新表达、创新传播渠道等多个方面提出要求,提供思路。这一季节目以古城为载体,内容涵盖"山西平遥古城""甘肃嘉峪关古城""福建铜山古城""山东曲阜古城""湖北荆州古城""湖南凤凰古城""黑龙江宁安古城""四川阆中古城""甘肃天水古城"等等。

本节目何以六年常播不衰,创下纪录片历史上体量和收视的双高峰,作为剧组一员,有些浅见,愿同关心这档节目的朋友分享。

在我看来,这档节目之所以成为纪录片历史上的常青树,源于能给观众带来安全感、归属感、永恒感、价值感、自信感、放松感、幸福感。这里,我重点说说安全感。多年的志愿者经历告诉我,不少孩子的抑郁症是父母的占有欲、控制欲、表现欲造成的,父母的"三欲"又源自其内心的恐惧,内心的恐惧又源于安全感缺失。因为恐惧,所以抓取,无助的孩子就成了"猎物"。父母的安全感因何缺失?由于他们的父母缺位。这是一个长长的链条。见过孩子晚上找妈妈的情景,就知道安全感是如何缺失的。母亲一旦缺位,夜晚就是恐怖。无论是身缺,还是心缺,还是爱缺,都会让孩子的心灵出现"黑洞",这种"黑洞",吞噬孩子的精气神。可见,干预抑郁症不是一件简单的事情,因为它是两代甚至更多代人的问题。据"学习强国"发布的数据,目前全国终身罹患抑郁症的比例是6.8%,而我近年到一些高校调研,情况远远超过这一比例。于此巨大的精神缺口,该需要一块怎样的补天之石?

在拙著《醒来》一书中,我讲了一个观点:上苍按照人的心量配给能量,能量的配置是通过缘分实现的。这不,美丽的缘分就如此美妙地成长。就在全球抑郁症以18%的增速疯狂扩张的几年里,一味神奇的"良药"正在紧锣密鼓地生产,那就是先以100集立项,后因观众热追,被扩容为540集的大型纪录片《记住乡愁》。大量数据显示,《记住乡愁》具有很好的抗抑郁功能,它以母亲怀抱一般的姿态,让无家可归的精神游子扑个正着,一旦相拥,就再也不愿离开,亿万心灵从中找到了归属,亿万生命从中找到了安全。当我意识到这一点之后,就在一些抑郁症患者身上实践,其效果之好,让人惊叹。

仔细一想,并不奇怪。老子讲,"我无为而民自化,我好静而民自正"(《道德经》)。《记住乡愁》的精神气象,正是"好静",正是"无为"。相比于吸引人们眼球的娱乐性节目,我们追求"安静的精神"。我们深知,真正的力量藏在安静里。《大学》讲,"知止而后有定,定而后能静,静而后能安,安而后能虑,虑而后能得"。相比于直奔主题的"有为",我们追求润物细无声的"无为"。这种"安静"和"无为",还体现为六年不改弦,不更张,不变调,守初心,记使命,打深井。这种"安静"和"无为",体现在方法论上,就是"守正创新"。

在"天水古城"这集节目中,我讲过,先祖伏羲给我们留下的最为可贵的传家宝就是"根文化",要想枝繁叶茂,就要根深蒂固。这种"根叶辩证",体现在操作性上,就是老子讲的"无为而无不为",就是儒家心法"人心惟危,道心惟微;惟精惟一,允执厥中"(《尚书》)。这个"中",就是天地交泰,就是阴阳相依。体现在易理中,就是小易前提下的变易,变易前提下的简易。体现在操作性上,就是"守正创新"。因为"守正","创新"有根;因为"创新","守正"有气。

节目伊始,部领导就把"厚德载物、自强不息"的大原则讲给我们。六年后,在天水古城,在伏羲"仰则观象于天,俯则观法于地,观鸟兽之文,与地之宜,近取诸身,远取诸物,于是始作八卦"的地方,更能体味什么是"地势坤,君子以厚德载物",什么是"天行健,君子以自强不息",什么是"以通天下之志,以定天下之业,以断天下之疑",什么是"立天之道曰阴与阳,立地之道曰柔与刚,立人之道曰仁与义",什么是"凡益之道,与时偕行",什么是"夫《易》,开物成务"(《周易》)。所有这些,正是《记住乡愁》的着眼点、落脚点,都化为"乡愁团队"为时代画像、立传、明德的自觉追求,都成为编导们让世界更好地感知中国、了解中国、读懂中国的创作动力。

节目从古村、古镇、古街到古城,已经播出三百多集,所守之"正",正是载物之厚德,不息之自强。没有厚德,自强无继;没有自强,厚德无续。无论是中华优秀传统文化,还是革命文化,还是社会主义先进文化,都因之而立、而达。此德之厚,可以为构建人类命运共同体立证。在"天人合一"的福建培田村、"三军会师"的宁夏将台堡镇、"立志进取"的浙江乌镇、"千古忠义"的河北正定开元街区、"为天地立心"的西安三学街区、"兼容并蓄"的武汉昙华林街区、"铁血柔情"的凤凰古城、"众志成城"的嘉峪关古城等节目中,都有鲜活的实例。

在名闻天下的东明村,郑氏家族因十五世同居同食,被誉为"江南第一家"。从中,我们看到了《礼运·大同篇》中讲的"选贤与能,讲信修睦,故人不独亲其亲,不独子其子,使老有所终,壮有所用,幼有所长,鳏寡孤独废疾者皆有所养"的"天下为公"愿景已经不是理想,而是现实。这种休戚与共的人间奇迹,在新时代,以山西碛口镇的"有福同享"、宁夏单家集村的"回汉一家亲"等主题呈现。

这种厚德,这种自强,源于中华文化的整体性。这种整体性,体现在伏羲那里,就是能生两仪的太极;体现在老子那里,就是"人法地,地法天,天法道,道法自然"的自然;体现在孔子那里,就是"吾道一以贯之"的"一",就是"忠恕之道";体现在张载那里,就是视万物为同类的"民胞物与";体现在王阳明那里,就是"心外无物";体现在"三百千"(《三字经》《百家姓》《千字文》)等训蒙养正教育中,就是"凡是人,皆须爱"。这些古圣先贤的智慧,节目都做了重点采拍。

能量来自心量,心量产生力量,力量创造奇迹。这种奇迹,在河南郭亮村、山东大津口乡等节目中,体现得淋漓尽致。

中华文化的整体性,让人们深知,浪花离不开大海,花朵离不开根枝,孩子离不开母亲,之于浪花、花朵、孩子,大海、根枝、母亲就是安全感。为此,福建和平镇黄氏子孙要"朝夕莫忘亲命语,晨昏须荐祖宗香";为此,铜山古城中,谷文昌在弥留之际,口中一直说,"我要回东山,我要回东山"。

因此,从第六季开始,展现能给人带来安全感、给人类带来永续感的整体性价值观之成因、成长、传承、发展、应用、效果,就成为《记住乡愁》团队更为自觉的追求。

有正可守的民族是幸福的,因为"正"是"一"之"止",这个"一",是人类共同的故乡,共同的母亲。而"让城市留住记忆,让人们记住乡愁",正是中华民族守正秘要的诗性嘱咐。

(原载《黄河文学》2020年第2/3期)

南澳漫笔

◎杨海蒂

汕头拥有全国唯一的内海湾——三江口，拥有广东唯一的海岛县——南澳岛。

车过跨海大桥，就进入了南澳，一个迷人的岛屿，唯一的国家AAAA级旅游区海岛。独特的自然生态，使得它一年四季都是天然渔场；良好的自然环境，使得它成为候鸟天堂，其中不乏国家级珍稀候鸟。南澳美如斯：蓝天碧海，金沙白浪，阳光明媚，山海相映，森林茂密，风光旖旎，鸟翔天空，鱼嬉水中……同行的绍武兄一见钟情，铁了心要在此地买房养老。

北回归线分开热带与亚热带，这道无形的地球分界线，横贯南澳全岛。矗立在南澳岛青澳湾的"自然之门"，是最年轻的北回归线标志塔，造型设计融合了天文现象和科学知识，用别致的建筑形式诠释着北回归线。青澳湾有国内顶级沙滩，站在这"中国最美丽的海岸"上，我一时有些恍惚。去年的这个时候，我正在台湾花莲东部海岸，见到的北回归线地标是圆形灯塔状擎天柱，那儿是北回归线中国段的最后华章。

南澳距高雄仅160海里。也就是说，南澳是海防前哨，如果台海有事，南澳和高雄首当其冲。在高雄做文化交流期间，汕头籍的台湾文友，指着海对岸说：那边是汕头南澳。他声音有些异样，眼神掠过忧伤，定是动了思乡之情。

也还记得，在台岛最南端、中央山脉尽头的垦丁鹅銮鼻公园，台湾文友手指浩渺的海面告诉我：南海与东海的水域分界线，太平洋、巴士海峡和台湾海峡的分界处，就在你眼皮底下。我眺望着前方，默然无语。我又想起了伯母。当年，十九岁的伯母和她半岁的儿子被远走台湾的我伯父狠心抛下，为了儿子的前途，伯母登报与丈夫离婚，但一直守身如玉，生活的艰辛、无尽的相思，使她不到五十岁就灯干油尽，临终前她念着"前夫"的名字捧着他的照片，在场的人无不动容。成年后，我每次听到著名粤曲《彩云追月》，眼前就会浮现出伯母美丽而哀愁的面容，此刻，脑海中又回荡起这凄美的歌声：

站在白沙滩

翘首遥望 情思绵绵

何日你才能回还

波涛滚滚延绵无边

我的相思泪已干

亲人啊亲人 你可听见

我轻声的呼唤

门前小树已成绿荫

何日相聚在堂前。

明月照窗前

一样的相思 一样的离愁

月缺尚能复圆

日复一日 年复一年

一海相隔难相见

亲人啊亲人 我在盼

盼望相见的明天

鸟儿倦飞也知还

盼望亲人乘归帆。

"南澳是东海与南海的分水岭",南澳前县委书记张泽华先生的话,把我的思绪拉了回来。南澳也是东海与南海的分水岭?原来,南澳东端往东南延伸过去,即是台湾海峡鹅銮鼻一线。

因跨闽、粤两省,南澳曾称闽粤镇,乃"粤东屏障,粤闽咽喉",地理位置非常特殊,处于闽、粤、台海面的交叉点,位于高雄、厦门、香港三大港口的中心点,距太平洋国际主航线仅7海里。海路四通八达的南澳,自古为兵家必争之地,也是海上贸易的重要通道,还是海上丝绸之路的重要出口——史载"郑和七下西洋,五经南澳"。军事要冲、黄金水道、海上丝绸之路,给清新美丽的南澳增添了神秘厚重的色彩。

最神秘的，是太子楼和金银岛的藏金之谜。

南宋末期，元兵不断进迫，两个年幼的皇子赵昰、赵昺以及年轻的太后杨淑妃仓皇出逃，至温州江心寺与张世杰、陆秀夫会合，然后乘船一路南逃进入闽地，次年，张世杰、陆秀夫等在福州拥立九岁的益王赵昰为帝，称为端宗。我在温州江心寺拜谒过"文信国公祠堂"，但找不到关于张世杰、陆秀夫的纪念物，看来在当地人心目中，文天祥才是神一样的存在。有人说，文天祥来到人间，天命就是来受膜拜的。元军统帅伯颜一心想把南宋皇室残存的血脉斩草除根，遣张弘范、李恒率军继续追击。与文天祥同中进士的陆秀夫，跟张世杰一道护送赵昰、赵昺兄弟和杨太后等逃至南澳驻跸，开掘出分别供皇室、大臣和将士兵马饮用的三口水井：龙井、虎井、马井。它们非常神奇，虽处海滩却是淡水井，七百多年来时隐时现，出现时清泉不绝、水质甘甜、久藏不变味。

赵昰登基前为太子，人们按习惯将其住所称为太子楼。

太子楼遗址有一棵茂盛的古榕，长在硕大的石壁上，石壁下侧有一裂缝，裂缝两边歪歪斜斜刻着难以辨认的文字。传说榕树下、石壁后有一座石质暗室，里面藏着南宋皇室未能带走的大批金银珠宝，谁要是能将石壁上的文字完整地念出来并解释准确，石壁就会自动开启。近千年过去了，石壁上的文字依然可见，但太子楼藏金谜仍未解开。太子楼附近的青蛙与众不同，当地人说，这也与少帝有关：赵昰夜里被蛙鸣吵得心烦，命人捉来蛙王问罪。蛙王悲泣，少帝心生怜悯，随手拿起朱笔在蛙王脖颈画上一圈，挥手让人放生。从此，太子楼四周的青蛙脖子上都有了一个圆圈。为报皇上不杀之恩，它们的叫声变得低微暗哑。说来也是奇怪，这种奇特外形、独特叫声的青蛙，只在南澳太子楼附近有。

后来发生的事情，可谓家喻户晓。两年后，年仅十一岁的赵昰去世，陆秀夫与张世杰又拥戴卫王赵昺为帝。南宋皇室君臣子民退至崖山，出任左丞相的陆秀夫继续率部抗元。彼时，南宋右丞相文天祥已在海丰落难。崖山海战南宋兵败，陆秀夫背着八岁的幼帝投海殉国，南宋皇族八百余人相随跳海自尽，许多忠臣紧随其后，伟大的爱国主义诗人陆游的玄孙也在其中。带着宋人最后的血气与尊严，南宋十万军民争相蹈海，情景何等悲壮！曾经繁花似锦的大宋王朝彻底覆灭，史称"崖山之后无中华"，而把南宋王朝逼进大海的元军头等功臣，却是西夏第七代皇帝夏神宗的嫡曾孙、西夏被元军灭亡后担任元军大将的李恒，又是多么可悲可叹！

明万历年间，南澳修建陆秀夫墓，清乾隆时期，南澳为陆秀夫题刻"丞相石"，以纪念忠君报国之士。

金银岛藏宝的传说更为神奇。金银岛三面环海、奇石相叠、岩洞穿插，地形错综复杂。明朝海盗猖獗，戚继光、俞大猷联军进兵南澳围剿海盗首领吴平，屡屡出师不利，后来出现转机，按民间传说，得归功于戚都督夜梦关帝。有天夜里，戚继光梦见关帝授予计谋，让他用火羊阵从背后奇袭敌方，戚都督照此计谋部署作战，一举获胜。吴平败逃前问妹妹是走是留，其妹愿意留下来看护财宝。寇首恼怒杀心顿起，将胞妹分尸十八块，连同十八坛金银一起埋于金银岛，让她"遂愿"永远守护金银财宝。"吾道向南北，东西藏地壳。潮涨淹不着，水涸淹三尺。箭三支，银三碟，金十八坛。"这是吴平留下的诡谲谜语，似乎也是一个魔咒，谁能破解谁就能找到宝藏。然而至今无解。或许这个千古之谜，将会成为永远之谜。

岛上真假难辨的传说，都指向一个事实：南澳岛屿充满传奇。

从皇帝到名臣，从英雄到枭雄，从航海家到大海盗……多少风云人物在南澳留下过足迹，岛上遍布历史遗迹、文物古迹、名刹古寺，自然不足为奇。

南澳是东南门户，战略位置极其重要——"争之则我据其胜，弃之则寇得所凭"，引起朝廷高度重视，明万历三年，皇帝诏设"闽粤南澳镇"，派驻副总兵，兼领福建南路、广东东路水师，使南澳拥有独一无二的海岛总兵府。总兵府又称总镇府，始建于明万历四年。明、清两朝，有近两百位正、副总兵赴任，留下了郑芝龙、郑成功父子抗击外夷的辉煌战绩，留下了戚继光、刘永福等抗倭戍疆的英雄故事。

明末，郑芝龙剪除群雄称霸海上，招纳福建数万灾民，用海船运到台湾垦荒定居，这是历史上首次大规模有组织地由大陆向台湾移民。郑芝龙以海上武力成功驱逐荷兰人，烧毁入侵船只，效仿朝廷在台湾设官建置，形成初具规模的割据政权。因抗夷剿寇有功，郑芝龙被朝廷招抚为南澳副总兵，加总兵衔。明亡，郑芝龙降清，招降郑成功未成，父子决裂势同水火。

郑成功坚持反清复明，并且收复了台湾，成为伟大的民族英雄，名垂青史。而郑芝龙，不仅大节有亏，还被大清朝廷处死，落得身败名裂的下场。

年少时的郑成功聪明好学，郑芝龙原指望儿子中状元当文官，但郑成功考中秀才后再不肯求功名，非要子承父业。他注定要成为海上蛟龙。南澳曾属郑成功藩地，他以南澳为基地，高举义旗到处募兵，又以金门、厦门为根据地，连年出击粤、江、浙等地征战清军。后来，他率数万将士渡海，围攻侵占台湾的荷兰总督所在地赤嵌城，历时八个月，迫使荷兰总督投降，台湾终于回到祖国的怀抱。南澳遗存有郑成功问卜的城隍庙、中澎的"国姓井"以及总镇府内的"郑成功招兵树"。总镇府墙壁上，"东南砥柱""德配天地""学海渊深""积厚流光"等历史遗墨，表达了后人对郑成功的敬仰之情。

康熙年间，南澳升设总兵，负责闽、粤及台湾、澎湖海防军务，成为台湾是中国不可分割领土的历史见证。因语言相通习俗相同，南澳曾与台湾民间交往密切，而今南澳籍台胞逾十万，远超南澳岛常住人口。南澳台湾，一衣带水；台湾南澳，骨肉相连。两岸人民，都希望海峡永远风平浪静，永不复刀光剑影鼓角争鸣。

（原载《军事科学院报》2020年7月14日）

敬 告

辽宁人民出版社"太阳鸟文学年选"系列已经出版了二十二辑，从第二十三辑开始，书名中的"最佳"字样正式改为"精选"，但内容的品质不变，希望读者朋友们一如既往地支持我们。

由于编选时间仓促、工作量大，未能及时与所选作者一一取得联系，请见谅。现仍有部分作者地址不详，为及时奉上稿酬和样书，请有关作者与责任编辑高丹联系，我们将尽快为您办理，谢谢您的理解和支持。

联系方式：

电话：024—23284306

E-mail：12274210@qq.com

微信号：15640369577

辽宁人民出版社

2021年1月